MANTIS

MANTIS

Francisco Bescós

es una colección de
RESERVOIR BOOKS

Papel certificado por el Forest Stewardship Council®

MIXTO
Papel | Apoyando la
silvicultura responsable
FSC® C117695

Penguin
Random House
Grupo Editorial

Primera edición: febrero de 2026

© 2026, Francisco Bescós Menéndez de la Granada
Esta edición se ha publicado gracias al acuerdo con Hanska Literary&Film Agency, Barcelona, España
© 2026, Penguin Random House Grupo Editorial, S. A. U.
Travessera de Gràcia, 47-49. 08021 Barcelona

Printed in Spain – Impreso en España

ISBN: 979-13-87740-03-0
Depósito legal: B-21.542-2025

Compuesto en M. I. Maquetación, S. L.

Impreso en Gómez Aparicio, S. L.
Casarrubuelos (Madrid)

R K 4 0 0 3 0

CUARENTA DÍAS ANTES

1

Su trabajo implica saber cosas.

Afortunadamente, también implica ignorar otras.

Antidio Calero se alegra mucho de desconocer el destino de la embarcación que se aleja por el canal, con la proa apuntando a la isla del Crestón, que señala la salida del puerto.

Se llama Guasaveño y es un pequeño y viejo remolcador que apesta a gasóleo; cuando tocas cualquier elemento de su cubierta se te queda la mano pringosa de salitre. Hace solo un rato que Antidio embarcó fugazmente en él; dijo a los tripulantes que tenía que revisar la carga. Desembarcó justo a tiempo, solo unos instantes antes de que zarpase. Ahora el Guasaveño se alejará de la costa y no sabrá más del barco hasta que regrese dentro una jornada. No puede ir muy lejos, no le alcanzaría el combustible ni el agua. Antidio Calero siempre ha supuesto que en alta mar se encuentra con otro barco más grande, pero podría ser un helicóptero, o podría atracar en las islas Marías, a ciento doce millas, para entregar la carga.

Todo eso pertenece a los asuntos que, por imperiosa obligación, ignora.

Y hoy celebra más que nunca ignorarlos.

El Guasaveño desaparece tras un gigantesco crucero, un coloso de diez pisos de altura que ha llevado a Mazatlán la etílica alegría de los turistas gringos.

Sol, tequila, chicas, droga a precio de saldo. Edificios pintorescos de colores vivos que refulgen al sol.

Todo es felicidad.

Ándese con cuidado, advierten los turoperadores, no salga de las zonas turísticas, en Mazatlán opera el cártel de Sinaloa.

Hay balaceras.

Antidio viste, él mismo, como un joven gringo, a pesar de que ya tiene cuarenta años: pantalones vaqueros cortos, sandalias Birkenstock de cuero, camiseta de los Lakers, gorra de los Venados de Mazatlán.

Espera un ratito al borde del mar, hasta que el reloj le dice que el remolcador ya ha tenido tiempo de abandonar el puerto.

Entonces vuelve a las oficinas del Grupo Marea Blanca. Un local en un edificio bajo, sencillo, cuadrangular, que oculta muchas más comodidades de las que cualquiera diría que tiene al verlo desde fuera. El aire acondicionado funciona a toda potencia a esa hora del día. Los aparatos externos derraman goterones de agua condensada.

Antidio Calero abre la nevera que hay junto a recepción y va a agarrar una Coca-Cola. En el último momento se lo piensa mejor: prefiere una Negra Modelo.

Nunca se sabe cuándo será la última.

—¿Llegó usted a tiempo, señor Calero? —pregunta Rubén.

Aunque es mucho más joven y mucho más inexperto, Rubén viste mejor que Antidio Calero, con pantalón de pinzas, camisa de lino y náuticos. Es el único empleado presente a esa hora del día en las pequeñas oficinas de administración de la discreta naviera. Otros dos compañeros se han puesto de acuerdo para enfermar hoy mismo.

—Todo solucionado —responde—. Te dije que te fueras a casa.

—Pero tengo tarea aún.

Antidio le da un buen trago a la cerveza. Luego otro, aún más largo. La termina. Agarra otra botella.

—No hace falta que acabes hoy. Créeme, me lo vas a agradecer.

—¿Por qué, señor Calero?

—Pues porque está el día muy lindo, anda, vete no más.

Rubén se encoge de hombros. Antidio enrosca una revista que hay sobre el mostrador y le azota suavemente a su empleado en la cabeza.

—Apúrate, cabrón. Fuera de mi vista.

Rubén sale riendo por la puerta. Su jefe se queda mirando el monitor de la cámara de seguridad, instalado en el mostrador de recepción. La imagen encuadra una parte del aparcamiento. Ve subirse a Rubén a su Nissan March. En cuanto abandona el recinto, otro coche ocupa la plaza que deja libre. Un Ford Lobo. De él se bajan cuatro tipos. Antidio Calero los conoce a todos.

—Pinche hijueputas —dice. Y vacía la otra cerveza.

Camina hacia su despacho. Se sienta a su ordenador. La página web aún está abierta, advirtiendo de la última operación ejecutada. Antidio Calero pulsa el aspa de cerrar y la ventana desaparece. Luego pasa a la aplicación de videovigilancia y también la cierra.

Entre las cosas que sí está obligado a conocer, hay algunas que nadie sabe que él sabe. Por ejemplo, nadie sabe que él conoce las contraseñas de acceso al sistema de videovigilancia de la casa del señor Saul White en Mazatlán. El mismo señor White depositó esa responsabilidad en manos de Antidio hace ya tres años, advirtiéndole de que no debía contárselo a nadie, lo que se dice a nadie.

No desvelar quién ha adquirido más peso en el grupo, quién asciende, es una estrategia que el señor White aprendió en sus años en la contrainsurgencia. Así, si se produce una traición, hay más probabilidades de mantener a salvo a los leales.

Este es el caso.

Hace un par de horas, Antidio Calero accedió a las cámaras de la Hacienda de Saul. Lo hizo porque le pareció sospechoso que esos dos empleados del Grupo Marea Blanca, habitualmente diligentes, hubieran contraído diarrea al mismo tiempo, como si lo hubieran acordado. Lo que vio en las imágenes le hizo atragantarse con su propia saliva.

Marcó un largo número de teléfono que solo conservaba en su memoria, ni en papel ni en la agenda del móvil. Alguien respondió tras solo dos tonos.

—Señor White —dijo Antidio—. Está pasando. Tal y como usted dijo.

El señor White preguntó quién.

—Pues no lo sé. En las cámaras veo varios. Diría que Serrano es el que parece llevar la voz cantante.

El señor White preguntó por las bajas.

—No puedo precisarle. Veo a Cisneros tendido en el suelo, con sangre. No se mueve. También a la Silvia. Lo siento, señor White.

El señor White preguntó si Antidio sabía lo que tenía que hacer.

—Perfectamente, señor White. Puede confiar en mí. Pero, señor White… Debe usted moverlo todo.

El señor White respondió que no podía. Era posible que fueran a por él en las próximas horas. No debían agarrarle con nada encima. Ni a Antidio tampoco: sabrían arrancárselo.

—Entonces ¿qué hacemos, señor White?

El señor White le dijo a Antidio que se le estaba ocurriendo una idea. Una forma de ganar tiempo. No les garantizaría la seguridad, ni siquiera la supervivencia, pero la situación era desesperada. Le dijo que tomase nota. Empezó a dictarle números. Le preguntó si lo había entendido. Antidio no alcanzó mucho más que a balbucear una respuesta.

—Pero, señor White… ¿Está usted seguro?

El señor White le dijo que sí, que lo estaba. Le deseó suerte a Antidio.

—Será lo que tenga que ser, señor White. Ha sido un honor.

Antidio Calero cortó la llamada. Salió de su despacho y se aproximó al único trabajador que era tan idiota como para haber acudido a la oficina en un día como aquel.

—Oye, Rubén.

—¿Qué pasó, señor Calero?

—¿Ya salió el Guasaveño?

—Todavía no. Ahorita sale.

—Órale, márcale al práctico y dile que no salga, que antes necesito checar una cosa.

—Claro que sí, señor Calero.

—Oye, ¿tú traes la llave del armario del material de oficina?

—Sí, yo la traigo, señor.

—Pásamela, porfa. Y luego ya vete a tu casa.

—Pero aún tengo tarea.

—Ya la harás otro día, cabrón. No vas a llegar a viejo trabajando tanto.

—Como usted diga, señor Calero.

Fue entonces cuando, antes de acudir al muelle para subir a bordo del Guasaveño, Antidio acudió a su escritorio y tecleó en el navegador la URL de aquella página web. La misma que acaba de cerrar hace unos instantes. Para terminar, busca el historial de navegación y lo borra.

Justo en ese momento suena el portazo. Los cuatro hombres del Ford Lobo entran en las desiertas oficinas de Grupo Marea Blanca. En cabeza, tal y como daba la impresión a través de las cámaras, llega Servando Serrano. Al menos, no llevan automáticas. Pobre alivio para Antidio Calero.

—¡Órale, Antidito!

—Qué milagro, Serrano. ¿Qué lo trae por el puerto?

—Pues ando buscando al señor Saul White. Tengo la idea de que usted sí sabe dónde se mete.

—Claro que lo sé.

—¡Ah, pues suéltelo entonces! ¿Dónde está Saul White?

—Pos chingándose a tu madre, Serrano.

PÁRAMO

2

Han encontrado muerto a Ari. Una mala caída. Eso han dicho: una mala caída y luego se ha congelado. Por ser más fiel a lo que cuentan, primero intoxicación, después traumatismo, luego hipotermia. Sé que las malas caídas suceden, yo misma llegué al mundo cayendo mal. Las casualidades casi siempre se dan para estropear aún más las cosas de la vida, nunca traen soluciones. Pero en este caso, no sé, es demasiado. Resulta difícil aceptar que Ari aparezca así justo hoy, el día que estaba decidida a arreglar por fin lo nuestro. Por momentos pienso que una extraña fuerza cósmica está dándome mi merecido; como lo único que me empujaba a recuperar nuestra amistad es el interés, el universo ha castigado mi egoísmo arrebatándome a Ari. Sin embargo esto, además de ser una patraña, también es mentira: necesitaba su ayuda, cierto, pero también lo he echado profundamente de menos todos estos meses.

A las siete de la mañana de hoy, martes, cuando el termómetro no superaba los cuatro grados bajo cero, un excursionista forrado con ropa de Decathlon se dirigía al mirador de mi pueblo, para contemplar el amanecer en el inmenso páramo de la Alcarria. A un par de kilómetros de su meta, ha visto una jauría de perros pelear en mitad de un campo yermo. Al excursionista lo acompaña siempre un galgo con una pata amputada; lo rescató de la inyección letal al adoptarlo. El perro no puede ir muy rápido, por muy galgo que sea, así que el excursionista ha temido que su mascota se convirtiese en presa de la rabiosa jauría. Lo ha tomado en brazos y se ha alejado, sin quitarle el ojo al lugar del que provenían los gruñidos y la agitación. No ha tardado en percatarse de que aquello no eran perros. Tampoco lobos. Eran jabalíes.

Si el excursionista hubiera sido de aquí, de la Alcarria, no se habría sorprendido tanto. Los jabalíes infestan los campos a sus anchas y en invierno comen más que nunca, justo cuando menos comida hay; se desesperan por encontrar cualquier residuo que echarse a la boca, arrasan los cultivos y rebuscan en los contenedores de basura del pueblo, cruzan la autopista a ciegas, se comportan con agresividad, aterrorizados por convertirse ellos mismos en el desayuno de un lobo o en el trofeo de un cazador. Pero el excursionista venía de Madrid, y esos cien kilómetros de distancia que hay de aquí a la capital son casi como un océano: toda la Alcarria es bella y limpia en la mente de un buen señor de ciudad: sin sangre, sin pólvora, sin pelos, sin barro. Y, por supuesto, sin cadáveres.

Tras identificar a los animales, el excursionista se ha dado cuenta del motivo por cual estaban tan excitados. Se disputaban una carroña.

Los jabalíes se estaban comiendo a Ari.

Arrancaban jirones de carne del cuerpo de mi amigo, con ayuda de esos largos colmillos y esa nerviosa voracidad. Eso es más de lo que el pobre excursionista ha podido soportar.

3

Yo no llego mucho después. Ni siquiera son las ocho. Me he ade-
lantado a mi turno de entrada en el Centro Logístico de Transportes, el CLT. Me he desvelado de madrugada; estoy esperando la
llamada de Sergio desde hace más de veinticuatro horas y empiezo
a temer que no se produzca. No sé qué me da más miedo, que no
haya recibido mi mensaje o que lo haya recibido y no pueda contestar. O lo que sería aún peor: que no quiera contestar. Preferiría
enfrentarme a cualquier otro problema antes que a la cabezonería
de Sergio. El caso es que he estado dándole vueltas al asunto y ya
no me he podido dormir. Pensaba en Sergio y pensaba Ari y pensaba en cómo Ari me podría ayudar con lo de Sergio. Me he
levantado de la cama cuando todavía era noche cerrada. He estado haciendo *scrolling* en el móvil durante un par de horas. Luego
he oído que mi madre salía de su cuarto, así que, en lugar de sen-
tarme a desayunar, he preferido beberme un café de un trago y
largarme de casa a toda prisa antes que aguantar su conversación.
En ese momento ni siquiera he sospechado que el día pudiera
empeorar hasta tal punto; y eso que ya estaba bastante jodido.

Voy por la acera de la gran avenida del polígono en mi scooter en un momento en que no hay una gran afluencia de camiones hacia el centro. Los destellos de las luces de la policía destacan
más que el sol, aún tenue en el amanecer. Veo a varios compañeros mirando desde el precinto que los agentes han desplegado en

torno al lugar del accidente. Dejo la scooter en la acera y me aproximo a pie, campo a través. No tengo que andar mucho, el cadáver ha aparecido a menos de un centenar de metros del edificio. Antes de llegar, uno de los compañeros se vuelve en mi dirección y abandona el grupo para recibirme. Es Evaristo. Se abriga con un grueso gorro de lana y una braga de forro polar para el cuello. Solo se le reconoce por su barba blanca, tan plateada. Y por esa infantil costumbre de llevar los brazos cruzados y cobijar cada mano en la bocamanga contraria del abrigo, como un monje del Tíbet. Supongo que yo tengo el mismo aspecto cómico, perdida en mis prendas de invierno, como un flotador a la deriva en el páramo.

—Buenos días, Fina.

—Hola, Evaristo. ¿Qué ha pasado? ¿A qué viene esa cara de funeral?

—Es lo que es. Un funeral. Ha muerto un compañero. Me están informando.

Miro hacia el grupo. Junto a un policía de uniforme, distingo el metro noventa y cinco de Valdivieso, el dueño del edificio del CLT, con un abrigo austriaco y una bufanda escocesa. A su lado, como siempre, Miguel Riva, el COO de Aldea Logistics, mi jefe en última instancia. Este no lleva más que un chaleco acolchado, porque nunca tiene frío, motivo por el que pedir una mejor climatización para el centro es una batalla perdida. También ronda por ahí Sonsoles Abarca, la directora de seguridad de la empresa, con el uniforme de Enter Security, y alguno de sus empleados. Además está Andrea Segoviano, directora de Recursos Humanos. Todos ellos, junto a Evaristo, que es el presidente del comité de empresa, componen el grupo de personas que pintan algo en las decisiones de gobierno del CLT. Es decir, son los que mandan en mi trabajo diario y, por tanto, los que controlan un tercio de mi vida, si contamos con que los otros dos tercios corresponden a dormir y a tocarme las narices.

—¿Quién ha muerto? —pregunto.

—Parece que es Aron —dice Evaristo.

Me quedo mirando al páramo. Claro. Eres tú, Ari, jodido rumano. ¿Cómo no iba a ser la única persona que hoy mismo necesito con desesperación? Uno no oculta tantos secretos si no es para llevárselos a la tumba; se ha escapado justo cuando yo iba a pedirle que me los revelara.

—Sé que erais amigos.

—Bueno, hace tiempo que nos distanciamos —matizo.

—¿Tienes idea de qué podía estar haciendo aquí?

—Llevo meses sin hablar con él. —Primera mentira.

—En cualquier caso, lo siento.

Me encojo de hombros. Observo a ese hombre lacónico, con esos ojos siempre profundos y cansados. No tengo ni idea de cómo sabe él que Ari y yo éramos amigos. Quizá porque Evaristo siempre lo sabe todo. Quizá porque se adelanta siempre a mi observación, incluso a mi intuición. Evaristo es uno de los pocos seres humanos que conozco que supone un reto. Tú también lo eres, Ari, maldito rumano, pero por otros motivos. Por eso os admiro a los dos, a mi hermano y a pocos más.

—¿Qué ha pasado?

—Todavía no lo sé —responde Evaristo—. Pero lo vamos a averiguar.

Asiento sin ninguna fe. Observo a Riva y a Valdivieso y me pregunto cuántas horas de sueño les quitan los accidentes que últimamente sacuden el centro de trabajo que ellos controlan.

—¿No van a cerrar hoy? —le pregunto a Evaristo.

—Dicen que no ha sido dentro y que no era su turno. Que no llegó a fichar, así que probablemente acudió hasta aquí desde la calle, y el accidente no ha tenido nada que ver con la empresa. En resumen, que no hay motivo de seguridad para cerrar.

Vuelvo a asentir de forma automática.

—La cosa está fea con la empresa, ¿no? —Sigo haciendo preguntas porque, si nos quedamos demasiado tiempo en silencio, puede ocurrir cualquier cosa.

—La cosa está muy fea. Ya se está tramitando el ERE.

—¿Y qué vamos a hacer?

Como única respuesta, Evaristo me dirige una sonrisa que viene a querer decir: Tú ya sabes lo que vamos a hacer; la vamos a liar pardísima.

Echo a andar hacia la escena del accidente. Dejo al presidente del comité de empresa a mi espalda. No intenta detenerme, ni para reconfortarme ni para asediarme a preguntas. Evaristo no es el tipo de persona a la que hay que saludar ni de la que hay que despedirse. Él está ahí cuando tiene que estar y se va cuando se tiene que ir. Por ese motivo, por su condición providencial, yo estoy trabajando en el CLT Aldea Logistics WuChain. Ya lo sabes, Ari, ya te conté cómo fue él quien me metió en el Monstruo.

Me aproximo al precinto donde se reúnen los mirones. Allí tampoco intenta detenerme nadie. Excepto para Evaristo, mi amistad con Ari ha pasado desapercibida para casi la totalidad de los mil doscientos empleados del Centro Logístico de Transportes. No éramos más que dos partículas sin importancia en la inmensidad del Monstruo, como dos hormigas en un jardín.

Intento echar un ojo a la escena. No soy capaz de distinguir mucho más que un ovillo de retales, como cortados a navaja, que provienen de la ropa de trabajo de Ari, su pantalón de lona azul y su forro polar. También veo la bolsa negra que ya contiene lo que la piara no ha tenido tiempo de masticar. La están subiendo a una ambulancia, que no irá a ningún hospital, sino al Instituto Anatómico Forense, supongo.

Entonces veo al excursionista. Lo está atendiendo una persona con un chaleco reflectante, quizá un psicólogo de urgencias. Tiene el rostro lívido. A saber cuántas veces ha vomitado ya el desayuno. No sé qué le habrá perturbado más, si encontrar carroña humana cuando buscaba un bello amanecer desde el mirador del pueblo, o la decepción de constatar que los jabalíes no son veganos, que no desaprovechan la oportunidad de darse un sangriento festín. No se lo cree.

Es lo que suele decirse en estas situaciones: No me lo creo, Ari, no puedo creerme que seas tú. Pero claro que me lo creo. Tiene todo el sentido de los sinsentidos. Querido Ari, no te imaginas el trabajo que me está costando no derramar una lágrima ante toda esta gente que nada merece.

Desde la avenida llegan más compañeros para cotillear qué ha pasado. Un guardia civil se interpone.

—Por favor, circulen, tenemos que trabajar.

Miguel Riva se aproxima a él y le pone una mano en el hombro, como diciendo: Déjemelo a mí. Luego se acerca a los observadores y también le pone la mano en el hombro a un empleado del centro al azar, uno cuyo nombre ignoro y al que Riva tampoco conoce.

—Por favor, compañeros —dice proyectando mucho la voz—. Ha sido una mañana muy dura. Creo que lo mejor que podemos hacer es volver al trabajo. Antes quiero expresaros una vez más el compromiso de Aldea Logistics Alcarria con la seguridad laboral. A pesar de los últimos accidentes que…

Me voy, Ari. Lo siento mucho, de verdad. Te dejo abandonado, dentro de esa bolsa negra que se llevan a Guadalajara. No puedo oír ni un segundo más la voz de presentador de telediarios de Miguel Riva. Corro el peligro de sacar el cúter y cortarle el cuello con tanta naturalidad como cuando rajo el film transparente que envuelve los palés.

4

Antes de fichar en la garita de acceso del CLT, echo una última mirada al móvil. No tengo ninguna llamada perdida ni ningún mensaje de texto de Sergio. Respiro hondo y expulso un vaho denso que se enseguida se enfría; me extraña que no se congele. Una vez entre en el edificio, mi teléfono se quedará sin conexión, por los inhibidores. Si Sergio quiere llamarme en las próximas ocho horas, me encontrará fuera de cobertura. Pero la espera no se le hará tan larga como a mí. Siento rabia contra él. Veinticuatro horas pendiente de que se digne a dar una señal: Ey, Fina, estoy vivo, no te he llamado antes porque... Podría decirle a Sebas, mi jefe, que me encuentro mal, irme a casa y pasarme el día pegada al móvil. Pero decido no hacerlo; es Sergio el que tiene un problema; si no se fía de mí para resolverlo, que le jodan. Prefiero entrar en el Monstruo e intentar concentrarme en el trabajo.

Entonces vuelvo a acordarme de Ari.

Ari, maldito Ari, tú ya no tienes nada que esperar. Yo acabo de cumplir los veintiséis años y ya he hecho de la paciencia un estilo de vida. Un día tras otro entrando y saliendo del Monstruo, como uno más de los paquetes que se reciben y se expelen en los muelles de carga, mi cuerpo como cuarenta y pocos kilos de mercancía. Seis largos años en las entrañas del CLT, agazapada, inmóvil, vigilante. Es demasiado incluso para mí, que aprendí los beneficios de la espera desde bien pronto, aquella tarde, en el pueblo.

El depredador estaba oculto entre las ramas de un matorral seco, a un metro del suelo. Era de color ocre y su cuerpo estaba recubierto de callosidades. Se camuflaba hasta casi la total invisibilidad. Al principio, yo no lo había visto. Me estaba escondiendo de los chicos mayores, los de catorce años, Viña, Fon, Nacho. Y también de Jos. Habían empezado a meterse conmigo en cuanto mi hermano Sergio se subió al coche. Al oír sus burlas solo se me ocurrió responder de una forma: cogí una piedra del suelo y se la arrojé con la mano derecha. Le di a Jos en el ojo. Me gustaría decir que no fue más que la reacción de una niña asustada. Pero acerté exactamente donde estaba apuntando y no pude evitar sonreír al ver el impacto. Jos empezó a sangrar por la ceja. Sus amigos le rodearon para examinar la herida. Me concedieron esa breve ventaja.

Salí corriendo. No era tan lenta como ellos creían. Me detuve al final de la calle principal. Allí terminaban las casas y el paisaje se abría hacia un vasto campo ya seco, a pesar de que aún estábamos en mayo. Tenía la pierna muy tensa tras el esfuerzo, supe que al día siguiente me dolería desde la cadera hasta el arco del pie. Observé el nuevo silo a unos metros de distancia, con sus paredes de chapa verde botella y su torre más alta que la de la iglesia. Supuse que a esos cuatro idiotas les daría pereza llegar tan lejos. Alcancé el edificio y doblé la esquina norte. Allí podría ocultarme un tiempo en un rincón sombrío. Al cabo de unos treinta minutos, a Jos le obligarían a irse a estudiar. Su padre se asomaría a la ventana y empezaría a dar gritos con esas cuerdas vocales nodulosas para que se sentase ante el libro. Le había dicho a todo el pueblo que sería el primero de la familia en sacarse una licenciatura universitaria. Ese vago estúpido no era quien para truncar los sueños de su padre. *Spoiler:* los truncó.

Me acuclillé entre unos matojos y esperé.

Pasado un rato, me di cuenta de que quizá había eludido el acoso de aquellos palurdos. Pero no el de las avispas. Una mota amarilla y negra que zumbaba como un helicóptero empezó a rondarme la falda floreada que me obligaba a llevar mi madre. Procuré espantarla, pero no surtió efecto. Las avispas no me daban miedo, pero no me gustaban. El insecto curioseó en el estampado de la tela y, al descubrir que no había néctar, me abandonó. Ascendió en vertical rozando la rama seca del matojo tras el que me ocultaba.

Y entonces fue cuando el depredador se movió. O cuando se lanzó.

Porque disparó su cuerpo hacia delante como un misil en milésimas de segundo; proyectó dos garras, dos guadañas, que se plegaban sobre sí mismas para atrapar y no soltar. Una de esas garras hizo presa entre la cabeza y el tórax de la avispa. La otra, pinzó el blando abdomen hasta casi partirlo en dos. La avispa intensificó el batir de alas y el zumbido resonó histriónico. Al mismo tiempo, extraía el aguijón, pero no podía clavarlo más que en el aire. El depredador hincó los colmillos en la cabeza. El cráneo se abrió fácilmente. Empezó a succionar el interior y la avispa aumentó inútilmente la velocidad de sus alas y sus patas. Cuando terminó con la cabeza, las patas desaparecieron una a una entre sus mandíbulas. Luego le tocó el turno al tórax y, finalmente, al abdomen. Las alas de la avispa se desprendieron y cayeron como las plumas de un cojín. El resto del cuerpo se había extinguido en escasos diez minutos, dentro de la panza de aquella criatura.

El depredador volvió a la total quietud. Reparó en mi presencia. Entonces giró su rostro hacia mí. Y se quedó mirándome con la misma curiosidad con que yo lo miraba.

Hice el camino de vuelta a casa sujetando una lata de melocotón en almíbar vacío que había encontrado junto al silo. Llevaba un cartón como tapa. Me había olvidado de los cuatro idiotas que me buscaban. Entré en casa por la puerta de atrás y tuve la suerte de que ya había empezado el *Sálvame*. Mi madre se sentaba ante la televisión con un plato de rodajas de chorizo y un trozo de pan. Me saludó con la boca llena al oír la puerta, pero no llegó a verme; tampoco se percató del bote. Lo llevé a mi habitación. Junto a la ventana tenía un frasco grande de cristal donde intentaba hacer germinar lentejas entre algodones mojados. Tiré toda esa guarrada a la basura y tumbé el frasco sobre la mesa procurando que su boca coincidiera con la del bote. Me alejé y esperé.

Era la primera lección que había aprendido del depredador: esconderte y esperar no solo vale cuando quieres huir; también cuando quieres actuar.

El depredador acudió a la luz del frasco y se quedó inmóvil en su nueva casa de cristal. Entonces pude examinar de verdad aquel animal. Sus mandíbulas debían medir al menos medio centímetro, y sus ojos tenían un diámetro desmesurado. Pero lo que más me fascinaba eran sus pinzas: parecían unos imperdibles fabricados con zarzas. Permanecimos un buen rato mirándonos como dos estatuas a las que colocan una frente a otra en una iglesia y no tienen más remedio que aguantarse por el resto de la eternidad.

Pasado un rato, el animal reaccionó. Debía de sentirse cómodo. Empezó a pasarse las pinzas por las mandíbulas, por la cabeza, por las antenas. Se peinaba. Igual que yo misma me peinaba cada mañana, con la misma limitación, pero también con la misma delicadeza.

Oí cerrarse la puerta de la calle y las pisadas en la escalera. Sergio volvía de Madrid. Mamá se puso a hablar, todavía con la boca llena de pan y chorizo. Él respondía con los monosílabos habituales.

—Nunca me cuentas nada, hijo, me tienes abandonada —decía ella.

Él accedió al pasillo camino de su habitación. Salí a su encuentro. Tenía veintidós años, pero su espíritu peinaba canas desde el día que nació y se encontró de frente con mi padre.

—¡Fina! ¿Y esa cara de alegría?

—Mira lo que he encontrado —susurré.

Le mostré el frasco. No dijo nada. Se quedó mirándolo y tocó la superficie de cristal con la yema del índice.

—¿Dónde estaba?

—En el silo.

—¿Qué hacías allí?

No respondí. Pero él supo.

—¿Qué es, Sergio?

—¿No lo sabes?

—No.

—Es una mantis.

Una mantis. Me fascinó ese nombre.

—¿Sabes por qué te gusta tanto? ¿Sabes por qué es un insecto único?

—Porque es elegante, como una señora en un palacio.

—Por ahí va la cosa. —Hablaba muy bajito, sabiendo que estábamos compartiendo algo único que debíamos preservar del resto de la humanidad en el compartimento estanco que solo nosotros dos ocupábamos—. La mayoría de los insectos y otros bichos, como las arañas, si quieren mirarte, tienen que maniobrar con todo su cuerpo. Orientarlo hacia ti. Pero las mantis giran el cuello. Te siguen con los ojos, te vigilan. Y por eso parecen personas. Personas marcianas.

—O elegantes —insistí.

—Eso es.

Mi hermano no iba a hablarme de que las mantis tienen fama de devorar a los machos. Nunca me contaría algo que fuera a llegar a mis oídos tarde o temprano a través de bocas más estúpidas que la mía. Él siempre me contaba aquello que sabía que me iba a interesar. Lo de los ojos era, en ese momento, exactamente lo que yo quería oír. Porque estaba hipnotizada.

Quería algo de ese insecto. Aprender a mirar. Aprender a esperar. Aprender a emboscar.

Hoy, el día que tu cadáver destrozado ha aparecido en el páramo, me obligo a recordar una y otra vez ese episodio, Ari. Hoy toca esperar.

Paso la jornada de trabajo sin apenas abrir la boca. Traen el palé, abro el palé, recojo las cajas del palé, escaneo las cajas del palé, coloco las cajas del palé en la cinta transportadora. Así durante ocho horas, durante las cuales procuro borrarte de mi mente y llenarla tan solo de hermosos insectos. Eludo cuanto puedo la conversación de Mariela, que no puede evitar las lágrimas y los sollozos cada cinco minutos. Ella también te quería, Ari.

Pero Mariela no entiende que las lágrimas y los sollozos hacen que las avispas se alejen. Y yo no quiero que se alejen.

5

Hora de salir. El teléfono empieza a sonar a mitad de camino de vuelta al pueblo. De inmediato, detengo la scooter en el arcén. Ni siquiera pierdo tiempo en poner la baliza de emergencia, no pienso en la posibilidad de que me arrolle uno de los camiones que me sobrepasa. Muerdo el guante derecho para quitármelo y rebusco en el interior de mi abrigo nerviosamente hasta dar con el móvil.

—¿Josefina González Parra? —dice el funcionario.

—¡Soy yo! —grito para hacerme oír sobre el estruendo del tráfico pesado.

—Llamo de Madrid II. ¿Admite llamada con Sergio González Parra?

—Sí.

—¿Disculpe? No la he oído bien.

—Que sí.

—Le paso. Tiene cinco minutos.

Sergio se ha visto obligado a concertar una llamada reglamentaria. No me gusta. De un tiempo a esta parte, todos sus privilegios dentro del talego se han desvanecido. Hace un par de años, podía localizarlo a cualquier hora en el móvil clandestino de un compañero de pasillo, no quiero saber dónde lo escondían. Hoy supongo que habrá tenido que pagar caro por recibir el SMS que le he mandado: «Jos me lo ha dicho todo. Tienes que llamarme». Tras leerlo habrá tenido que ir al funcionario a pedir turno para el teléfono, y darle mi número, uno de los tres a los que le está permitido llamar (el mío, el de mi madre y el de su abogado).

—Fina, ¿cómo estás? ¿Qué pasa?

Ahora viene lo difícil. Los funcionarios pueden escuchar las conversaciones, a no ser que estés hablando con tu abogado. Yo podría haberle dicho a Juan Ramón, el representante de Sergio, que hiciese de mensajero. Pero no creo que sea buena idea que Juan Ramón se entere de ciertas cosas, no quiero darle motivos para dejar tirado a mi hermano o para que engorde la lista de favores que le debe. Para Juan Ramón, Sergio es una apuesta con cada vez menos opciones de éxito. Cuanto más difícil se ponga la situación, más cara saldrá la minuta final por mantener la lealtad durante esta época en el hoyo.

El caso es que no puedo comentar con Sergio directamente lo que ocurre. Hay que tirar de inventiva.

—Ya sabes qué pasa. Me encontré con Jos y me contó. ¿Cuándo me ibas a decir que hay que darle de comer a esos perros?

Jos, sí, el mismo Jos que se burlaba de mí cuando era pequeña, es amigo de Sergio (sí, a pesar de todos los castigos que Jos se llevó por burlarse de mí). De hecho, quizá ahora mismo sea su único amigo, lo que es un problema, porque Jos es tonto de cojones. Tiene perros; no es que los críe, ni nada, en realidad él no sabría distinguirlos de un gato, pero el caso es que los tiene. Así que si los funcionarios sospechan de nuestra conversación, comprobarán que esos animales, al menos, existen. El peligro es que Sergio me diga que no sabe de qué coño le estoy hablando: es muy capaz de negarse a recibir mi ayuda por puro orgullo. Afortunadamente, entra al trapo.

—No quería meterte en ese lío.

—¿Y quién iba a hacerlo si no?

Silencio al otro lado. Su actitud cuadra, conozco a Sergio: la soberbia le costará la vida. Literalmente.

—Esperaba que se les pasase el hambre por sí sola —confirma. Ayer mismo, cuando no tenía ni idea de que hoy Ari iba a aparecer muerto, pasé por delante del bar de mi pueblo, el Piris. Jos estaba dentro y me vio por el ventanal. Aparece poco por el pueblo. Ahora que le van bien las cosas, cada vez que se sienta a una mesa en el Piris se congrega a su alrededor una tropa de desconocidos que le bailan el agua, los que antes reunía mi hermano. Supongo que quieren chupar de él todo el beneficio que puedan antes de que la cague y acabe en la cárcel, porque la cagará. Si la cagó Sergio, que le da mil vueltas y acaparó mucho más poder, lo del bocazas miope de Jos será más rápido y más doloroso. Es imbécil, pero al menos Jos no olvida los favores. Cuando me vio ayer, no me apetecía nada pararme a charlar. Le dirigió un saludo con la cabeza y quise seguir caminando. Pero se levantó precipitadamente de la mesa y salió al exterior, dejando a sus acompañantes fuera de juego.

A pesar del viento frío que azotaba el pueblo desde el páramo, percibía el olor a tabaco y sudor que emanaba su ropa. Tenía el gesto bastante torcido, propio de llevar varios botellines y haberse fumado unos porros. Tuve la suerte de pillarle en un momento de exaltación de la amistad, de lo contrario no me habría enterado de nada.

—Oye, Fina, solo quería decirte que, pase lo que pase, no tienes que preocuparte. Os debo mucho a ti y a Sergio, por mi parte, no va a faltarte apoyo.

Me quedé mirándolo y empecé a asentir, intentando disimular mi desconcierto. No tenía ni idea de a qué se refería.

—Claro, Jos. Te lo agradezco mucho. Estoy muy preocupada. ¿Qué crees que puede llegar a pasar?

—Con esta gente nunca se sabe. Pero no suelen perdonar una deuda. Si Sergio no consigue reunir el dinero, pueden llegar a hacer cualquier barbaridad. Yo los he visto actuar.

Conseguí sostener la mirada y el gesto, conteniendo la bola de electricidad que se me estaba formando en el estómago.

—No es tanto dinero, Jos. ¿No crees que Sergio se las arreglará para conseguirlo?

—¿Trescientos mil? Fina, ni siquiera yo mismo puedo reunir tanto en quince días.

La bola de angustia me estalló en las tripas y la onda expansiva me llegó hasta las extremidades. Entonces sí que no pude evitar palidecer, pero Jos no lo notó. Seguía hablando.

—El problema de Sergio es que no ha aceptado que ya no está en la cima; hace unos años, habría conseguido toda esa pasta en una sola tarde. Pero ahora la gente le ha…

—¿Quiénes son? —lo interrumpí.

—Pues quiénes van a ser, Fina, los de Algeci… —Entonces me miró y notó que me había derrumbado—. Un momento, tú estabas al tanto de esto, ¿no?

Me alejé del Piris, dejando a Jos en la puerta. Renunció a seguirme, pero lejos me iba gritando: «¡Por favor, Fina, no le digas a Sergio que se me ha escapado!». Al llegar a casa busqué un número de teléfono que tenía apuntado en un papelito. Hace muchos meses que no responden a mis llamadas en ese móvil: Sergio ha perdido ese privilegio, pero aún puede pagar la recepción de SMS. «Para Sergio González Parra: Jos me lo ha dicho todo. Tienes que llamarme». A partir de ese momento, he estado esperando la respuesta de mi hermano como si nada más importara en este mundo. Y de pronto tú apareces muerto, Ari, y me doy cuenta de que ninguna ley en el universo impide que las calamidades lleguen a pares.

Al otro lado del teléfono, Sergio sigue fingiendo que mantiene el control de las cosas.

—¿Dónde estás? —pregunta para restar peso al problema—. No oigo más que ruido.

—Me has pillado en la avenida, hay una cola enorme de camiones saliendo del centro.

Luego nos sumimos de nuevo en un breve silencio. Pero el tiempo corre, y la llamada solo dura cinco minutos.

—Escucha —digo—. La ración de los perros es de trescientos gramos, ¿no? Y dentro de quince días tendrán tanta hambre que empezarán a morder. ¿Es así?

Sergio no contesta. Me he pasado con la obviedad de la metáfora, los funcionarios no son tontos y todo se está grabando. No escucharán la llamada si nada sucede. Pero si ocurre cualquier desgracia, si Sergio aparece muerto, por ejemplo, levantarán todas las alfombras. Entonces la policía escuchará las llamadas registradas en centralita y la metáfora de los perros no funcionará. Descubrirán que yo estaba enterada de que su vida corría peligro, y me vendrán con preguntas que me pondrán en la comprometida situación de testigo contra una mafia sanguinaria. Sergio parece resignado a irse de este mundo sin implicarme. Y eso me aterroriza más de lo que me alivia.

—Me tomaré tu silencio como un sí —continúo—. Voy a hacer todo lo posible para que esos perros tengan su ración.

—Fina, no. Es peligroso, pueden volverse contra ti y contra…

Corto la llamada. Conozco a Sergio, sería capaz de convencerme de permitir que le maten. Supongo que debe de ser jodido encontrarte abandonado por todos, ver que de pronto nadie cree en ti. No se da cuenta de que yo estoy acostumbrada a eso, a que nadie crea en mí, y no ve en ello ningún tipo de ventaja. Pero las hay. Por otra parte, mantengo mi fe en él igual que él ha tenido siempre el descaro de mantener su fe en mí.

Me guardo el móvil de nuevo en el abrigo y me quedo sola entre las nubes de monóxido de carbono, el frío y el estruendo de los camiones. Avanzo con la scooter por la avenida, hasta que tomo la pista hacia el pueblo. Entonces las molestias del tráfico van quedando atrás, durante un par de cientos de metros me sumerjo en la soledad del páramo, con los únicos sonidos del motor de batería de la scooter y la brisa. Ya le estoy dando vueltas a la cabeza, y sé que los pensamientos no se van a detener así como así.

No le he contado lo tuyo, Ari. No le he dicho que tú eras el único plan que, por el momento, se me había pasado por la mente para solucionar su problema. No le he explicado que hoy se han llevado tu cuerpo hecho trizas al Anatómico Forense. Sergio no ha llegado a conocerte, aunque sabe quién eras, por todas las veces que le hablé de ti. De esta coincidencia de calamidades solo puedo extraer algo positivo. Que quizá averiguando qué es lo que de verdad te ha pasado, el motivo de esa mala caída, pueda también encontrar la manera de saciar el hambre de los perros que amenazan a mi hermano.

No tengo mucha esperanza de conseguir ninguna de las dos cosas. Pero tampoco tengo nada más que hacer hoy por la tarde.

6

Al día siguiente aproveché que mi madre salía a la compra para llevarme el frasco con la mantis a la plaza. Me instalé al fondo, lejos de los plátanos de sombra donde todo el mundo se junta a perder el tiempo. Puse el frasco sobre un poyo de granito. Una piedra impactó a pocos centímetros del tarro. Sabía quién la había lanzado. Así que me propuse volver la mirada hacia él con el mismo ademán que la mantis.

Ahí estaba Jos. Y Fon y Nacho y Viña. Tenían una sonrisa entre sádica y estúpida. Pero mi nueva forma de mirarles les confundió. Jos lucía un surco rojo oscuro sobre la ceja, no creo que se hubiera lavado bien la herida. Sostenía otra piedra y se disponía a lanzármela.

—Sergio está en casa —dije con desinterés—. Al final no se quedó a dormir en Madrid.

La sonrisa de Jos se esfumó. No soltó la piedra, pero daba igual, ya no iba a lanzarla. No eran mucho más jóvenes que mi hermano, pero vivían a distancias mentales intergalácticas.

—¿Qué tienes ahí?

—Una mantis —respondí, sin dejar de observarla.

—¡Oh, una mantis! —dijo Fon—. ¿Son esos bichos que se decapitan y se devoran mientras follan?

—¡Eso es! —confirmó Viña.

Juntaron sus cabezas contra la mía para ver bien el frasco. Noté un picor insoportable por tenerlos tan cerca.

—Es como los humanos, si quieres follar te van a comer la cabeza igualmente —soltó Nacho.

Los otros tres rieron como adultos que golpean sus vasos de anís contra una barra de taberna.

—¿Tú sabes lo que es follar, Fina? —me espetó Jos.

—Claro, Jos —respondí—. Es algo muy importante. Tu padre se deja todo el sueldo.

Viña, Fon y Nacho estallaron en una carcajada inesperada. Jos se irguió, separando la cabeza de la de sus amigos. Observé cómo apretaba la piedra con tanta fuerza que los nudillos le palidecían. Me preparé para el golpe. Pero no llegó.

—Bah, tío, déjala —dijo Viña—. Que luego vamos a quedar con Sergio.

Sólo mencionar el nombre de mi hermano sirvió para que el puño de Jos perdiera tensión.

—Vámonos de aquí —propuso Jos—. Por cierto, Fina, ¿ves ese bicho que tienes en el frasco?

Entonces dobló el codo izquierdo. También dobló la muñeca hasta que el dorso de la mano formó un ángulo de noventa grados con el antebrazo. Hizo lo mismo con los dedos: el anular y el meñique le quedaron enroscados en el centro de la palma de la mano. El resultado era un brazo como una pinza de mantis, encogido e inmóvil y aparentemente inútil.

Un brazo espástico.

Un brazo igual que mi brazo izquierdo, paralizado por la falta de oxígeno que sufrí en el momento de nacer.

—Paso de estas dos mantis, vaya par de bichos —sentenció Jos—. ¡Adiós, Mantis!

—¡Así te vamos a llamar! —dijo Viña muy satisfecho.

—Ese insecto está muerto —observó Nacho—. Vete a enterrarlo y entiérrate con él, Mantis.

Se alejaron riendo por la plaza. Se suponía que yo debía estar enfadada u ofendida. Sin embargo, observé una vez más al depredador. Efectivamente, parecía muerto. Esta vez tenía las patas estiradas y su abdomen rozaba la superficie del cristal. No le quedaba un ápice de la tensión que había lucido hasta el momento. Excepto en las pinzas, que continuaban duras, espinosas, apretadas. Las comparé con mi brazo izquierdo. El brazo del que ni siquiera podría valerme para enterrar a mi mantis. Levanté el codo cuanto pude. Me imaginé proyectando la mano como un látigo hacia una presa desprevenida. Sonreí. Me quedé mirando al grupo de chicos que se alejaban.

Ellos serían las avispas. Todos serían las avispas.

7

Tengo suerte. Justo hoy mi tío Iván necesita acercarse a Guadalajara a última hora de la tarde. Voy con él en el coche y esquivo como puedo las preguntas que va disparando. ¿Y cómo está tu madre? ¿Y qué se sabe de Sergio? Estaréis contando los días para que salga, ¿no? ¿Y qué tal el trabajo? ¿Y por qué tienes que ir a Guadalajara? No le hablo de ti, Ari. Eso me faltaba, tener que explicarle al tío algo tan inexplicable como lo tuyo. Por supuesto, tampoco le cuento nada de las últimas urgencias de Sergio.

Le pido que me deje en un semáforo, cerca del río Henares.

—Quedamos aquí dentro de una hora —dice—. Si tardas mucho tendrás que volver en autobús.

Voy caminando hasta el edificio del barrio de los Manantiales donde vivía Ari. Un bloque viejo, sin aire acondicionado ni calefacción. Entro en el portal, piso los suelos de sintasol sobre los que proyecto una sombra provocada por una única bombilla que cuelga de un cable. El inmueble es muy barato y sus alquileres también, aquí no se gasta en las zonas comunes. Ari, maldito tacaño, ahorrabas cada céntimo. No sé dónde enviabas lo que ganabas, no sé qué querías hacer con ello, pero sospecho que las privaciones de tu infancia te habían convertido en un ser humano magro, de esos que ya no existen en España, como nuestras abuelas de posguerra.

Subo la escalera hasta el primer piso. Llamo a la puerta. El puntito de luz de la mirilla se apaga de pronto: me están espiando desde dentro.

—Ay, es la lisiada —dice alguien, que cree que no se le oye.

La puerta se abre y me encuentro con dos chicas mirándome. Son aún más bajas que yo y mucho más morenas. Las conozco, se llaman Miranda y Analí, dos de las compañeras de piso de Ari.

—Ay, no sabes cuánto lo sentimos —dice Miranda.

Y parece decirlo en serio. ¿Por qué no iba a decirlo en serio? Eras un buen tío, Ari, algo espartano, algo antipático, pero cualquiera con dos dedos de frente podía ver que no tenías dobleces. Además eras guapo, cabrón. Sí, no me hagas repetirlo porque no lo haré. Estas dos latinas diminutas estaban locas por ti. Se habrían derretido con solo haber tenido la posibilidad que yo tuve de poner un pie en tu dormitorio.

¿Recuerdas la primera vez que entré allí? Fue aquella primavera en que andábamos más unidos. Tú me acompañabas a Los Olivares casi todos los sábados. No tenías otra cosa que hacer, y era gratis. Un día te empeñaste en ayudarme a darle de comer a Izan, él tosió y te puso la camiseta perdida. Me pediste que te acompañara a cambiarte porque tu casa no estaba tan lejos, y luego queríamos dar un paseo juntos.

Al entrar, Ari me dejó un segundo en el salón con esas dos. Miranda y Analí me escrutaban como deseándome la muerte con toda su voluntad. Recuerdo ese momento porque, en mi vida, no son muchas las ocasiones en las que no sé cómo actuar. En ese caso, podía mostrarme altiva para fastidiarlas a ellas. Pero entones, ¿qué habría pensado Ari? ¿Que me sentía bien en el papel de su pareja? Mientras él se cambiaba de ropa, Analí dijo:

—Perdona, Ari nunca nos había dicho que tuviera novia.

Es lista, Analí. Con esa frase ponía las cartas boca arriba. Si por mi parte hubiera reaccionado con turbación o con indignación, ella habría tomado nota: todavía tenía posibilidades. Sin embargo, no tuve tiempo de reaccionar de ninguna manera. Ari salió de su habitación me rodeó la cintura con los brazos.

—Acompáñame, Bebé.

Me arrastró hacia su cuarto. Me soltó en el pasillo, nada más salir del salón. Yo le estampé un pisotón en el pie. Ahogó un grito. Ari ya debía conocer mi problema con el sentido del tacto. Desde que tengo uso de razón he visitado a un millón de fisioterapeutas empeñados en masajearme de todas las formas posibles para devolver cierta holgura a mi brazo y a mi pierna, para frenar las secuelas en la medida de lo posible. En mi vida, el sentido del tacto siempre ha estado relacionado con la curación en un entorno sanitario. Y, por tanto, con mi condición. Siempre he tenido que pagar por esas sesiones y, por supuesto, nunca han tenido nada de erótico.

Como resultado, no me gusta un pijo que me toquen. Ni siquiera me gustaba que me tocase Ari. Especialmente Ari. Me perturbaba demasiado cada vez que se acercaba a mí. En aquella ocasión, se dio cuenta de su error. Evitó volver a rodearme la cintura y, en cambio, me agarró de la manga de la sudadera. Una vez logró conducirme a su dormitorio, cerró la puerta.

—Perdona, de verdad, perdona. Debería haberte avisado para que me ayudaras. Necesito quitarme de encima a esas dos. Son muy pesadas, y ya hasta se pelean entre sí.

—¿Se pelean por ti? —dije con tono burlón.

Sé que conseguí avergonzarle porque mantuvo el silencio y tragó saliva.

—¿Y qué te hace pensar que dándoles celos conmigo te las vas a quitar de en medio?

—Bueno, así se dan cuenta de que juego en una liga muy superior a la suya.

—¿Qué?

—Bueno, pues… ¿No lo entiendes?

Y allí otra vez te quedaste mirándome de cerca, puto rumano, como esperando a que yo desviara los ojos, o qué sé yo. No sé por qué no lo hablábamos. Bueno, no sé por qué no lo hablabas tú, pero sí sé por qué no lo hacía yo: porque no me daba la gana. Y porque nos bastaba con mirar. Nuestras miradas siempre estaban en una especie de duelo permanente, como en las pelis de vaqueros de Sergio Leone: Clint Eastwood y Lee Van Cleef retándose en cada plano con las pupilas. Ellos conseguían no matarse hasta el final, y yo pensaba que lo nuestro iba a ser igual. Hasta que pasó lo que pasó, y luego dejaste de prestarte a ese juego.

—Vámonos de aquí, Ari —dije para acabar con aquello—. Tu dormitorio es más deprimente que la casa de mi madre.

Y lo sigue siendo, lo será siempre. Miranda y Analí me han dejado pasar. Les he dicho que quería recuperar algunas pertenencias personales que todavía estaban en poder de Ari. La habitación es tan espartana como el resto de la minúscula vivienda. Un somier que son cuatro palos, un colchón de IKEA de los finos. Todo recogido. Todo tal y como estaba cuando la visité por primera vez. Solo que ahora, a primeros de diciembre, unas corrientes de aire frío que no sé de dónde vienen se me cuelan por el cuello.

—Mañana viene la dueña a tirarlo todo, dice que la habitación no puede estar sin alquilar —dice Analí.

—¿Vosotras no queréis quedaros nada? —pregunto.

—Ay, no, que traerá mala suerte.

Me sorprendo.

—¿Por qué dices eso?

Miranda permanece en un segundo plano. Analí se atreve a preguntar:

—¿Aron era un chico normal? No sé… ¿Vosotros…?

—¿Nosotros qué?

—¿No hacíais brujería, o santería, o algo así?

Lo miro de pies a cabeza. Lo hago con el gesto más serio que soy capaz de fingir, porque en el fondo estoy reprimiendo una carcajada. Alzo el brazo izquierdo, el afectado, retorcido como una raíz de mandrágora, algo propio de chamanes.

—Lo que Ari y yo compartíamos no se puede explicar —digo con voz cavernosa.

Ella guarda silencio. Miranda ha dado unos pasos atrás hasta casi desaparecer en la penumbra del pasillo.

—Y ahora necesito un poco de intimidad, por favor. Tengo que encontrar algo.

Me dejan, ellas mismas cierran la puerta. Empiezo a abrir cajones, armarios, maletas. Todo está en perfecto orden, un orden enfermizo, Ari, puto chalado. Tenías solo cuatro prendas de ropa, además de las de trabajo, y están todavía impecables. Por ahí andan tus documentos, todo en orden, nada raro. Y un montón de blocs a los que no les sobra ni una esquina en blanco donde dibujar, lápices gastados, pero ni una viruta de haber sacado punta. Lo tuyo era trastorno obsesivo compulsivo, chico, qué horrible pareja habríamos hecho.

No encuentro nada. Ni un resguardo de un trastero, ni un papel con una ubicación donde pudieras estar ocultando tus cosas, ni una dirección de Rumanía a la estuvieras enviando nada, ni una postal que hubieras recibido de un amigo, ni una foto de la novia que pudieras haberte echado en estos últimos meses en los que apenas hemos hablado.

Se desorientó en el páramo, se cayó, se golpeó la cabeza, se congeló, se lo comieron los jabalíes. Quizá debería conformarme con esa historia, como sin duda hará la policía judicial.

Cojo uno de los lápices desgastados y encuentro un trozo de papel del tamaño de un pósit. Dibujo una flor. Una margarita cutre, torpemente ejecutada. La dejo sobre la almohada. Nunca llegaste a conocer mi versión más cursi, Ari. Y ahora ya es tarde.

Menos mal.

Agarro una carpeta llena de dibujos y me la llevo, me pertenece más a mí que a la planta de reciclado de papel. Dejo mi sombra en la pared. Salgo de la habitación y de la casa, despidiéndome de Miranda y Analí con una voz tímida, sabiendo que no volveré a hablarles.

8

Las nueve de la mañana. Anoche tomé un Orfidal, he dormido como un tronco, sin sueños. Llego a la caseta de acceso con el cuerpo entumecido por el frío. Dejo la scooter en la pequeña plaza que Andrea Segoviano, la directora de Recursos Humanos, me tiene reservada. Cuando digo scooter no me refiero a una moto de dos ruedas. Hablo de una de esas sillas de ortopedia con motor de batería para gente que no puede caminar bien. Esos carritos eléctricos que, en las series americanas, usan los personajes viejos y obesos para ir al supermercado.

Cuando empecé a trabajar en el CLT acudía andando desde mi pueblo, que está solo a un kilómetro y medio de distancia. Pero además de la mano espástica, también sufro un leve patrón equino en el pie izquierdo. Se llama patrón equino a esa forma de pisar que apenas permite apoyar el talón. Siempre lo he ignorado, no me importa caminar, la tensión que se me acumula en los gemelos nunca había llegado demasiado lejos. Hasta que empecé a trabajar en el Monstruo. Entonces, de tanto repetir el trayecto de ida y vuelta, los dolores se hacían insoportables. Hay una lanzadera para traer a los empleados que vienen de Guadalajara, pero su parada se encuentra lejos de la caseta de acceso, para no interferir con el tráfico de camiones. Así que no valía la pena hacer que el autobús se desviara de la A2 para pasar por mi pueblo, porque de todas formas iba a seguir sufriendo dolores.

Evaristo habló con Andrea Segoviano y Andrea Segoviano habló conmigo.

—Tenemos unas ayudas destinadas a adaptar el puesto de trabajo para los minusválidos.

—Para personas con diversidad funcional —precisé.

—Ah, cierto, cierto, perdóname, Josefina. Es la fuerza de la costumbre; a mi edad es complicado cambiar el lenguaje.

Me quedé sonriendo y mirándola fijamente, como siempre hacía cuando hablaba con alguno de los que mandaban en el CLT.

—Bien, como te decía —prosiguió la directora de Recursos Humanos—, creo que podemos gestionar esas ayudas para conseguirte un producto de apoyo para la movilidad personal.

—¿Un qué?

—Pues, en tu caso, un carrito motorizado de esos que llevan algunas personas con diversidad funcional.

—Personas con movilidad reducida.

—¿Qué?

—Personas con movilidad reducida.

Yo seguía sonriendo.

—Pero si acabas de decir que la designación correcta es «diversidad funcional».

—Esos carritos sirven para ayudar a las personas con movilidad reducida, pero no para ayudar a los ciegos o a los sordos, que tienen otra diversidad funcional.

Por supuesto, yo seguía sonriendo.

—De acuerdo, tienes razón, discúlpame.

Había aprendido que cuantas más veces tuviera que pedirme perdón una persona, más posibilidades tendría de conseguir algo de ella. Con Andrea Segoviano era muy fácil. Llevaba manipulándola a mi favor desde el primer día que me presenté en su despacho para la entrevista de trabajo. No es que tuviera ninguna necesidad de hacerlo; me iba a dar el empleo, de eso no cabía duda. En primer lugar, porque iba recomendada por Evaristo.

Andrea sabía valorar que el presidente del comité de empresa le debiera un favor a la directora de Recursos Humanos. En segundo lugar, porque yo iba a formar parte de la cuota del dos por ciento. Esa proporción de la plantilla que debe estar obligatoriamente formada por personas con discapacidad y que, cuando no se cumple, debe compensarse donando dinero a asociaciones, contratando servicios a centros especiales de empleo, o con cualquier otra alternativa que te apruebe la inspección de trabajo. Cuando yo me presenté candidata al puesto, en Aldea Logistics no se cubría la cuota del dos por ciento ni por asomo. Por tanto, para Aldea Logistics, yo era un tesoro. Que tuvieran que sufragarme parte de mi «producto de apoyo a la movilidad personal» suponía un mal menor.

Un día llegué a la caseta de acceso y uno de los guardias de seguridad me estaba esperando.

—¿Tú eres la persona con movilidad reducida?

—Acabo de caminar un kilómetro y medio —contesté, que no sabía por qué lo preguntaba—. ¿Te parece eso movilidad reducida?

—Me refiero a que eres la persona con diversidad funcional.

—Persona con discapacidad —precisé—. Es la denominación oficial, según CERMI.

—Lo que sea. Han venido de Recursos Humanos a dejarte esto.

Junto a la caseta de acceso habían aparcado la scooter. La batería estaba cargada, lista para usarse.

— Andrea Segoviano me ha pedido que te pregunte si no te importaría quedarte un ratito a la salida; quiere hacerse contigo unas fotos para la revista interna de Aldea Logistics, para no sé qué reportaje que quieren titular «Sin barreras».

—Claro, claro. No hay problema.

Por supuesto, en cuanto terminé el turno me subí a la scooter y salí de allí a toda prisa, fingiendo que había olvidado lo de las fotos. Desde aquel momento recorro la distancia en línea recta desde mi casa al trabajo subida en ese trasto rojo, con una cesta de plástico negro donde puedo llevar mis cosas. El carrito me hace parecer mucho más discapacitada. Pero eso tiene sus ventajas.

Aparco la scooter en mi plaza y dejo el antirrobo conectado. Que los carritos para quienes no pueden andar deban tener antirrobo te dice mucho del mundo en que vivimos. Cojo el almuerzo que llevo en una bolsa de tela, en la cesta. La manga izquierda del plumífero me cuelga vacía a un costado del cuerpo. Pocas veces meto el brazo izquierdo en la manga. ¿Para qué? No lo voy a usar. Manejo el joystick de la scooter con una sola mano, con un guante de esquiar. Prefiero tener la otra abrigada junto a mi cuerpo.

Al acercarme a la máquina de fichar alguien sale de la garita de seguridad y se me acerca. Es el Grumo. Este nunca da noticias buenas. Todo el mundo odia al Grumo, aunque solo yo lo llamo así. Entrar al CLT es como beberte una sopa fría e insípida, pero si además te encuentras un cuerpo extraño sólido flotando en ella, un grumo, la náusea está garantizada. Creo que me explico.

—¿Josefina González Parra? —dice el Grumo—. Ven conmigo, te están esperando.

9

El Grumo me conduce al interior de la caseta, donde ya he estado otras veces. Es un habitáculo prefabricado, acoge una sala de espera con bancos corridos y una ventanilla como de funcionario que te permite pedirle cosas al personal de seguridad.

Allí te conocí, Ari, ¿recuerdas? No, qué vas a recordar tú, maldito rumano.

Sentados en los bancos hay dos hombres con identificaciones prendidas del pecho. Son agentes de la Guardia Civil, policía judicial. Los envía el Juzgado de Instrucción. A uno de ellos lo conozco bien. Llevó toda la investigación del asunto del Auto-Mapi, tú de eso no sabes nada, Ari. Lo gracioso de este tío es que se apellida Capitán, pero es sargento. El sargento Capitán. Es como si su nombre le hubiera impuesto unas expectativas imposibles de cumplir: nacido para fracasar.

El sargento Capitán me mira y suspira. Está claro que me recuerda. ¿Cuántas veces en tu vida tienes la oportunidad de empapelar a un paralítico cerebral? Formo parte de ese fracaso para el cual nació. Hace años, tuvo que conformarse con llevarme al juez de menores, cuando él hubiera deseado encarcelar a mi hermano. Pero ahora mi hermano ya está encarcelado, por otros motivos, y este que nos ocupa, la muerte por accidente laboral de un rumano pobre, es un asunto menor para ellos. Así que el sargento Capitán debe de estar pensando que aquí paz y después gloria.

49

—Hola, Josefina. ¿Cómo estás? Me alegra verte.

No me lo creo.

—Hola, sargento Capitán —respondo sonoramente.

Me quedo sonriendo y mirando a la pareja. El otro guardia civil, el que no es el sargento Capitán, me mira con lástima. Eso me da cierta ventaja. Se presenta como el cabo Laredo, es todavía más joven que yo. Van al grano, se nota que quieren cerrar lo tuyo, Ari, cuanto antes.

—¿Cómo de cercana era tu amistad con el señor Costache, Josefina? —pregunta el sargento Capitán.

—¿Con quién?

—Con Aron Costache.

Su tono es amable, muy distinto al que empleó contra mí cuando lo del AutoMapi. Ahora me trata como testigo, no como sospechosa ni acusada.

—Con Ari... —Se me hace un nudo en la garganta.

Pero me lo trago.

Los dos policías asienten a la vez y la sincronización les queda muy cómica. Si supieran lo divertidos que parecen no se esforzarían en poner esa cara tan seria.

—Creo que fui su primera amiga desde el momento que entró a trabajar en el Monstruo.

—¿El Monstruo? ¿Te refieres al Centro Logístico de Transportes WuChain?

Por ser más precisos: el Centro Logístico de Transportes Aldea Logistics WuChain Alcarria.

—Sí, al CLT. Disculpad, Ari y yo siempre lo llamábamos así, por su nombre coloquial. Parece un monstruo tirado en mitad del páramo, que come y caga. Como la boca esa que está enterrada en el desierto en *El retorno del Jedi*, ¿entendéis?

No espero que lo entiendan. Los miro fijamente para que vean que estoy a punto de llorar. Los dos guardias civiles bajan los ojos. Ari no los bajó la primera vez que le vi. Estábamos sentados en este mismo banco corrido del interior de la caseta de control de seguridad. Nos estaban elaborando una tarjeta de acceso, yo había perdido la mía y él se incorporaba ese mismo día. Hacía tanto calor que la caseta podría haberse utilizado para asar cochinillos. Sus acabados en plástico y chapa atrapan el sol y no lo dejan escapar. Aquel día el aire acondicionado no funcionaba.

—¿Por qué no protestáis cuando se jode el aire? —pregunté al Grumo, con tono de reproche.

Como única respuesta, él cerró la ventanilla que separaba su garita de la sala de espera. El Grumo es un guardia jurado silencioso, chivato y agresivo, que se vuelve más agresivo aún cuando le hablas. Aquel día, disfrutaba dentro de su habitáculo de la mísera corriente de aire de un ventilador comprado en los chinos. No quería compartirla con un elemento molesto como yo. Se sentó al ordenador a completar los cuatro datos que debían figurar en mi tarjeta. Yo me acomodé a pocos metros de aquel chico al que no había visto nunca. Tendría veinticinco años, una mirada pálida, el pelo muy corto. Fue entonces cuando noté que me estaba mirando de fijo. Y cuando le devolví la mirada, él no apartó la suya. Sonrió. Yo no estoy acostumbrada a eso. Las miradas se clavan en mi mano izquierda inválida y se desvían en cuanto se ven sorprendidas observando indecorosamente.

Él hizo algo aún peor que sostener sus ojos azules, inquietantes, sobre mí. Llevaba un bloc de dibujo y un lápiz. Se puso a arañar el papel con la mina, como un gato chiflado. A los pocos segundos deslizó su culo a lo largo del banco corrido hasta que se situó a mi lado. Me mostró el dibujo. Un personaje diseñado al estilo manga o anime, como de *Oshi no Ko*. Tenía una silueta muy delgada, casi desgarbada, pero elegante de algún modo; llevaba el pelo muy corto y una ropa muy grande, que disimulaba cualquier forma femenina; tan solo se podía decir que representaba una chica por la profundidad y la candidez de los ojos, unos ojos enormes incluso para las exageradas proporciones faciales de un cómic japonés. Yo era ese personaje, yo era esa chica poco femenina, yo poseía y poseo esos ojos.

Lo que habías hecho, jodido Ari, mirarme, observarme, estudiarme y luego dibujarme, habría constituido motivo suficiente para que te cruzara la cara con el cúter de trabajo. Sin embargo no dije nada. Era la primera vez en mi vida que me asomaba a algo parecido a un espejo y veía en él una imagen que me gustaba.

10

El sargento Capitán y el cabo Laredo prosiguen con el interrogatorio. Aunque sé muy bien lo que pretenden encontrar: nada. Solo quieren una excusa para abandonar el páramo y regresar a su oficina. En su cabeza, ha sido un accidente. Para tranquilidad de todos, una desgracia ajena al entorno laboral. De esa forma, ni la compañía de seguros ni la empresa ni la inspección de trabajo se verán comprometidas.

—¿Qué le pasó? —pregunto, como si no supiera lo que me van a contestar.

Los policías se miran entre sí, valorando si es adecuado responder.

—Manejamos varias hipótesis —dice el Capitán que no es capitán—. Pero la más verosímil es que se internó en el páramo, horas antes de que comenzara su turno de trabajo. Quizá perdió la conciencia o quizá sufrió un paro respiratorio. Cayó al suelo y se golpeó la cabeza contra una piedra. Y luego sufrió una hipotermia. No sabemos exactamente cuál de estas causas le provocó la muerte. Los carroñeros se han ensañado con el cuerpo, lo han cambiado de postura, lo han desplazado. Presenta múltiples lesiones *perimortem*.

—¿Cómo sabéis entonces que se cayó al suelo?

—Lo suponemos.

—¿Qué os hace suponerlo?

El sargento Capitán hace una mueca; le están empezando a molestar mis preguntas.

—En los análisis de sangre…

—Espera, Carlos —interviene el cabo Laredo—. Quizá no le apetezca conocer ciertos detalles.

—No te preocupes —aclaro—. Quiero la verdad.

—Bueno, los análisis de sangre de Aron Costache han dado positivo en opiáceos. Creemos que ese era el motivo de que anduviera a esas horas perdido a la intemperie. Iba muy drogado, disociaba, se desorientó…

—Entiendo —respondo.

Pero en realidad no lo entiendo. No lo entiendo porque tú, Ari, no te metías nada. A veces me habría gustado que lo hicieras, cuando te ponías en plan coñazo, con esos interminables silencios durante los cuales solo garabateabas en tu libreta. Pero nunca te vi drogarte, puto rumano. Fuimos amigos íntimos durante un año, y en todo ese tiempo ni siquiera fumabas porros, porque te bajaban la tensión. Me reía de ti, te llamaba monje de los Cárpatos, el conde Drácula muerto en vida. Podías tomarte un par de cervezas, pero nunca te vi perder el control. Y nunca jamás antes de empezar tu turno. Sabías lo que te jugabas. Si perdías este trabajo, lo perdías todo. Todo, menos a mí, aunque de eso no te habías dado cuenta.

—¿Consumías drogas con Aron? —pregunta el sargento Capitán, que ahora me quiere castigar por entrometida.

—No —respondo con calma—. Yo no puedo consumir drogas y nunca lo he hecho. Tengo un problema neurológico. Una lesión cerebral.

Sé que no se lo van a creer, y ellos saben que yo sé que no se lo van a creer. Pero es verdad.

—¿Sabías que Aron consumía drogas?

—Está claro que no me lo contaba todo.

—¿Tenía otros amigos en el CLT a los que les contara más cosas que a ti?

—Ari no era muy sociable. Pero tampoco antipático. Podía conversar con compañeros de vez en cuando, pero no lo vi nunca integrado en ningún grupo.

—¿E individualmente?

—Individualmente creo que yo era la única persona de la que se fiaba.

—Pero no tanto como para decirte que consumía drogas.

Miro al suelo y trago saliva. Porque yo he mentido y el sargento Capitán ha tocado en hueso. Me obligo a alzar la mirada y deseo más que nunca que el tamaño de mis ojos sea tan grande como Ari dibujaba. Así los guardias civiles se sentirán fulminados.

—No. No se fiaba de mí tanto como para decirme que consumía drogas —reconozco.

El cabo Laredo sostiene unos papeles y los hace bailar adelante y atrás, como si fueran una baraja. Le ha tocado jugar el papel de poli bueno por azar. Ni me tiene más lástima ni más simpatía que el sargento. Prefiero que me aten a un poste y me azoten antes que darle cualquier información sobre Ari.

—¿Conocías a José Javier Ortega Domínguez?

Claro que conocía a José Javier Ortega Domínguez. Pero lo conocía más por su sobrenombre, el Tranchete. No era mi amigo, nunca había hablado con él. Era un íncel baboso, siempre revoloteando alrededor de las chicas del Monstruo. Si eras joven y, sobre todo, negra, te podías dar por jodida: el Tranchete iba a estar dándote el coñazo hasta que quedases con él fuera del curro, o hasta que le mandases a tu novio a bajarle los humos. Lo llamábamos así (o le llamaban, yo nunca me vi en la obligación de pronunciar su nombre, a mí no se me acercaba, nunca me molestó, nunca me molesta nadie) porque siempre se traía los almuerzos más tristes: llegó a sacar en la cantina una barra de pan duro y un sobre de Tranchetes.

—El Tranchete murió hace poco —contesto—. Un accidente; estrelló el *forklift* contra un *rack* y se le derrumbó encima.

Aunque me haga la dura ante los guardias civiles, la muerte del Tranchete había sido horrible. En aquella ocasión sí que tuvieron que cerrar el centro y enviarnos a casa para comprobar el estado de todos los *racks*.

—Los *racks* son las enormes estanterías metálicas en las que apilamos toneladas de mercancías —explico a los policías, aunque, por su gesto, parece que ya lo saben.

Los *racks* pesan como locomotoras. Si una se derrumba, puede arrastrarlo todo. En el caso del Tranchete hubo suerte: tan solo cedió la última, la del pasillo ocho; y no volcó hacia el resto de los pasillos, por lo que no se produjo el efecto dominó. Se derrumbó sobre una playa de carga, la zona que hay entre los muelles donde se descargan los camiones y los primeros *racks*. En ese momento estaba vacía, excepto por él, responsable de empotrar su carretilla *forklift* en la estructura metálica que colapsó.

El Tranchete acabó debajo de un palé de comida para perros que se precipitó desde quince metros de altura. Doscientos kilos de albóndigas en lata. Muchas reventaron. A mí me tocó limpiar las salpicaduras más alejadas. Luego nos mandaron a casa. A las doce horas, Sebas, el jefe de mi sección, me llamó para volver al trabajo: Miguel Riva había mandado revisar cada tuerca de los estantes metálicos y todo estaba en orden; además, el mantenimiento se había efectuado a su debido momento, así que el derrumbe solo podía explicarse por el fuerte impacto que el Tranchete propinó con el *forklift* contra el *rack*. Eso sí: las dos horas de charla de prevención de riesgos laborales no nos las quitó nadie.

—¿Sabes si Ortega tenía amistad con Aron?

—¿Con Ari? No creo que se acercasen ni a diez metros el uno al otro, si el trabajo no lo exigía. Y no lo exigía, trabajaban en zonas diferentes.

—¿Y qué me dices de Abelardo Sancho Galán?

En este caso tengo que pensarlo bien. Por fin caigo en la cuenta, tras unos segundos haciendo memoria.

—Sé quién es. Pero no lo conocía. También ha muerto recientemente. Pusieron la esquela en el tablón de anuncios.

Se supone que Abelardo Sancho era un electricista de mantenimiento. Ahora mismo no consigo ponerle cara, pero creo recordar que era uno que pasaba el día de acá para allá, recorriendo las enormes distancias del Monstruo, buscando luces que no se encendieran a su paso o enchufes en mal estado. Un día salió del CLT y al día siguiente no volvió. Miguel Riva anunció al comité que Abelardo había tenido un accidente de moto. Se tragó un quitamiedos en una recta cerca de Alcolea del Pinar.

—Algún compañero andaba bastante afectado, creo que este hombre tenía un hijo pequeño. Pero si me vas a preguntar si era amigo de Ari, te contesto que tampoco. Ari ni siquiera puso pasta para la corona de flores que mandó el comité al tanatorio.

—¿Y conocías a Hakim Mustafá?

—Sí, conocía a Hakim.

Cómo no iba a conocer a Hakim.

—Se electrocutó hace unas semanas. No se sabe por qué, se puso a manipular un cuadro eléctrico que se había mojado por unas goteras. Era un tío majo, bastante cabezón. Muy religioso, no bebía ni gota, invitaba a *chebakias* en el Ramadán, cuando todavía no se había puesto el sol y él aún tenía que esperar para comer. Hablaba un castellano horrible, pero era muy sonriente. Ignoro si tenía relación alguna con Aron Costache.

Eso digo. Y estoy mintiendo. Ari, tú sabes que miento. Te vi en una ocasión con Hakim fuera del trabajo. Y no os habíais encontrado por casualidad.

—¿No te parece extraño que haya habido cuatro muertos en un periodo tan corto? —pregunta el sargento Capitán—. Poco más de un mes.

—No, no me parece extraño —contesto sin pensar.

Los agentes de la policía judicial no parecen sorprenderse. No creo que sea yo la primera que les dice tal cosa.

—El clima laboral en el Monstruo es una puta mierda. Todo el mundo está jodido o cabreado. Y somos casi mil doscientos. Ya sabéis qué pasa cuando la gente está harta. Que le importa todo tres cojones y baja la guardia. Si queréis un día forraros, poned un control de alcoholemia a las siete de la mañana en la rotonda que da acceso al CLT. Os sorprenderían con la cantidad de compañeros que vienen de empalmada, a toda hostia en sus coches macarras, y con cuatro gramos de alcohol por litro de sangre, o algo peor.

—¿La dirección no hace nada?

—No.

No digo más. Esa es la respuesta corta. La larga es: claro que no. Miguel Riva, el director, no puede hacer nada contra eso. Los controles de drogas o alcohol privados son ilegales. Evaristo, a la cabeza del comité, se las sabe todas. Desde hace un año vivimos en un pulso continuo entre ambos: dirección y comité. Evaristo vive en continua huelga de celo, movilizará a todos si Riva intenta someternos a cualquier medida que viole cualquier reglamento. Esto tiene consecuencias paradójicas: implica tanto cumplir a rajatabla la prevención de riesgos laborales como garantizar que no se haga un control de alcoholemia. Los compañeros borrachos forman parte de una táctica en la que toda la plantilla está involucrada aunque no lo sepa: la táctica del cuanto peor, mejor. Según Evaristo, es lo que pasa cuando le intentas joder la vida a un colectivo de empleados honrados. Yo matizaría: honrados, casi todos y casi siempre.

—Quisiera volver al tema de tu relación con Aron —dice el cabo—. Algún compañero nos ha dicho que hacíais cosas raras juntos.

—¿Raras?

—Que desaparecíais durante los tiempos de descanso, y que volvíais a aparecer sin que nadie os viera, un rato después.

—No sé qué tiene de raro intentar aislarte de tanto gilipollas.

—¿Mantenías una relación romántica con Aron?

Me quedo mirándolo. Alzo el brazo izquierdo, el defectuoso, hasta que la mano está a la altura de mi rostro. Sostengo la mirada hasta obligarle, de nuevo, a bajar la suya.

—¿Por qué me estás preguntando eso?

—Es algo que debo preguntar.

—No. Ya sabes la respuesta. ¿Preguntas para humillarme?

—Es solo una pregunta. No veo por qué tendría que humillarte una pregunta.

—No tenía una relación sentimental con Ari. Ni follábamos ni nos mandábamos mensajitos cursis por teléfono ni le llamaba «papi» ni me pagaba las Fantas.

—Tranquilízate.

—Estoy tranquila.

—Quisiera que me explicaras lo de las desapariciones. ¿Dónde os ocultabais mientras los compañeros comían?

En ese momento mis pupilas, perdidas en esos ojos enormes que Ari admiraba, adquieren un movimiento ascendente antinatural. Suben y bajan contra el cielo de los globos oculares, como una pelota rebotando contra un techo. Al mismo tiempo, parezco sonreír. Pero solo lo parezco. En realidad la musculatura de la cara se me ha bloqueado, como si me estuviera electrocutando. Por fin, mi mano izquierda estalla en sacudidas, como si luchase por tocar una cerilla encendida pero tuviera que retirarla mil veces por segundo.

Caigo al suelo.

11

Me faltó el aire al nacer. Nada más salir de las entrañas de mi madre no me movía, no respiraba, no lloraba. El test de APGAR es la escala que utilizan los pediatras para describir el estado de un bebé según la exploración clínica en el momento del parto. El APGAR de un bebé que no necesita intervención médica debe superar el siete en una escala de cero a diez. Yo me llevé un dos en el primer minuto de vida. Un seis a los cinco minutos. A los diez minutos, los reanimadores habían conseguido catapultarme hasta un tranquilizador ocho. Pero la hipoxia que había sufrido no me la quitaba nadie. Sus secuelas serían irreversibles.

Mi padre no quiso saber nada del asunto. Sencillamente, un día desapareció. No es una mala noticia, mi padre maltrataba a mi hermano y me hubiera maltratado a mí, a saber de qué manera. Sergio fue muchísimo mejor padre de lo que habría sido él.

—Tendrías que haberlo conocido —dice a veces mi madre, como si yo hubiera tenido elección—. Era tan guapo… Más guapo que tu hermano. No entendía que yo no pudiera renunciar a ti.

Lo dice como buscando que le dé las gracias por haberme escogido a mí en lugar de a él. Mi madre se pasa la vida buscando su propia identidad en el sacrificio, como si servir a los demás fuera el propósito de su existencia. Lo cree a pies juntillas, y no se cansa de intentar que yo se lo acredite. Por supuesto, no lo hago.

—Qué suerte tienes de haberme tenido —contesto—, de lo contrario seguirías con ese hijo de la gran puta.

—No hables así, Fina. Es tu padre.

—Menos mal que no está aquí para oírme. Tú no le digas nada, no vaya a ser que se enfade y nos abandone.

El narcisismo de mi madre no le impidió llevarme puntualmente a las revisiones pediátricas ni a rehabilitación. Por un lado, disfrutaba al protagonizar las conversaciones del pueblo en las que se ensalzaba su papel de madre coraje. Por el otro, le preocupaba convertirse en una solterona pegada a una niña con una discapacidad profunda. La boba del pueblo. A mi madre le gustaba dar pena, pero no ese tipo de pena. Quería irradiar una pena un poco más... no sé cómo describirlo... ¿una pena más elegante? Como de Isabel Pantoja saliendo de un funeral con grandes gafas oscuras.

Por suerte para ella y para mí, mi cerebro lesionado fue evolucionando con cierto éxito. A los veinticuatro meses de vida ya pudieron darme un diagnóstico oficial: parálisis cerebral hemiparésica, lo cual era una putada, pero mucho mejor que los peores pronósticos. El día que le dijeron a mi madre que apenas podría servirme de la mano derecha, lloró desconsoladamente. El día que le dijeron que podría caminar, también lloró desconsoladamente. Mi madre es así. El drama como razón de ser.

Otra cosa que preocupaba a los pediatras y neurólogos era la epilepsia. Cuando se ha sufrido lesiones en el cerebro, es habitual que aparezcan cortocircuitos. Los momentos de maduración eran los más peligrosos, cuando el cerebro intentase trenzar nuevas conexiones neuronales y no lo consiguiese, porque estaba roto. A los cuatro o a los cinco años, tenía muchas posibilidades de debutar en unas crisis epilépticas con consecuencias nefastas. Ausencias, retraso intelectual, yo qué sé.

A los diez años no se había producido ninguna. Sin embargo, en mi electroencefalograma aparecía un gráfico sospechoso, que indicaba la existencia de lo que llaman una onda punta: una actividad eléctrica anormal, hiperexcitabilidad neuronal, que puede estar relacionada con la epilepsia. Vivíamos esperando mi primera crisis. Mi madre tenía miedo de no saber identificarla, y compartía con mi hermano vídeos de YouTube en los que se mostraba cómo eran las convulsiones. También me los mostraba a mí:

—Tú no te enterarás, pero te estará pasando esto —me decía.

A los doce años me vino la regla por primera vez. Fue en el colegio, en el vestuario de gimnasia, como en esa peli, *Carrie*, de una tía que es aún más rarita que yo, pero que al menos tiene superpoderes. Me pilló totalmente por sorpresa. Mi madre no tenía nunca tiempo para hablarme de esas cosas: el sexo, la menstruación, los chicos, la pubertad... Quizá no eran temas lo suficientemente trágicos para formar parte de su menú de conversaciones, o quizá no pensaba en mí como una persona en la que fuera a despertar sexualidad alguna.

A aquella edad yo ya había renunciado a hacer amigas, y había empezado a disfrutar del placer de hacerle la vida imposible a mis enemigas. El punto de inflexión fue aquella vez que mi madre dijo que estaba harta de verme con el pelo por la cara, yo le contesté que necesitaba las dos manos para hacerme una coleta, y me resultaba difícil utilizar la mano izquierda para recolocarme los mechones de la sien.

—No te preocupes —contestó.

Me llevó a la peluquería y me cortó el pelo a lo chico. Desgraciadamente, aquella semana se declaró en el colegio una epidemia de piojos. Al verme llegar con el pelo corto, mis compañeras me echaron la culpa de haber iniciado la plaga. Primero como juego, y después como norma, evitaron acercarse a mí. Fingí que no me importaba, y luego dejó de importarme de verdad. Al contrario, empecé a pasármelo bien en los márgenes. Recogí un piojo y se lo puse en el pelo a María Julia, la peor, que se sentaba justo delante. Luego chillé en plena clase:

—¡He visto moverse algo en la cabeza de María Julia!

Al día siguiente, éramos dos con el pelo cortado a lo chico. Yo nunca volví a dejármelo crecer. Se me daba muy bien castigar a quien lo merecía. No me arredraba ante mis enemigas. Nunca te achantes, decía mi hermano, el mejor consejero que he tenido. Pero en ese momento en el vestuario de gimnasia, cuando la mancha roja empezó a extenderse en mis bragas blancas, me sentí totalmente vulnerable. Mis compañeras de clase me rodearon y me señalaron con el dedo.

—Yo creía que tú no ibas a poder tener la regla —dijo María Julia, que había aprendido a imitar la posición de mi mano con bastante fidelidad.

Recordé lo que nos habían advertido los neurólogos: cuidado con la pubertad, cuidado con la menarquia, el diluvio hormonal puede desatar un ataque. En medio de ese círculo de niñas que se carcajeaban con sed de sangre, me sentí como un saltamontes que cae sobre un hormiguero. Lo he contado un millón de veces, así que utilizaré las mismas palabras con que te lo expliqué a ti, Ari.

Los ojos se me fueron a blanco, te dije. El brazo izquierdo empezó a temblar. Caí sobre mi propia mancha de sangre y seguí convulsionando, te dije. El círculo de niñas se dispersó, fueron a buscar ayuda, me llevaron a la enfermería. Cuando la ambulancia ya estaba de camino, con una buena dosis de diazepam para sacarme del estatus epiléptico, volví en mí. Luego dormí muchas horas, te dije. También te dije que fui a la neuróloga y que volvió a hacerme un electroencefalograma. No había habido cambios: la onda punta seguía allí, eso podía explicar la crisis. Había que estar prevenidas porque sufriría más.

A partir de entonces, no salgo sin mi diazepam, te dije, por si el ataque es muy fuerte: si ves que estoy más de cinco minutos inconsciente tienes que abrir una ampolla y vaciármela bajo la lengua. Pero, tranquilo, mis crisis casi nunca llegan a ese extremo. Además, me recetan Depakine, un anticonvulsionante muy habitual.

Y luego te dije que no me han vuelto hacer el electroencefalograma, porque, según los neurólogos, lo importante es la
observación clínica. Es sencillo, te dije: yo empiezo a convulsionar y tú, Ari, me llevas a la enfermería. Si es que estás presente.

HUELGA

12

Naia ha sido la primera en acudir a la llamada de socorro del sargento Capitán. Claro, no podía ser de otra forma: tenía que andar cerca, tratando de enterarse de quién decía qué sobre qué a la policía. Naia es la mano derecha de Evaristo en el comité de empresa. Una mujer fuerte, que puede parar un *forklift* con la cabeza. No me cae tan mal, sería buena tía si no se tomara tan en serio lo del sindicato. Se cree una especie de comisaria política en los tiempos de Stalin; sermonea a los compañeros que sabe que no votaron a la candidatura de Evaristo como una profesora de primaria a unos alumnos ignorantes. Cuando la sacas de ese contexto, y si pasas por alto lo de su risa estridente y su olor a perfume barato, Naia es hasta soportable. Siempre es la primera que aparece en la enfermería cuando me da una crisis. Si hay un accidente del que se pueda culpar, aunque sea indirectamente, a la empresa, Naia se lo reportará al resto del comité. Y lo atesorarán como quien almacena pólvora para una batalla. Es su deber, pero me no me gusta que instrumentalicen mis problemas.

Abro los ojos. El sargento Capitán está llamando al 112.

—No es necesario —digo—. Me pasa habitualmente, solo necesito descansar.

Naia lo corrobora.

—Tiene epilepsia.

—Es común en personas con parálisis cerebral —explico.

—¿Tiene parálisis cerebral? —pregunta el cabo Laredo, dirigiéndose a Naia—. Yo solo le veo una mano un poco...

—Exacto. Debido a mi parálisis cerebral —le interrumpo, mostrando mi pinza de mantis. Y me falta añadir: cretino.

El sargento Capitán asiente ante su compañero para zanjar la curiosidad de este. Él ya lo sabe, aunque no le apetezca recordarlo, de todo aquel asunto del AutoMapi. De aquella vez ya aprendió todo lo necesario sobre mí y sobre mi parálisis cerebral hemiparésica. Lo que confunde a algunos es el nombre. Cuando oyen parálisis cerebral, imaginan a personas inmovilizadas en una silla. Pero lo mío también es parálisis cerebral. Es mi cerebro defectuoso el que paraliza una parte de mi cuerpo. En otros países lo llaman trastorno motor, un término bastante menos epatante, pero también menos útil en determinadas situaciones.

Situaciones como esta, por ejemplo: el término «parálisis cerebral» que acaba de ser pronunciado pesa. Y pesa a mi favor. El cabo Laredo se ha puesto pálido.

—Disculpa —dice—. No sabíamos que tu minusvalía fuera tan seria.

Naia lo mira con una cara que lo expresa todo.

—¿Su qué? —dice, haciendo resonar la indignación.

—Su...

—¿La has llamado minusválida? —dice Naia— Ella no es menos válida que nadie.

Para considerarme igual de válida, Naia se esfuerza mucho en explicar las cosas por mí. Pero la dejo hacer. El guardia civil no sabe qué responder. Hasta que finalmente, el sargento Capitán dice:

—Perdona, no te molestamos más. Debería verte un médico.

Salgo de la garita de seguridad donde Naia se queda arengando a los guardias sobre inclusión y socialismo. El frío inmediato me devuelve el riego a los capilares de las mejillas. Sé que estaré ruborizada y lo odio. Evaristo me sale al encuentro. No es muy alto, pero aun así me saca una cabeza. Me mira de arriba abajo.

—¿Te has tomado el Bucolam?

—No ha hecho falta, solo me ha durado unos segundos.

Se enciende un cigarrillo. Es de los pocos vicios que mantiene, porque apenas bebe. Y tampoco fuma más que uno o dos cigarros al día. En esta zona del CLT no está permitido fumar, pero a él no le dirán nada.

—¿Ha ido Naia a verte?

—Claro. No se lo podía perder. Se ha quedado explicándoles a los guaridas civiles por qué no deben llamarme «minusválida».

Evaristo ríe.

—No sabía que te importase que te llamasen «minusválida».

—Me importa que me lo llamen ellos.

Probablemente la única persona que me entienda en esto sea Evaristo. Él tenía un chaval, Sito. Ya no lo tiene. Sito también padecía parálisis cerebral, como yo, pero la de él era de las jodidas. Evaristo se volcaba como padre. Nunca necesitó una grúa para pasarlo de la cama a la silla, lo levantaba él mismo, en volandas, lo depositaba en su lecho, Sito estaba tenso como un tablón, con la espalda arqueada, los brazos tan plegados sobre sí mismos que parecían soldados a los costados. Lo hacía reír con cosquillas a lo bestia.

Yo conocí a Sito en Los Olivares, el centro al que iba de voluntaria, en Guadalajara. Bueno, al principio no iba de voluntaria, iba condenada por el tribunal de menores a servicios a la comunidad. Por aquello del AutoMapi. Pero cuando cumplí la condena, continué yendo. Si, cuando nací, los médicos hubieran tardado veinte segundos más en devolver el oxígeno a mi cerebro, yo habría sido un Sito más. Por ese instante que diferencia su vida de la mía, esos Sitos merecen mi amistad. Habitualmente no necesitan mucho de mí. Que les lea un cuento. Que les ponga una canción. No puedo hacer mucho más por ellos, pero lo agradecen como si les estuviera solucionando la vida. En ese centro conocí a Evaristo. Fue él quien me recomendó en el Monstruo. Me consiguió el trabajo.

Evaristo me acompaña hasta la enfermería. Una sala poco más grande que un cuarto de baño, con una camilla dura y un armario metálico donde se guarda el botiquín. El médico de empresa no está. Tampoco lo necesito, y él no se va a alarmar: no es la primera vez que mis ataques se muestran en público.

—¿Seguro que estarás bien? —pregunta Evaristo.

—Solo soy una minusválida que necesita descansar —respondo.

Se ríe. Se marcha a hacer sus cosas. Me quedo en la enfermería del Monstruo. Sé que me dejarán en paz un buen rato.

13

Ari entró a trabajar en el CLT el mismo día que me dibujó en la garita del Grumo. Primero pasó el proceso de aclimatación. En el vocabulario del departamento de Recursos Humanos del Aldea Logistics, este proceso se llama *onboarding*. Esto quiere decir que el empleado sube a bordo de este barco y que todos los compañeros le damos la bienvenida, lo acogemos y le enseñamos. Y que ninguno de nosotros le va a revelar que el barco en realidad es un cascarón que se va a pique. Ni que todos nos odiamos. Ni que le vamos a instruir solo lo justo para que nuestro supervisor no apunte nuestros nombres en una lista negra. El nuevo empleado sube a bordo y en nuestros rostros ve que está embarcando en el Titanic.

Con Ari fue así. Aunque Mariela, como siempre, intentó distinguirse. Durante el primer mes, él estuvo haciendo distintas rotaciones para entender el funcionamiento del Centro Logístico de Transportes. Es decir, para comprender cómo se alimentaba el Monstruo, cómo digería los alimentos y por dónde los excretaba. Un metabolismo que se mantenía activo gracias a unas pequeñas células: nosotros, los empleados. A las dos semanas, le tocó pasar un par de días en la zona de flujo tenso y nos lo encajaron a Mariela y a mí.

—Esta es la zona de flujo tenso —decía Mariela, y separaba las sílabas de las palabras «flu-jo ten-so» como hacen las guías turísticas de Alcalá de Henares cuando les toca un grupo de jubilados—. Ocupa ya un treinta por ciento de la superficie de todo el CLT. Y es la más automatizada, la más moderna y el orgullo de todos los que trabajamos para Aldea Logistics.

En realidad, solo enorgullece a los directivos. Para los demás, la zona de flujo tenso no supone un orgullo sino una amenaza. Pero a ver quién le llevaba la contraria a Mariela aquel día, que estaba poniendo en práctica, ante Ari, todo lo que aprendía en sus talleres de teatro y expresión corporal de los miércoles por la tarde. Se esforzaba muchísimo.

—Si la mercancía que llega al centro ya tiene un destino, ya sea un domicilio, ya sea una tienda física de la cadena WuChain, pasa por las cintas transportadoras de flujo tenso, que son más ágiles. Si la mercancía todavía no tiene un destino, va al almacén de larga estancia, se deposita en los *racks*, y espera a que alguien la solicite.

Supongo que Ari olvidaría todo aquello a los dos minutos de escucharlo. No tienes necesidad de saber cómo funciona un centro de logística y transportes para trabajar en un centro de logística y transportes. Mover una caja es mover una caja, y te da igual el motivo por el cual la llevas al almacén de larga estancia o a las cintas transportadoras de flujo tenso. Te basta con conocer tu papel: o cambias cajas de sitio o las abres o las cierras. Yo y Mariela las abrimos, ese es nuestro cometido. Con los recientes cambios que ha introducido Miguel Riva para intentar subir la moral de la plantilla, ya no nos llamamos «mozas de almacén». Ahora somos «técnicas en *despaletización*». Lo que significa que nos pasamos el día abriendo palés, como mozos de almacén, y clasificando lo que hay en su interior, también como mozos de almacén.

Para que nos entendamos: el contenedor de mercancía llega a España a bordo de un enorme barco que atraca en el puerto de Valencia o de Algeciras, o en uno de los trescientos vagones de un mercancías que finaliza su ruta en la estación de Madrid

Abroñigal. Allí se sube en un camión enorme y nos lo traen al CLT. Unos compañeros descargan el contenedor en el muelle y los desplazan con carretillas, que aquí llamamos *forklifts*. Los *forklifts* dejan los palés a nuestros pies. Y nosotras, con nuestro cúter, del que no nos separamos ni para ir al baño, cortamos la capa de film que envuelve cada uno, liberando su contenido. A esto lo llamamos «explosionar el palé», vete a saber por qué.

Entonces Mariela y yo nos dividimos. Ella va llevando las cajitas al comienzo de una cinta transportadora, parecida a la de los aeropuertos. Yo busco en ellas la etiqueta RFID (identificación por radiofrecuencia) y la escaneo con un bipeador, un lector de códigos que suena así: bip. No es muy distinto de lo que hace una cajera de supermercado, pero sin aguantar al cliente.

—Desde ese momento, el sistema WMS, o Warehouse Management System —le explicaba Mariela a Ari aquel día—, ya sabe dónde va dirigida esa caja, a qué ciudad, a qué calle, a qué destinatario. Tan solo hay que dejar que la cinta transportadora la lleve hasta el punto más cercano al muelle donde está el furgón de reparto, que la entregará en su destino.

El problema de todo esto es que, gracias a las compras online, los productos ya no necesitan almacenamiento en el área de larga permanencia, porque van directos de la fábrica al consumidor. Así que las cintas transportadores van ocupando cada vez más espacio en el CLT. Los *racks*, es decir, las enormes estanterías metálicas, desaparecen para hacer sitio al circuito. Y los brazos robóticos que clasifican y conducen los productos en las cintas sustituyen a los empleados de carne y hueso.

No creo que Mariela tuviera intención de explicarle nada de esto a Ari. En aquel momento sonó la música de Kiss FM que señalaba el descanso para almorzar. Era otra de las brillantes ideas de Miguel Riva para motivar a la plantilla: sustituir el timbre por música. Para ser justos, no había sido idea de él, sino que había salido de un buzón de sugerencias anónimas, entre exigencias imposibles de cumplir, amenazas personales, insultos contra la dirección, acusaciones de consumo de alcohol... Solo una persona había depositado en el buzón una propuesta aceptable: quitar el timbre, poner música. Miguel Riva lo había llevado a cabo para demostrar que tenía muy en cuenta las opiniones de la plantilla. Escogió Kiss FM porque era la emisora que ponía su mujer en el coche. Así que en ese momento en que terminaba la explicación de Mariela, sonó algo de Queen, o yo qué sé. Y los compañeros dejaron lo que estaban haciendo y acudieron a buscar sus tarteras con el ánimo de quien se dirige a su propio funeral: *Don't stop me now, cause I'm having a good time...*

Mariela habría estado encantada de colgarse del brazo de Ari para llevárselo a almorzar con ella. Pero ella fuma. Y si quiere que le dé tiempo a comerse el bocadillo, debe correr antes al patio de fumadores, a despachar uno de los tres cigarros que ha liado cuidadosamente antes de entrar en el Monstruo por la mañana.

Al irse Mariela, me quedé mirando al suelo porque Ari me estaba mirando a mí.

—Le gusta su trabajo —dijo él, con un acento muy diferente al de la colombiana.

—Este trabajo es una mierda. Para ella también. Pero quiere ser actriz, y ve muchos vídeos motivacionales que le meten en la cabeza que, con un poco de buena actitud, puedes hacer realidad tus sueños. Practica para intentar convencer a cualquiera de cualquier cosa.

—Conmigo no lo ha conseguido.

—No. Pero se ha convencido a sí misma de que lo ha hecho. Es un buen comienzo.

14

Conduje a Ari bajo el Scalextric de cintas transportadoras hasta la cantina. Ese es otro de los lugares donde se puede apreciar el verdadero tamaño del Monstruo. El edificio tiene una densidad de población similar a la de la Alcarria: parece un desierto. Puedes caminar decenas de metros por entre sus *racks* sin cruzarte con nadie. Pero es solo una ilusión. A las horas de descanso, en la cantina confluyen la mayoría de los trabajadores de la plantilla al mismo tiempo (el personal de administración dispone de su propio espacio para no tener que mezclarse con la sudorosa chusma del almacén). La cantina se convierte en una sala atestada donde la gente habla a gritos, mezclando acentos de al menos veinte nacionalidades.

Aquel día, Ari y yo nos acomodamos en el único rincón que quedaba libre, junto a las máquinas expendedoras. La máquina de las chocolatinas está protegida por una rejilla, porque ya han reventado el cristal varias veces para acceder al contenido sin pagar. La máquina de las Coca-Cola está atornillada al suelo, porque es muy antigua y le han encontrado un truco: si la inclinas hacia delante, te sale una lata gratis. Ari observaba todo como un gorrión que quiere asegurarse de que no hay halcones antes de salir del nido. Procedía de la zona rural de Oltenia, aldeas dispersas por los Cárpatos occidentales. No había visto tanta gente junta en su vida. Las muchedumbres le agobiaban, por eso no había aguantado en Madrid ni dos meses y había escapado a la vacía periferia. Había trabajado en una estación de servicio de la A2, luego en un bar en el que nunca paraba un solo coche, por lo que el dueño ni se molestaba en hacer desatascar el váter. Por fin, encontró trabajo en el CLT. Tras escrutar la cantina, se percató de que yo lo escrutaba a él. No se intimidó. Me sostuvo la mirada.

—Me he dado cuenta de que nunca pestañeas —me dijo.

Noté que me ponía roja. Para empeorar las cosas, Ari sacó un lápiz y un pequeño bloc y se puso a dibujar. Sentí verdadero pánico a que me estuviera retratando de nuevo. No quise comprobarlo. Percibí alguna mirada por encima del hombro que provenía de las meses de alrededor.

—¿No has traído comida? —pregunté.

—Nunca tengo hambre a estas horas —respondió sin levantar la mirada del papel.

—¿Seguro? ¿Te gusta el atún? Puedo compartir contigo este sándwich. Nunca me lo termino.

—Por eso estás tan delgada.

No me enfadé. Me sorprendió no enfadarme. Me sorprendió la capacidad que tenía Ari para no hacer que me enfadara al decir cosas que siempre me enfadaban.

—Coge la mitad de mi sándwich. No puedo verte ahí, dibujando, sin comer nada. La gente va a pensar que estás tomando notas para luego contarle cosas a Riva o a Valdivieso.

—¿Quiénes son esos?

—¿Ya llevas una semana aquí y aún no sabes quiénes son Riva y Valdivieso? No te veo buen futuro. Riva es el director de operaciones de Aldea Logistics. Valdivieso es el dueño del edificio. Valdivieso tiene el establo y Riva es el ganadero. Nosotros somos el ganado. Y WuChain son los que vienen a beberse nuestra leche y a comerse nuestra carne. Evaristo, el presidente del comité de empresa, dice que tienen informantes para localizar a los trabajadores más tóxicos y que los incluyen en una lista para que sean los primeros en irse a la calle cuando se ajuste la plantilla.

La explicación surtió efecto. Ari guardó el bloc.

—¿Tu nombre está en esa lista?

—No lo creo. Los trabajadores tóxicos son saboteadores emocionales que contagian el descontento a los demás. A mí, los demás me la sudan, no hablo con nadie, no influyo en nadie. En cualquier caso, me daría igual estar en esa lista. No les viene bien echarme.

—¿Y crees que yo soy eso? ¿Un informante?

No respondí. No pensaba eso. Lo único que sabía era que Ari tenía hambre, pero que su orgullo le impedía admitirlo. Quería darle un motivo para aceptar mi comida. Puse el sándwich envuelto en papel de aluminio sobre la mesa, lo sujeté con el codo izquierdo y con la mano derecha rasgué el envoltorio. Al final, allí teníamos un buen almuerzo que me había preparado mi madre, separado en dos mitades triangulares. Le hice un gesto a Ari para que cogiese una. Por fin aceptó.

—¿Cómo te hiciste eso en la mano? —preguntó a bocajarro.

Y yo no me enfadé.

—No me hice nada en la mano. Me lo hice en el cerebro. Me faltó oxígeno al nacer. Tengo una lesión en los ganglios basales. Lo de la mano es una secuela. Se me quedó así.

De mi bolsa de tela saqué una botella de agua. Me dispuse a quitarle el tapón.

—¿Quieres que te ayude? —preguntó Ari.

—No.

Tampoco me enfadé. ¿Qué me pasaba?

15

Pensar en Ari ha hecho que olvide a Sergio por unos minutos. Pensar en Sergio me habría hecho olvidar a Ari. Tras un rato tumbada en la camilla de la enfermería empiezo a tener frío. El frío es otra de las debilidades que no puedo ocultar, como la espasticidad en mi mano izquierda. Cuando el frío penetra en mi cuerpo, dejo de tener control sobre él. Noto la mandíbula apretada, rechino los dientes, siento calambres, como si el alma me abandonase. Peso cuarenta y siete kilos, mido un metro sesenta, ni un solo gramo de grasa me sirve de abrigo. Me subo hasta el cuello la cremallera del forro polar de Aldea Logistics. La empresa nos proporciona ropa de verano y de invierno, está en el convenio. Es azul marino con el logotipo en amarillo. Los lavados tienden a convertir el azul en malva y el amarillo en beige. La microfibra del forro polar pierde grosor. Llevo tres camisetas debajo, dos de ellas térmicas. También llevo leotardos. No aguanto el puto frío.

Así que toca levantarse de la camilla y salir del cubículo.

Me miro un momento en el espejo de la enfermería para comprobar que todo continúa en su sitio. El pelo corto, los ojos grandes, los pómulos muy marcados para recordar que bajo el rostro hay una calavera.

—Tienes los labios carnosos —decía Ari.

Y sí. Posiblemente en los labios se concentre casi toda la carne de mi cuerpo. Ari, ¿qué coño veías en mí?

Cuando voy a salir de la enfermería, la puerta se abre. Aparece Óscar, el médico de empresa. Barba de dos días, sobrepeso, olor a tabaco incrustado en la ropa. Un sanitario que ha tirado la toalla, incapaz incluso de cumplir los consejos que imparte. Me mira como diciendo: ¿Tú otra vez aquí? Para Óscar soy un problema y no puede disimularlo. Piensa que un día sufriré un ataque y caeré sobre la cinta transportadora. Que los rodillos de la cinta me atraparán algún miembro, me quebrarán los huesos. Que le fastidiaré el descanso de fumar para entablillármelo. Por suerte, tras Óscar viene el Guillermo.

El Guillermo está en el comité con Evaristo y con Naia. Es de mi pueblo, un cincuentón soltero, palabrotero, borracho, salido. Representa todo lo que la política del siglo XXI me dice que debo odiar. Es machista, simple, facha. Sin embargo, me cae bien. Basta que alguien me tenga que caer mal para que me caiga bien. Quizá sea porque cada vez que le digo que es machista, simple y facha, y también baboso y sucio y repulsivo, no discute ni se pone a la defensiva. Se ríe. Se sabe al margen de todo. Bebe y fuma y come tanto que cree que, por muy rápido que se implante la nueva masculinidad, a él ya no le cogerá en este mundo y, por tanto, no le merece la pena esforzarse. Es posible que tenga razón. Hace dos años sufrió un microinfarto. El próximo no será micro.

—¡Dónde está la cosa más bonita del CLT, me cago en la puta que me parió! —dice con una enorme sonrisa.

El doctor ni siquiera saluda, tan solo pregunta:

—¿Te has dado algún golpe al caer?

—No, estaba sentada. He caído desde poca altura.

Óscar considera apropiado creerme, así no necesita examinarme. Abre el grifo de agua caliente del lavabo y saca el Betadine y las gasas de un armarito. Me fijo que el Guillermo trae un corte en la mano y viene sangrando.

—¿Llevas veinte años trabajando en el CLT y todavía no sabes manejar el cúter, tonto de los cojones? —le digo.

—Es que tengo sueño. ¡He estado toda la noche follando!

Siento un escalofrío al pensar en el tipo de mujer que aceptaría pasar una noche con el Guillermo.

—¿Te has enamorado?

—Podría estar con ella el resto de mi vida.

Es una broma recurrente muy suya. Dice esa frase, hace una pausa dramática, y añade:

—Porque es muy posible que palme mañana.

—Si no te cuidas va a ser verdad —dice Óscar, agarrando a Guillermo de la muñeca para meterle la manaza debajo del grifo, como si estuviera lavando un centollo.

—Pues claro que va a ser verdad —continúa Guillermo—. No he hecho planes.

Ya me he cansado de estar aquí. Me levanto de la camilla y me dispongo a irme. El médico ni pregunta si necesito un traslado a un hospital. Me ha visto muchas veces en esa situación y siempre se resuelve de la misma forma. Una breve ausencia con convulsiones tónico clónicas. Enseguida vuelvo en mí. Un rato descansando en soledad (esto es importante: en soledad) y ya puedo regresar al trabajo. Nunca he tenido que utilizar el diazepam de rescate en el trabajo, nunca he tenido que recurrir a una ambulancia. La primera vez que Óscar fue testigo de mis ataques, llamó al 112. Enseguida, fui yo misma la que le arrebató el teléfono para decirle al operador que no pasaba nada, que era algo frecuente, que no precisaba ninguna intervención.

Me despido del doctor y me dirijo hacia la salida de la enfermería.

—Oye, Fina, cuidado en el pasillo cuatro, que se ha derramado aceite, no vayas a resbalar.

Agradezco el aviso. Sobre todo porque yo jamás recorro el pasillo cuatro y Guillermo lo sabe.

Por la zona de almacenamiento noto cierta, no agitación, sino cierto exceso de tranquilidad. Me cruzo con menos compañeros de lo normal. No veo *forklifts* ni transpaletas. Nadie encaramado a los elevadores subiendo palés a los pisos más altos de los *racks*. Se oye un rumor lejano, como el ruido de una autopista o un aire acondicionado; es gente. Sé cómo suena la gente cuando hay una emergencia. Cuando llego a mi puesto me encuentro con Mariela haciendo aspavientos.

—¿Dónde estabas, corazón?

—Hablando con la policía. Luego he tenido un ataque. ¿Qué mosca te ha picado?

—¡Hay que parar esto! —exclama señalando la cinta transportadora, sin comentar nada de mi ataque.

—Dale al botón rojo.

—No digo nuestro tramo. Digo la cinta principal. No sé cómo se hace desde aquí.

Yo tampoco sé cómo se hace. Y si lo supiera, no podría: es ese tipo de cosas que se hacen desde el software del almacén, el WMS, y se necesita contraseña.

—¿Estás loca? Desde un puesto de recepción no podemos parar el canal central.

—¡Lo está pidiendo Riva por megafonía! Está histérico.

—Ese gilipollas ni siquiera sabe qué podemos y qué no podemos hacer aquí. Le daría igual que nos dedicásemos a fabricar cucuruchos. ¿Y dónde está el jefe? Él tiene acceso al WMS.

—¿Sebas? No lo sé. No anda por aquí.

—Pues que apriete alguien el botón de emergencias en el área de transmisión. Pero ¿por qué coño quiere pararlo?

—No lo sé. No me he movido de aquí

Pienso en lo que me ha dicho Guillermo en la enfermería. Cuidado en el pasillo cuatro. Debe de haber ocurrido algo gordo, porque nadie está trayendo palés. La curiosidad me lleva a hacer exactamente lo que Guillermo me ha dicho que no haga. Echo a andar hacia el pasillo cuatro siguiendo la estructura de la cinta transportadora. Hasta que me topo con el desastre. Numerosas cajas se amontonan bajo la cinta central. Están cayendo al vacío desde doce metros de altura por un hueco abierto que no tiene ningún tramo de cinta conectado. Las cajas salen despedidas como desde una catapulta, haciendo todo tipo de ruidos al golpear el suelo, dependiendo de si contienen vasos, despertadores o balones de fútbol. Alguien ha programado las cintas para que caigan por ese agujero. Ya hay más de una docena allí tiradas (una docena de pedidos que no llegarán a su destino) pero nadie ha pulsado todavía el botón para detener el sistema. Riva está presenciando el desastre. Da gritos, se lleva las manos a la cabeza, pregunta dónde está ese botón rojo de emergencia. Pero a todos se les ha olvidado. Nadie quiere apretarlo.

Porque a una distancia prudencial, Evaristo observa la escena. Parece tranquilo. Pero, como siempre que está nervioso, tiene los brazos sobre el pecho y la manos metidas en las mangas opuestas del forro polar, como si llevara un manguito. Su espesa barba blanca le ayuda a disimular una sonrisa. De pronto, un grupito de unos ocho compañeros se disgrega. Estaban observando la escena muy juntos, como dándose valor para resistir la presión de Riva. Pero parecen haber perdido ese coraje de repente.

Es porque ha llegado Sebas.

16

Sebastián Carrizo es mi jefe directo. Es el supervisor de toda la zona de flujo tenso. Decide los turnos, los permisos, los incentivos. Responde al arquetipo del auténtico capataz: servil con el de arriba, opresor con el de abajo. Viene de la zona de vestuarios, con un periódico bajo el brazo. No hace falta que explique dónde se había metido: estaba en el váter. Cuando ve el follón, primero se sorprende. Luego su cara se trastorna hasta adquirir un temible gesto de enfado que parece preguntarse: ¿Qué le estáis haciendo a mis cintas transportadoras?

La cintas transportadoras tienen futuro. Por eso, Sebas, también. Dentro de unos meses, cuando el ERE se lleve por delante al treinta por ciento de la plantilla, el sistema de cintas ocupará mucho más espacio en el CLT, comiéndose gran parte del almacén de larga estancia. Las cintas y los brazos robóticos sustituirán a los compañeros con sus *forklift* y sus bipeadores. Por eso, a Sebas le espera un gran porvenir en esta empresa, porque conoce como nadie las dinámicas del trabajo automatizado.

Tiene unos treinta y cinco años, en ningún momento ha dejado de ser un mal bicho. Es bajito, compacto, de los que hace que las miradas se desvíen y las voces se moderen cuando entra a un bar. Nunca pasa frío. Casi siempre va en camiseta, luciendo los brazos tatuados con trazos que recuerdan sables. Hace mucho deporte y bebe batidos de apio y kombucha para, según él, compensar las toxinas y la inflamación que acumula en las discotecas los fines de semana.

Los ojos pequeños y punzantes de Sebas se quedan fijos en los ojos profundos y cansados de Evaristo. Se escrutan mutuamente desde casi diez metros de distancia. Sebas es de los pocos capaces de sostenerle la mirada a Evaristo. Sin desviarla, se acerca a un tablero de mandos en una pared y pulsa un botón. Una sirena pita y la cinta se detiene justo cuando una nueva caja iba a caer por el hueco. La caja se queda haciendo equilibrios en el vacío. Evaristo la mira fijamente y levanta una ceja. Y entonces la caja cae. Con la cinta transportadora en silencio, el ruido del golpe parece más estrepitoso aún.

Cerca de la puerta que sube a administración, Riva contempla con los puños apretados a ese corro de trabajadores que le desafían con el silencio. Una persona como Riva no suele irse sin que le den explicaciones. Cómo es posible que se haya abierto una de las barreras y que los brazos hayan empezado a desviar paquetes al vacío. Cómo es posible que haya sucedido justo cuando el supervisor del sistema está en el baño. Quién ha entrado en el software del almacén, el WMS, para modificar el itinerario de la cinta. Riva se da cuenta de que es a Evaristo a quien tiene que pedir explicaciones. Por eso se da la vuelta y se va. Regresa, escaleras arriba, hacia la oficina de Recursos Humanos. Sebas le sigue de cerca, probablemente para contarle que estaba cagando, que, si no, lo habría detenido todo antes.

Todos sabemos que Riva y Evaristo no se hablan desde hace años. Tan solo se dirigen la palabra en las reuniones entre la empresa y el comité.

Me acerco a Evaristo. Tengo ese privilegio. Me habla como si no hubiera pasado nada.

—¿Cómo te encuentras? —me pregunta—. ¿Pasó el susto?

—No es susto, es epilepsia. Sabes qué va a hacer ahora Riva, ¿verdad? Va a convocar un cursillo de prevención de riesgos laborales para enseñarnos a detener el sistema de cintas. Y nos lo vamos a tener que tragar.

—Fina, jamás te has tragado un curso de PRL. Y no hacerlo es motivo de despido procedente

—No me van a despedir. Soy paralítica, tío —digo, y bizqueo los ojos y junto el reverso de las manos como hacían los chavales que se burlaban de mí en el pueblo—. Les dan pasta por tenerme entretenida. Da igual, ¿por qué lo habéis hecho?

—No quieras saberlo todo.

—No saberlo todo es aburrido.

Evaristo mira alrededor. Quiere asegurarse de que hay suficiente distancia con el resto de los empleados. Porque, efectivamente, entiende que mi discapacidad me hace invulnerable a ciertas decisiones trágicas que podría tomar la empresa. Igual de invulnerable que a él, como presidente del comité. Eso me convierte en digna de confianza, no haré tonterías con la información.

—No puede ser que muera un compañero y no paren la planta. Es una cuestión de maneras.

Me quedo en silencio. No quería pensar en ti, maldito Ari, hasta por lo menos pasadas unas horas.

—Si la relación con la directiva fuera mejor —le digo—, no estaríais saboteando la planta ni siquiera por ese motivo.

—Tienes razón. Esta tarde tenemos la reunión con la directiva. Es la última negociación previa a la huelga.

—¿No vais a desconvocarla?

—No, a menos que esta tarde, en la mesa, se comprometan a frenar la tramitación del ERE, lo cual sería un milagro.

—Eso no me lo esperaba.

Miento. Lo que en verdad quiero decir es que nadie más se lo espera. El comité avisó de la convocatoria de la huelga a su debido momento, según la ley. Pero todo el mundo dio por hecho que era un farol y que no tardaría en desconvocarse. Se equivocaron. Yo no. Porque conozco a Evaristo. Nació en San

85

Martín del Rey Aurelio 1967, plena cuenca minera asturiana. Familia minera y sindicalista. Con veinte años, ya llevaba cuatro bajando a los pozos. Y entonces le tocó el Plan de Reconversión del Carbón. La huelga de 1991 fue especialmente violenta en su pueblo. Hizo cosas como encerrarse en pozos, lanzar tuercas con gomero a los antidisturbios, volar con dinamita un coche de la empresa. En cualquier caso, perdieron, y Evaristo acabó aquí, en la provincia de Guadalajara.

En Aldea Logistics debían de ignorar su pasado subversivo cuando lo contrataron, años antes de que apareciese Miguel Riva. Evaristo pasó un tiempo tranquilo, lamiéndose las heridas y limitándose a trabajar. Pero enseguida le picó de nuevo el gusanillo. Se presentó a las elecciones para el comité del CLT. Las ganó. Y desde entonces vive para hacerle la vida imposible a la empresa.

Yo creo que lo suyo tiene un poco de crisis de la madurez, un poco de andropausia. Todos los días se mira al espejo y se pregunta dónde está ese chaval que lanzaba cohetes de verbena con una cañería contra la Guardia Civil. Ahora que Aldea Logistics va de mal en peor, ha encontrado el momento adecuado para resucitar a ese joven. Por eso no desconvocará la huelga. Si él quiere huelga, haremos huelga.

Lo que está pasando es lo siguiente. Aquí hay un edificio, un CLT, el Monstruo, que pertenece a Alejandro Valdivieso. El edificio tiene un único inquilino, WuChain, la gran empresa china de comercio minorista, con casi un centenar de tiendas físicas repartidas por toda España y un sistema de reparto a domicilio que mueve más de treinta mil productos al día. Luego está Aldea Logistics, que es la empresa operadora del CLT. Brinda sus servicios logísticos a WuChain con su plantilla, con sus estrategias, con sus sistemas, con su racanería y con su incapacidad.

Cada año, Aldea Logistics presenta un informe de costes y desempeño a los chinos. Los chinos examinan los números y niegan con la cabeza. Muy caro, muy caro. Ineficaz, ineficaz. El contrato que mantiene WuChain con Aldea Logistics caduca dentro de doce meses. Si en ese plazo la empresa no ha revertido los márgenes de coste y ha mejorado la calidad del servicio, el contrato no se renovará. Hay otras operadoras deseando hacerse con el control del CLT. Empresas con una fórmula clara: lo que Aldea Logistics te hace con mil doscientos trabajadores yo te lo puedo hacer mejor con ochocientos. Porque las cintas transportadoras y los brazos robóticos no nombran representante a un tío como Evaristo.

El plan de Aldea Logistics es sacar adelante el ERE para deshacerse del treinta por ciento de la plantilla. Es su última oportunidad de reducir costes y contentar a WuChain. Si no lo logran, echarán del Monstruo a Aldea Logistics, y a la mayor parte de sus empleados. Así que las dos opciones que hay son: o perder el trabajo ahora, o perderlo dentro de doce meses. Con despidos o sin despidos, con huelga o sin huelga, el resultado será el mismo.

En cualquiera caso, habrá huelga y será violenta. Cuanto más violenta, mejor para Evaristo. No porque le venga bien, sino porque hará que se sienta bien. Eso es lo que necesita, sentirse bien consigo mismo, después de todo lo que le ha pasado estos años. Además, a Miguel Riva le conviene una huelga salvaje. Porque la única forma que tiene de conservar el contrato con WuChain y quedarse en el edificio de su amigo Valdivieso es demostrar a los chinos que puede resistir cualquier embestida de los trabajadores.

—Vuelve a tu puesto, Fina —dice una voz.

Es Sebas. No sé en qué momento ha bajado del despacho de Miguel Riva.

—Está tratando asuntos que incumben sus derechos laborales —responde Evaristo—. El convenio se lo permite en tiempo remunerado.

Sebas se planta a dos centímetros de Evaristo. Es mucho más bajo, pero sabe mirar hacia arriba cómo si fuera a pelear contra un oso.

—No vas a volver a joder mi trabajo.

—Tú trabajo lo has jodido tú al tratar a tus compañeros como esclavos. Podría volar todas esas cintas transportadoras con dinamita y no le habría hecho la mitad de daño a esta empresa del que tú le has hecho con tu chulería.

—¿Me estás llamando chulo?

—No te preocupes, no creo que seas un chulo todo el tiempo. Seguro que tienes tus momentos tiernos en el despacho de Miguel Riva.

Yo me mantengo a un par de pasos de distancia. De pronto descubro que Sebas lleva una palanca corta en la mano, de las que utilizamos para desatascar y mover palés. ¿Cómo no me he fijado hasta ahora? Tomó a Evaristo de la mano y tiro de él para que se vuelva a la oficina del comité. Pero Sebas alza la palanca y la apoya justo donde mi mano agarra la de Evaristo.

—Fina, te he dicho que te vayas a tu puesto —dice, sin quitarle la vista de encima al presidente del comité.

—¿Qué pasa aquí? —dice alguien más.

Es el Guillermo, el de mi pueblo. Guillermo también es parte del comité, está con Evaristo, y suele apoyarle en todo. Ha reunido a otros tres compañeros. No se han olvidado de sus herramientas. Sebas sabe que el instrumento más utilizado en el CLT es el cúter con el que cortamos los precintos. Aun así, se enfrenta a ellos sin bajar la mirada. Ríe. Luego se va, diciendo:

—A tomar por culo todos.

—Esquirol —murmura el Guillermo cuando Sebas ya no puede oírle.

17

El sistema de las cintas transportadoras se ha reactivado. Regreso a mi puesto de trabajo. Mariela está hablando con Gus. En cuanto me ve llegar, este da la vuelta al *forklift* y se va. Me hace gracia lo mal que le caigo. Le lanzo un beso, asegurándome que me ve por el retrovisor. Mariela no dudaría en reprochármelo cualquier otro día. Pero hoy no, está preocupada por mí.

—¿Qué tal estás? ¿Te has dado algún golpe al caer esta vez? Si estás mal puedo encargarme de esto yo sola.

La existencia de alguien tan inocente como Mariela hace que me sienta mal. Mariela, su traumática infancia en Medellín, su condena, su reinserción, sus sueños simples, su amor incondicional a la vida, su nula voluntad crítica, su absoluta falta de resentimiento. Otros compañeros se quejan de tener que compartir el puesto de *picking* conmigo porque hay tareas que me cuesta realizar, como bajar las cajas más altas del palé, y les dejo a ellos el trabajo más duro. Mariela, sin embargo, insiste en que sigan emparejándola conmigo. Precisamente por eso no la soporto y estoy más que dispuesta a hacerla sufrir.

—No te preocupes —respondo—, estoy bien. No me he golpeado.

—No me refiero solo a eso, mi amor.

Sé perfectamente a qué se refiere. Se refiere a ti, Ari. Paso pegada a Mariela ocho horas al día, veintidós días al mes, cuarenta horas a la semana. Me conoce.

—Si quieres tomarte la mañana, vete —insiste Mariela—. Yo le cuento cualquier vaina a Sebas. No necesitamos ser dos.

No necesitamos ser dos. La frase me catapulta a un pasado reciente. Quizá no fuera un pasado feliz, pero sí era mucho menos agónico. Niego con la cabeza para expulsar los recuerdos. Mariela se asusta, como si ese tic presagiara otro ataque. Sonrío para calmarla. Todo va bien, vuelvo al trabajo.

Me centro en la primera caja que ella ha dejado sobre la cinta y busco la etiqueta RFID para pasarle el escáner. Una vez que el proceso comienza, puedo ejecutar mis tareas como si fuera un robot más. Mantengo la mente en blanco y, bip, escaneo caja tras caja.

Al poco rato me doy cuenta de que Mariela no me quita ojo. Después de tanto tiempo, ha aprendido que no debe insistir mucho en preguntar qué tal estoy tras un ataque. Llevo años trabajando codo con codo con ella, en el mismo puesto, en la misma mesa de recepción y escaneo, explosionando los mismos palés, recibiendo los mismos *forklift*. Ocho horas al día, cinco días a la semana, veintidós días al mes. Eso, te guste o no, crea un vínculo. A mí no me gusta, pero podía ser peor. Nadie en el CLT quiere que me pase nada durante el trabajo. Pero a la mayoría se la sudaría si me ocurriese algo fuera. El único motivo por el que me quieren sana es que no les cause problemas. Mariela es diferente, ella se siente bien en la bondad, se gusta cuando gusta, se ayuda cuando ayuda. Eso no la vuelve mucho menos irritante que los demás, pero sí me motiva a soportarla mejor. Ahora que ya no estás tú, Ari, Mariela es lo más parecido a un amigo que tengo.

Ella habla muchísimo, es su peor defecto. Pero cuando se entera de que me he ido al suelo, solo pregunta una vez qué tal estoy. Si no le sigo mucho el rollo, cierra la boca y se pone a trabajar.

Al reincorporarme al puesto veo todo el trabajo que ella sola ha sacado adelante esta mañana, sin mi ayuda. Quizá tenga razón WuChain al querer recortar la mitad de los empleos. Podrían empezar por el mío, sería lo más sabio, no creo que en toda la plantilla hallen un trabajador más incompetente que yo.

No necesitamos ser dos, recuerdo.

Y vuelvo a quedarme unos instantes bloqueada. Mariela continúa subiendo cajas a la mesa de escaneo sin percatarse. Entonces la voz de Sebas me sorprende a mi espalda:

—Fina, ve a ver Riva.

Guardamos silencio. Ambas sabemos que es mejor estar calladas cuando Sebas está de malas. No me gusta parecer intimidada, pero no tengo nada que ganar. Me encojo de hombros ante Mariela y ella me devuelve un gesto para que me despreocupe. Se ve capaz de sacar adelante el tráfico ella sola. Los días que trabajo poco, Aldea Logistics no nota la diferencia.

No necesitamos ser dos.

18

—No necesitamos ser dos —le dije a Ari—. Si no quieres venir, no vengas. No hace falta pasar miedo.

Estábamos en los antiguos vestuarios de la zona de almacenamiento de larga estancia. Cuando construyeron la nave oeste y duplicaron el tamaño del centro, se hicieron vestuarios nuevos en la ampliación. Ya nadie utilizaba los antiguos y por eso Ari y yo nos escondíamos en ellos, solos, sentados a dos metros el uno del otro. Nunca me acercaba más a él.

—No tengo miedo, Fina. Solo me pregunto por qué me cuentas esto a mí. Podías contárselo a cualquiera.

—Los demás no me caen bien —fue lo único que se me ocurrió responder.

Por supuesto, no podía decirle la verdad. Pero reconozco que podría haber pensado una excusa mejor. Necesito que vigiles la cámara, por ejemplo; pero no había cámaras en aquel trayecto. Tengo que cargar con mucho peso; pero no habría peso alguno con el que cargar. Tampoco quería darle una excusa condescendiente: Te lo cuento a ti porque nunca traes comida ni gastas dinero en el autobús, porque aprovechas tus libretas hasta que no queda un centímetro cuadrado de papel donde dibujar y los lápices hasta que miden medio milímetro.

—Nunca nadie ha hecho algo así por mí —dijo él.

Y se aproximó a mí en el banco, igual que el día que lo conocí en la caseta de seguridad. Aparté la vista de él. Noté que la mano izquierda se me contraía aún más, que se volvía aún más inútil, como siempre que acontecía algo insoportable. También sentí un respingo en la corriente eléctrica de mi sistema nervioso.

—Si te acercas un centímetro más —dije sin mirarle— me iré de aquí. No volveré a hablarte.

Quiso decir algo, pero yo ya me había levantado y había salido del vestuario.

Guie la marcha. Ari me seguía a unos cinco metros de distancia, en silencio. Tomé el pasillo dos, mi ruta habitual. Caminábamos por un desfiladero estrecho formado por dos estanterías industriales de quince metros, que Ari ya había aprendido a llamar *racks*.

—Los de seguridad no tienen ojos aquí. Esa cámara —dije señalando una protuberancia que asomaba en un estante a diez metros de altura— no funciona.

—¿Cómo lo sabes?

—Lo sé.

Al terminar el pasillo me asomé al espacio que quedaba entre la zona de almacenamiento de larga estancia y la zona de e-commerce. Allí había algunos productos de marca blanca WuChain, que eran despachados bajo demanda, como un supermercado online. Pero no era eso lo que habríamos ido a buscar.

—Si aquí no hay nadie —dije, señalando— es que hay vía libre. ¡Vamos allá!

Le llevé hasta un elevador y le invité a subir conmigo. Manipulé el joystick para levantar la plataforma unos metros hasta situarlo en unas coordenadas precisas.

—¿Cómo sabes que aquí hay algo bueno? Este almacén es gigantesco.

—No pretenderás que te lo cuente todo, tío.

El elevador nos subió hasta el primer piso de los *racks*. Había allí un palé sin explosionar, es decir, envuelto en su forro de film transparente. Saqué el cúter e hice una incisión de unos quince centímetros en el plástico, no más. Ante la mirada atenta de Ari, introduje los dedos de mi mano derecha por la raja. Salió una cajita blanca de cartón satinado. Teníamos luz de sobra para ver el logotipo de Apple impreso.

—Ha caído pieza —dije.

—¿Qué es?

—Un AppleWatch. Una mierda que la gente compra para ser aún más esclava de sus conexiones. Pero lo que nos importa a ti y a mí es que es caro. Jos nos lo va a pagar bien. Coge otro.

—¿Otro?

—Sí, pero solo uno más. Si nos llevamos más de dos, podría empezar a notarse que falta mercancía en el palé.

Metimos las dos cajas en mi mochila.

—Aún tenemos tiempo, pero no demasiado.

Bajamos del elevador y nos dirigimos hacia lo más profundo del ala este. Si en ese momento nos pillaban con los relojes en la mochila, tendrían motivos para despedirnos de manera fulminante.

—¿Desde cuándo haces esto? —me preguntó Ari.

—Desde hace tres años. Cuando empezaron a destruir el material dañado. Antes, si aparecía algún producto extraviado o algo se estropeaba, se añadía a una cesta que luego se sorteaba en la cena de Navidad. Luego Riva empezó a decir que eso motivaba que los compañeros rompieran cosas a propósito, o que les arrancasen las etiquetas RFID para que se perdieran. Entonces se tomó la decisión de destruirlo todo. Artículos sin estrenar que podían haber hecho feliz a cualquier chaval, directos a la incineradora.

—Pero ¿eso es verdad? ¿La gente rompía las cosas a propósito?

—Aquí protegemos nuestros intereses, Ari. Perder un producto en este CLT, para el destinatario final, solo significa tener que esperar un poquito más a que le llegue uno nuevo. Para la empresa, nada, porque está asegurado. Para la compañía de seguros, un porcentaje mínimo de sus gastos.

—¿Y para vosotros, qué significaba?

—Una cena de Navidad mucho más interesante. Por cierto, Riva también suprimió las cenas de Navidad. A cambio, nos regalan un vale para comprar productos de WuChain. Yo no los uso. Si quiero un producto de WuChain, lo cojo.

—¿No te han pillado nunca?

—No estaría aquí. Cuidado ahora.

Habíamos llegado al fondo de la zona de almacenamiento de larga estancia. Nos habíamos topado con la pared final del edificio este. En ese rincón ni siquiera había muelles de carga y descarga. Era un callejón sin salida. Pero justo donde los muros se unían en un ángulo de noventa grados había una pequeña puerta con un candado. Me aproximé. Saqué la llave del bolsillo de mi chaqueta y lo abrí.

—Si intentas sacar mercancía por el acceso principal, suenan las alarmas. Si abres las salidas de incendios, suenan las alarmas. Por los muelles de carga donde aparcan los camiones, no suenan, pero para abrirlos necesitas acceso al software del almacén. Esta puerta es segura.

La puerta te saca a un patio cerrado por vallas coronadas con concertinas. Antes, cuando solo existía el ala este, era un aparcamiento de camiones. Ahora es el cementerio de palés, un lugar abandonado donde cientos de palés, viejos o deteriorados, se pudren sin que nadie vaya a recogerlos. A mí me viene muy bien: las columnas de palés rotos me proporcionan una cobertura perfecta. Ninguna cámara puede verme cuando me deslizo entre ellos.

Crucé con Ari el patio. En la valla hay una pequeña portilla. Una antigua salida peatonal para camioneros, de cuando en este lado del edificio había tráfico. También tiene siete vueltas de cadena y está tan oxidada que parece que nadie la haya abierto en décadas. Pero yo la he abierto muchas veces. El primer artículo que robé en el CLT fue una cizalla. Con ella rompí el viejo candado de esta portilla y lo sustituí por otro, que fue el segundo artículo que robé en el CLT. Desde entonces, nadie se ha percatado del cambio.

—Mira esa esquina del edificio, aquel barril y ese poste. Cada uno es un punto y los tres forman un triángulo. Si no te sales de él, la cámara no puede verte, y tampoco el puesto de seguridad del aparcamiento de ala este. No tienen ángulo de visión.

Abrí el candado y retiré la cadena. Ya podíamos salir al exterior del Monstruo. No era necesario ir muy lejos. A pocos metros hay un frigorífico tumbado, que parece chatarra abandonada, ideal para esconder la mercancía. Dejamos allí los iWatch. Regresamos al Monstruo. Cerré la portilla.

—Ahora, cuando fichemos a la salida, solo tenemos que darnos un paseíto por el perímetro exterior, hasta la nevera. Cogemos los relojes y se los llevamos a Jos.

—¿Cuánto dinero sacas con esto?

—Entre cincuenta y cien euros cada vez. Unas tres o cuatro veces por semana.

Ari sonrió.

—En serio, Fina. ¿Por qué me lo cuentas? No me necesitas en absoluto.

Tenía que volver a mentirle.

—Te lo cuento para que me recojas en caso de que me dé un ataque epiléptico.

Él sonrió. Bien, así estaba bien. Ese era el trato, Ari. Yo te mentiría en todo. Tú solo me dirías la verdad. Maldita la hora en que creí que aquello funcionaría.

—Todavía llegas para ver cómo los demás se terminan sus bocadillos —le dije, justo antes de separarnos.

—No tengo hambre.

—Yo creo que sí tienes.

19

Me separan varias decenas de metros del despacho de Riva. Durante el trayecto ordeno mentalmente las posibilidades. Qué quiere saber. Qué va a preguntar. Qué debo responder. Todo está relacionado con Evaristo, sin duda. Riva sabe que tenemos una relación estrecha, que fue él quien me enchufó en Aldea Logistics. Si no fuera por eso, para Riva solo sería una empleada más, una de las del dos por ciento ese que se ve obligado a soportar por ley. Querrá sacarme qué tiene el presidente del comité en la cabeza, qué va a soltar en la reunión de esta tarde, si desconvocará la huelga, si la prolongará tanto como amenaza, cuánto cargará las tintas, cuánto le secunda la plantilla.

Voy programándome para mi actuación, como una estrella del teatro que entra en papel una hora antes de salir a escena. A medio camino ya estoy cojeando más de la cuenta. Me aproximo al Enlace, el punto donde se une la antigua nave del CLT con la nueva, que fue construida dos décadas más tarde por Valdivieso SL para cumplir con las exigencias de WuChain. Con esa ampliación se dobló el tamaño del Monstruo. Ambas áreas quedaron unidas por un pórtico que conocemos por ese nombre: el Enlace. Es un punto de paso obligatorio cuando quieres llegar desde mi puesto de trabajo hasta el fondo del CLT (por ejemplo, cuando voy al cementerio de palés). Un cuello de botella. Y justo allí, antes de cruzar ese embudo, está la puerta que da acceso a la escalera que sube a las oficinas de administración, en la primera planta. Los despachos tienen unos ventanales desde los que puede verse una gran parte del almacén, como el panóptico de una prisión.

Riva me está esperando abajo, con el café en vaso de papel que siempre se sirve en las máquinas expendedoras del almacén para fingir ante la plantilla que no le importa socializar con ella. Como siempre, lleva la camisa blanca cerrada hasta su cuello de toro y una corbata con la que parece estrangularse. Tiene un torso ancho, bastante apropiado para descargar trailers en las playas del CLT, pero más apropiado aún para firmar despidos con seguridad en sí mismo. No lleva chaqueta, a pesar del frío. Por lo demás, como siempre, parece que se ha afeitado y peinado hace quince minutos. Lo único que me gusta de su aspecto es la ligera asimetría en su boca, siempre inclinada hacia la izquierda.

—Fina, buenos días, cómo estás. ¿Quieres un café?

Me quedo un rato sonriendo. La Josefina González Parra que Miguel Riva conoce es demasiado tímida para aceptar un café. Así que, tras unos incómodos instantes de silencio, me franquea el paso de la puerta de la escalera.

—Oh, perdóname. ¿Prefieres que subamos en el ascensor? Recuerda que la planta es cien por cien accesible para minusválidos.

—Para personas con movilidad reducida.

—Eso es, discúlpame.

—No pasa nada. Puedo subir la escalera.

Me demoro una eternidad en cada escalón. Riva va un par de peldaños más adelante, intentando que el silencio no se lo coma. Me divierte muchísimo. Debe escoger un tema de conversación para reducir la tensión.

—Parece que vamos a tener un diciembre frío —se le ocurre decir en un instante de descuido.

—Ay, sí —digo sin perder en un momento la sonrisa que siempre luzco ante él—. Ojalá hiciese un poquito más de calor en el CLT. Me duele un poco la muñeca y un poco también el tobillo con tanto frío.

Riva responde asintiendo, consciente de que, entre un COO como él y una empleada como yo, no existen las conversaciones de ascensor inofensivas. Cualquier tema puede golpearle entre las cejas, como la insuficiente climatización de la que el comité se lleva quejando desde hace años. Yo sigo sonriendo y demoro incluso un poco más mi ascenso.

La oficina de administración parece pertenecer a otro edificio, incluso a otra empresa. Aquí las máquinas expendedoras están nuevas, sin rayones ni pegatinas a medio arrancar ni pintadas a rotulador, cargadas hasta arriba de chocolatinas y bolsas de Cheetos que nadie compra, mientras que las hileras de pan de pipas y frutas deshidratadas se encuentran casi vacías. Hay plantas de interior que sobreviven junto a las ventanas y que algún empleado riega. Las mesas están ordenadas, tienen marcos de fotos, pisapapeles, tazas y otros recuerdos. Riva me hace pasar a su sobrio despacho. En el respaldo de la silla está la americana azul marino que siempre deja allí para acallar las exigencias de mejorar la calefacción.

Desde el ventanal se contempla el impresionante paisaje interior del Monstruo. Hacia un lado se prolonga el viejo almacén, hasta que el bosque de *racks* interrumpe la vista. Hacia el otro, la ampliación, con su circuito de cintas transportadoras de flujo tenso suspendidas en el aire; una de esas cintas pasa al alcance de la mano, las cajas circulan ruidosamente a menos de medio metro de la ventana de Riva. También se ve el pórtico del Enlace que une ambas naves, el estrechamiento donde confluyen carretillas, transpaletas, *forklifts*, supervisores con chalecos reflectantes, equipos de *picking* que llevan rollos de film a cualquier lado, personal de mantenimiento con cajas de herramientas y guardias de seguridad que velan por el bendito clima laboral, siempre en contacto con el Grumo por su walkie-talkie. El panorama me fascina tanto como las naves de San Pedro del Vaticano o la cripta de El Escorial.

—Siéntate, Fina.

Me quedo de pie, no digo nada, sonrío mucho.

—¿Qué tal estas? —pregunta.

—Bien —respondo, sin dejar de sonreír.

Él también sonríe, pero solo para ocultar lo incómodo que se siente. Lo sé porque yo haría lo mismo en su lugar. He creado un personaje solo para él. Cuando el director de operaciones de Aldea Logistics me mira, solo ve tres cosas: mi sonrisa, mi ojos que apuntan al suelo y, sobre todo, mi mano izquierda plegada ante mi pecho. Para tíos como él, un minusválido es un minusválido, ni siquiera sabe separar la discapacidad motora de la intelectual.

Yo me aprovecho de su ignorancia.

La única forma de mantener la sartén por el mango ante los poderosos es apañándotelas para que te den más información que la que tú les das a ellos.

—Perdona, Fina, pero me han contado lo de tu crisis. Ya sabes que si no te encuentras bien puedes irte a casa, tomarte unos días. Desde aquí te ayudaremos a tramitar la baja.

Nunca me tomo bajas. Me aburro en casa aún más que en el Monstruo. Además, tengo miedo de que noten que, cuando no estoy, desciende la incidencia de robos en el CLT.

—Estoy bien, gracias.

—Me han contado lo que te sucedió mientras te interrogaba la policía.

Asiento. Me esfuerzo en no mirar a Riva a los ojos.

—¿Te trataron mal?

Vaya. ¿Qué quieres saber, Riva?

—No. Me hicieron preguntas. Sobre Aron. Aron Costache. Éramos amigos.

—No sabía que tuvierais amistad.

Claro que no lo sabías.

—Te acompaño en el sentimiento, entonces —continúa él—. Sabes que mañana por la mañana es el funeral, y que quien quiera puede acudir, si se recuperan después las horas.

—Es muy amable por su parte.

—En cuanto a la policía, me preocupa que te hayan presionado mucho. No me gusta que le hagan eso a los empleados de Aldea Logistics. Yo esto lo veo como si todos fuéramos una familia.

Está bien: si yo estoy sobreactuando, Miguel Riva acaba de romper todas las barreras del cliché. ¿Una familia? Váyase a la ilustrísima mierda, señor COO.

—¿Qué te preguntaron? —prosigue Riva.

La cosa se pone entretenida. Quizá hoy sea ese día en que fingir durante tanto tiempo por fin dé frutos.

—Querían saber dónde estaba yo cuando Ari desapareció. Si lo vi con alguien. Si me dijo con quién iba a estar. Si me mandó algún mensaje.

—¿Y qué les dijiste?

—La verdad.

Acabo de echar la caña.

—¿Y… cuál era la verdad?

Y Riva muerde el anzuelo. Ahora ya sé que esta reunión nada tiene que ver con Evaristo. Tiene que ver con Ari. No sé si quiere saber lo que le pasó. O si quiere saber cuánto sé yo. Ambas cosas son parecidas, pero muy diferentes en cuanto al riesgo que yo afronto.

—La verdad es que no hablé con Ari durante los meses anteriores a… Bueno… No me gusta mencionarlo.

—Ya. Ha sido muy duro. Lo siento muchísimo. Escucha, no quiero que te vuelvan a molestar con la investigación. Deben entender que te están generando una ansiedad innecesaria.

Asiento inclinando el tronco varias veces.

—Si recuerdas algo de lo que pasó con Ari me lo puedes

contar a mí. Cuanto antes me lo digas, antes podremos evitar que la policía vuelva a molestarte. Yo mismo me ocuparé de hablar con ellos.

No sé en qué momento he dejado de sonreír. Ari, de todas las personas con las que podías meterte en un follón, ¿fuiste a escoger a Miguel Riva?

20

Se acaba la jornada. Son las cuatro, pero me siento como si fueran las ocho. O las doce incluso. Aprovecho que Mariela ha ido a despedirse de Gus para salir rápidamente del edificio. Prefiero que me claven alfileres en las pupilas a que Mariela me recomiende otro TikTok de *skincare*. La última vez, en el vestuario, fue más allá de eso. Sacó de su taquilla una cajita y me la ofreció. No recuerdo si dijo que era sombra de ojos o un sérum de no sé qué o un contorno de su reverenda madre. Me quedé mirándolo como a ese gato que trae a su dueño un ratón muerto de regalo.

—Pero Fina, ¿tú te das cuenta de los rasgos que tienes? Voy a *castings* todas las semanas, de publicidad, de fotos, de cine... Si vieran una cara como la tuya se pondrían a babear, parcerita. Pero ¿por qué no lo ves?

Me limité a cerrar mi mochila y a salir del vestuario sin decir nada. Confieso que esa noche me miré en el espejo un poco más detenidamente, pero solo encontré lo que encuentro todos los días. Y sentí una gran sensación de ridículo y de haber perdido el tiempo. Así que ya no dejo que Mariela me lave la cabeza con sus estupideces. Huyo de ella cuando acaba el turno. Hoy ni siquiera paso por el vestuario, enfilo directa hacia la salida.

Antes de irme, observo las ventanas de las oficinas de administración que miran al almacén, allí, junto al Enlace. Sé cuál es la de la sala donde ahora mismo se estará celebrando la reunión a cara de perro entre la directiva y el comité. Los pocos días que Valdivieso viene al almacén, él y Riva suelen acomodarse allí y nos espían descaradamente, como si fuéramos su acuario de peces tropicales. Hoy la persiana veneciana de la sala está bien cerrada, tan solo deja traspasar unas líneas de luz. Evaristo estará dando lo mejor de sí.

Salgo al exterior. Las plazas de aparcamiento reservadas a directivos se sitúan junto a la caseta del Grumo, muy cerca del pequeño espacio donde dejo mi scooter. Casi siempre se encuentran vacías. Hoy está el Range Rover de Valdivieso, pero también un BMW que no sé de quién es y un Maserati que tampoco conozco. Puede que pertenezcan a representantes de la matriz española de Aldea Logistics, o quizá incluso a mandamases de WuChain. Miguel Riva ha pedido refuerzos para lidiar con Evaristo.

En pleno cambio de turno los compañeros cruzan en tropel por la caseta de seguridad; el Grumo apenas tiene tiempo para clavar sus ojos psicopáticos en cada uno de los que piden paso. Solo quedan dos minutos para que salga el autobús lanzadera que lleva a la gente a Guadalajara. Los compañeros se apresuran para no perderlo. Yo voy en dirección contraria. Dejo mi scooter en su sitio y echo a andar hacia el páramo. Sigo el perímetro cercado del Monstruo. Caminando entre la orilla de la calzada y la valla de seguridad, oculta tras la columna de camiones. Inspiro el humo de los tubos de escape, que flota en el aire frío a ras del suelo. Me envuelve el ruido de los motores al ralentí de quinientos caballos que arrastran remolques de cuarenta toneladas.

Me calo el gorro de lana y lo cubro con la capucha del anorak. Me subo bien la cremallera, me pongo el guante de neopreno, dejo la manga izquierda vacía, el brazo a resguardo junto al pecho. He tenido la prudencia de calzarme dos pares de calcetines. Ni siquiera he empezado a andar y ya noto la tensión en la pantorrilla izquierda. El frío contrae aún más el gemelo, duele, la cojera se acentúa. Da igual.

Giro a la izquierda una vez más y tomo la cara sur del edificio. Allí me separo de la carretera, el estruendo de los camiones va quedando atrás. Ya no piso asfalto, sino tierra endurecida por el frío y la escasez de lluvias. No pasa ni un cuarto de hora de las cuatro, pero el sol está ya muy bajo y comienza a enrojecer; ni una sola nube en el cielo. Cuando llegue a casa apenas habrá luz. Esta noche helará. Habrá mínimas insoportables. Alcanzo la parte exterior de la portilla del patio del cementerio de palés. Allí he de tener un poco más de cuidado para no ser vista, pero no demasiado.

Llego hasta el frigorífico donde oculto los productos que sustraigo del almacén. Busco en su interior. Allí están, las tres cajitas de auriculares inalámbricos Sennheiser que he sacado a la hora del almuerzo.

Hoy me ha costado trabajo. Localicé un palé que prometía, estaba en las ubicaciones donde suelen colocar los artículos que se van a las tiendas de electrónica de WuChain. Al rajar el plástico y meter la mano he identificado unas cajas que podían contener móviles. Al hundirla un poco más, he palpado con la yema del dedo un puerto USB. Por el tamaño del envoltorio, parecía un disco duro externo, y de haber tenido la suficiente capacidad, Jos me lo habría pagado bien. He perdido mucho tiempo desembalándolos y volviéndolos a embalar, porque han resultado ser amplificadores de señal router; nuevos no cuestan más de treinta euros. Afortunadamente, me he animado a un segundo intento antes de regresar al puesto de trabajo. Y entonces han caído los Sennheiser, canela fina: doscientos cincuenta euros es su precio de venta al público, Jos me dará doscientos por los tres. Tenías razón, Ari, no necesitamos ser dos. No me hacía falta para nada tu ayuda. Y aun así, la echo de menos. Sostengo las cajitas de los auriculares. Me acuerdo de Sergio y mi alegría se desvanece. Necesitaría un contenedor entero de Sennheisers para salvarle el culo a tiempo.

Oigo un ruido, una especie de ladrido o graznido o mugido. A unos veinte metros de mí, en el llano que se abre hacia poniente, entre unas retamas peladas, veo los jabalíes.

SINIESTRALIDAD

21

Serán unos ocho. Dos hembras y varios jabatos ya crecidos, de más de veinte kilos. Uno de ellos ha debido de tener un problema con un mastín o un lobo. Le han arrancado medio morro de un mordisco. Tiene los dientes al descubierto, como un zombi. No sé cómo puede sobrevivir, pero ahí está, hozando como si tal cosa. Es horriblemente feo, monstruoso. Me cae bien de inmediato. Lo que es bonito nunca se gana mi simpatía. Sólo tú, Ari, puto rumano.

Me acerco a la piara dando gritos. El jabato mutilado es el último en espantarse. Supongo que también fue el último en escapar cuando se acercó la bestia que le arrancó la cara. Así trata la naturaleza a los valientes. Sospecho que los jabalíes han regresado al lugar donde pudieron llenar fácilmente las tripas. A pocos metros de donde están hozando, el precinto de la Guardia Civil, una cinta atada a cuatro varillas metálicas que se clavan en el suelo, demarca el área donde apareció el cadáver medio devorado de Ari.

No sé mucho sobre procedimientos policiales, pero sí lo suficiente para entender que La Alcarria no es *CSI Las Vegas*. Hay mucho trabajo, y la muerte por hipotermia de un rumano drogado en mitad del campo no puede consumir recursos que no existen, por mucho que el último mes haya resultado excepcionalmente fúnebre para el CLT. Al juez le ha bastado el informe de los investigadores para cerrar el caso. Se drogó, se perdió, se desmayó, se congeló. No hay indicio alguno que relacione su muerte con las otras tres muertes producidas en el entorno de la empresa. Problema zanjado. Si no han quitado todavía el precinto de la escena es porque... Yo qué sé por qué es.

Doy un par de vueltas alrededor del cuadrilátero. Entorno la vista. Dios sabe que la mitad de mi cuerpo responde mal y que la otra mitad me duele. Pero la vista y el oído me funcionan perfectamente. Tengo una percepción visual y auditiva superiores a la media. Las he desarrollado a las bravas, porque detectar de lejos un peligro implica disponer de más ventaja para escapar, y esa es la diferencia que hay entre la paz y la paliza. Todavía puede distinguirse una sombra húmeda donde la tierra se empapó de la sangre de Ari. Sin embargo, allí no hay nada más que se les pueda haber escapado a los guardias civiles. Ni papelitos arrugados, ni rasgaduras de tela, ni casquillos de bala. ¿Y qué esperabas, Ari? ¿Que yo fuera a encontrar la pista definitiva? ¿La que demostrase que lo tuyo no fue pura estupidez, que alguien te drogó y te puso allí, en mitad del campo, para que te comieran los puercos? ¿Que tenías enemigos que te querían muerto? ¿De verdad te crees que yo voy a mejorar el trabajo de la policía científica, como en las pelis baratas, puto rumano?

Deambulo un poco por los alrededores, pero la intemperie empieza a resultarme demasiado hostil. El viento se lleva el poco calor corporal que consigo retener bajo mi anorak barato. Los jabalíes se acercan de nuevo. Quizá piensen que yo constituyo el menú de la cena de hoy. Si el otro día hubo carne, ¿por qué no otra vez? No tienen miedo del hombre desde que escasean las escopetas.

Unos metros más allá distingo algo. Es una banderita blanca que los investigadores han clavado en el terreno. Me acerco y me arrodillo. Lo que encuentro me sorprende. Es una mierda. Literalmente: una mierda de jabalí. Si está señalada con la banderita es porque alguien la pisó la noche de autos. Es la única huella de pisada posible en un suelo tan seco como el del páramo. En el excremento identifico el dibujo de las suelas de los zapatos de seguridad que llevamos casi todos los empleados del Monstruo. Es imposible conocer la talla completa, porque el zurullo no mide más de diez centímetro de largo. Pero tiene que ser del rumano. Si la policía no hubiera encontrado restos de excremento en los zapatos de Ari, o si hubiera ido calzado con sus habituales zapatillas de tenis, el juez no habría dado carpetazo al caso: la huella en la mierda habría probado que allí había habido otra persona con botas de seguridad. Entonces habrían entrado a buscar caca de jabalí en todos los zapatos del CLT WuChain Alcarria. Pero no lo han hecho, así que la huella es de Ari. Me detengo a observar el punto exacto donde está la mierda. El punto exacto donde apareció el cadáver. El punto exacto donde comienza el perímetro del CLT.

Trazo mentalmente un dibujo.

La policía dice que Ari llego drogado al aparcamiento del CLT. Su Ford Focus de quinta mano, que tanto esfuerzo le había costado comprar, se ha quedado allí abandonado. Sin embargo no entró al edificio. De haberlo hecho, se habría registrado con la tarjeta en el torno y el guardia de seguridad le habría visto. En lugar de dirigirse a la caseta de acceso, se internó en el páramo, al borde del coma. Luego cayó al suelo desmayado, se golpeó, se congeló.

Ahí está el problema, Ari. Porque tenía que haber un problema, ¿verdad?

El problema es que la línea que se extiende entre el aparcamiento, el zurullo de jabalí y el lugar donde te desplomaste dista mucho de ser una línea recta. Sin embargo, la que se extiende entre nuestra entrada secreta del cementerio de palés, la mierda y tu lecho de muerte, sí lo es. Lo cual debería hacerles pensar a los investigadores que llegaste de allí, de dentro del edificio. Pero resulta que nuestra entrada secreta es secreta, y al sargento Capitán y al cabo Laredo les puede demasiado la holga-

111

zanería para hacer las preguntas correctas. No saben que podías salir del CLT por ella.

De acuerdo, se puede aducir que estabas drogado y que fuiste haciendo eses hasta desplomarte de bruces. Que no era necesario ni probable que llevases una trayectoria rectilínea. Pero hay otra cosa: tú nunca llevabas el calzado de seguridad puesto desde casa. Llegabas con tus deportivas baratas Artengo y te calzabas las botas de punta de acero en el vestuario. Decías que no te gustaba cómo te quedaban, que parecías un payaso. Yo conozco el verdadero motivo: las botas eran caras y no querías desgastarlas.

No, no llegaste del aparcamiento, Ari. Creo que utilizaste el cementerio de palés para escapar. Todavía no sé de quién, pero prometo averiguarlo. Empezaré por entender por qué la policía no encontró tu nombre entre el de todos los empleados que accedieron al CLT aquella noche. Si llegabas de dentro del edificio, tendrías que haber entrado por la caseta de admisiones. Allí, para superar el torno, habrías tenido que fichar obligatoriamente con tu tarjeta.

A no ser que te abrieran el acceso manualmente desde la garita de seguridad. Que te dejaran pasar sin fichar. Que no registrasen tu presencia en el Monstruo a propósito. Podría seguir pensando en ti un buen rato, Ari. O podría pensar en mi hermano, en su urgencia, en la necesidad que tengo de solucionar lo tuyo para solucionar lo suyo. Por pensar, incluso preferiría pensar, no sé, en los jabalíes. Sin embargo, a quien no puedo borrar ahora de mi mente es a otra persona. La que me encuentro todos los días mirándome con cara de sapo desde la ventanilla cuando aparco mi scooter y entro a trabajar. El Grumo, ese tipo tan simpático.

22

Recorro el kilómetro y medio que separa el polígono de mi pueblo. Siempre que la noche esta despejada, voy mirando a las estrellas. Echo de menos a Sergio. Él hacía eso muy a menudo, tumbarse a mirar las estrellas. Podía pasar horas al raso sobre una manta, tan solo dirigiendo la vista a los cielos. Un día lo encontré así, en el exterior de casa. Yo llegaba del parque con un ojo morado. Había estado esperando a que se bajase la inflamación, pero había ocurrido lo contrario: se había convertido en una especie de manzana podrida. No me molesté en disimular, pero no dije nada, y él hizo como que no se daba cuenta.

—¿Sabes cuál es la mejor constelación? —dijo.

—No lo sé, ¿la Osa Mayor?

—No, qué cojones. La Osa Mayor es la constelación de los que no tienen ni puta idea. La primera que busca un tolay. La mejor constelación es esa de ahí. Orión.

Movió el índice haciendo un dibujo en el cielo. Supongo que pensó que me enteraba de algo.

—Orión es un cazador. ¿Ves esas tres estrellas juntas, que hacen una raya cortita? Son su cinturón. El cuadrado que forman las de arriba es su cuerpo. El que forman las de debajo es su falda.

—Hay que ser friqui para ver algo allí. Todas las estrellas son iguales.

—Estas no. En mitad de la falda hay un resplandor débil, ¿lo ves? Es una nebulosa que tiene forma de cabeza de caballo. En el extremo de abajo, hay una gigante azul, Rigel, que es un sistema, al menos, de cuatro estrellas. Y luego está lo que más me gusta. Mira, allí, en el hombro, hay un punto muy luminoso, más rojizo que todo lo demás, ¿lo ves? Se llama Betelgeuse.

Así oí hablar por primera vez de esa bomba de relojería que está a punto de estallar. O que quizá haya estallado ya y solo estemos contando los siglos hasta que su explosión nos alcance.

—Betelgeuse ha agotado todo su combustible. Y cuando eso sucede, las estrellas de su tamaño explotan en una supernova que desintegra todo lo que las rodea en un radio de años luz. Entonces se convierten en el punto más brillante del cielo. Puedes leer libros en la calle de noche con su resplandor. Pasados unos días, se apagan, desaparecen para siempre. A mí me gustaría irme así. ¿A ti no?

La verdad es que no. A mí no me gustaría irme de ninguna manera, debería haberle contestado. Pero no lo hice porque la charla de mi hermano me reconfortaba. Igual que me reconfortó ver al día siguiente al Viña con la mano escayolada. La misma mano con la que me había pegado el puñetazo que me había amoratado el ojo la noche anterior. Si no puedo devolverle a Sergio todo lo que me ha dado, ¿para qué sirvo? Estar aquí, dando vueltas de un lado a otro sin saber qué hacer, eso sí que hace que me sienta más discapacitada, mucho más que mi scooter, que mi cojera, que mi espasticidad.

Llego al pueblo. Mi casa es la primera que encuentras cuando vuelves desde el Monstruo. Una edificación de dos pisos, vieja (que no es lo mismo que antigua), sin encanto, con ventanas pequeñas para evitar las corrientes de aire. La luz de la cocina está encendida. Ahora mismo, a las siete de la tarde, es la única luz artificial que ilumina la calle, porque alguien se ha llevado el cobre de las farolas. No desmiento, y tampoco confirmo, que haya sido yo. Lo que sí os diré es que se ve mucho mejor el cielo nocturno desde que están apagadas. Lo único bueno de este paraje son los cielos. Sería una pena estropearlos, y ni yo ni mi madre necesitamos farolas para llegar a casa.

La luz de la cocina está encendida porque mi madre debe de estar friendo unas croquetas o preparando una sopa de fideos con la que engatusarme. A cambio, mientras ceno, tendré que satisfacer su curiosidad. Preguntas incómodas, respuestas escuetas que motivan preguntas más incómodas aún, que reciben respuestas cada vez más escuetas y malhumoradas, hasta que acabamos discutiendo. La cena se quedará sin terminar y la curiosidad sin satisfacer.

Consulto la hora en el móvil. No tengo ganas de que mi madre saque el tema de Sergio y lo poco que queda para que salga de la cárcel. También le habrán llegado noticias del horrible accidente que ha tenido lugar en el CLT, y me reprochará que no se lo haya contado yo. Es que me tengo que enterar de todo por fuera, que mi propia hija me ignora, ¿y quién era ese muchacho? Pues uno de tantos, mamá, que somos mil doscientos. Eso le diré, Ari. Mentirle me da igual, pero traicionarte a ti es otra cosa.

Paso por delante de la casa sin entrar y me dirijo al centro del pueblo. A los pocos minutos, empiezo a pisar adoquines. El adoquín es ese zafio cosmético con que algunos alcaldes quieren convertir los pueblos feos en pueblos históricos. Cubres con ellos el asfalto, como se cubre con maquillaje un cutis picado de viruelas, y, ¡zas!, un rincón en ninguna parte se transforma en un destino rural con encanto para un fin de semana que nunca olvidarás. Solo que, por mucho que cubras el suelo, los edificios, deprimentes y antiestéticos, siguen valiendo la misma mierda, la gente te saluda con la misma cara de jabalí mutilado y las calles te reciben como si tuvieran alambradas.

El adoquín nos ha hecho creer que el suelo que pisamos es digno de visita, de admiración, de veneración, de peregrinación incluso. Cada vez que vemos a un madrileño paseando por nuestras calles un sábado por la mañana, no le abrimos los brazos, sino que le regañamos por no haber venido antes: Os creéis que lo tenéis todo allí, en la capital, pero aquí está este maravilloso pueblo; y ahora que ya lo conoces, no vuelvas más.

Otra cosa que hacen mucho los madrileños, para enfado de los que aquí vivimos, es comer en el Piris. El único bar del pueblo también es un asador adorado por los camioneros. Menú barato, gran variedad, gran calidad, manteles y servilletas de tela, vino pasable. Se corrió la voz y los conductores de los tráilers dejan sus cacharros aparcados en la explanada del silo para llenarse la panza. Los fines de semana ocurre lo mismo, pero las mesas las ocupan los domingueros que vienen de visitar Torija, Hita, Brihuega o Cifuentes, pueblos que, además de adoquín, poseen castillos, palacios, iglesias…

Por las noches, sin embargo, el Piris está libre de forasteros. Somos los del pueblo los que vamos a beber, hablar o comer. El dueño, Rafael Piris, a quien todo el mundo pone a parir por ser demasiado amable con los foráneos, suele quejarse de la racanería de los locales a la hora de consumir. Dice que prefiere un puto madrileño que diez parroquianos. Tiene toda la razón.

Estoy a punto de pasar de largo ante la puerta del Piris. Y entonces veo aparcado el viejo Audi A3 del Guillermo.

—Joder —digo mirando el reloj.

Demasiado pronto. No sé si es buena o mala señal que ya haya terminado la reunión del comité de empresa con la dirección.

23

Dejó la scooter en la calle. Me asomo al zaguán del restaurante y veo al Guillermo sentado a una mesa del fondo. Es raro verlo ahí, normalmente se acoda en la barra y se pone a contar los chistes guarros que le hemos oído mil veces, o se empeña en mostrarnos todos los memes machistas que le han llegado esa semana por Whatsapp. Tiene delante una frasca de vino de la casa y está jugando con el teléfono móvil, mirando la pantalla y moviéndola con el dedo sin leer nada en concreto. Se le ve serio. Cuando está serio parece más viejo, las carcajadas que siempre está soltando le estiran las arrugas de la piel. Me siento a su mesa sin pedir permiso. Arrimo una silla y apoyo el codo izquierdo en el tablero para que la mano espástica me quede a la altura del mentón, como si estuviera apoyando en ella la cabeza. Son trucos que una va aprendiendo, para parecer natural.

—Qué pasa, cosa bonita —saluda el Guillermo.

—Venga, déjate de polladas.

El Guillermo es muy amigo de mi tío Iván, y me puedo permitir la confianza de exigirle que vaya al grano. Antes, levanta la mano para llamar la atención del camarero, que trae un vaso transparente de Duralex, y lo deposita en la mesa frente a mí. Guillermo me sirve vino de su frasca.

—La huelga no se desconvoca —responde.

Yo asiento. Me encojo de hombros.

—Vale.

El Guillermo bebe un trago de vino de su vaso. Lo apura y vuelve a llenarlo.

—No. No vale. Va a ser duro. Vamos a palmar pasta. Vamos a dejar hecho unos zorros nuestro lugar de trabajo, el segundo sitio donde más tiempo pasamos de nuestras jodidas vidas.

—¿Quién dice que vaya a ser así?

—Tenías que haber estado hoy ahí, con Evaristo y Miguel Riva. Los he oído discutir muchas veces pero lo de hoy ha cruzado todas las líneas rojas. Ambos se están llevando el tema a lo personal. No hay punto de encuentro. Habrá una huelga tal y como Evaristo concibe las huelgas. Y probablemente no sirva para nada.

—¿Por qué?

Quiero oír en boca de Guillermo todo lo que yo ya sé.

—Porque esto ya no es como antes, Fina. Evaristo viene del carbón, yo del acero… Antes luchábamos contra grandes empresas que tenían el poder de cambiar naciones. No importaba el perjuicio que les causara nuestra victoria. Eran demasiado importantes para que las dejaran caer. Así que sobrevivían y nosotros sobrevivíamos con ellas. Ahora las empresas son de cartón piedra. ¿A quién teníamos hoy enfrente, en la mesa de negociación?

—A Miguel Riva.

—Sí. Un pijo al que sus padres compraron el título de ADE y que llega a COO por enchufe. ¿Y a quién más?

—A Valdivieso.

—Al puto Valdivieso. Un mierda de provincias que no es ni el más rico de su pueblo. Si perdemos, la mitad de la plantilla se va a la calle. Si ganamos, WuChain le da la patada a Aldea Logistics y nos mandan a donde les salga de los cojones. A Huelva, a Ferrol, a Badajoz.

—Entonces, ¿no quieres ganar? ¿Crees que es mejor que quien tenga que quedarse que se quede y, quien no, que se busque la vida?

El Guillermo bebe otro trago. Sé que está borracho. No se le nota en las maneras, no le patina la lengua ni le cuelgan los brazos a los lados del cuerpo. Guillermo ha perfeccionado el saber beber hasta casi profesionalizarlo.

—Claro que quiero ganar, Fina. El primer ERE ya se está tramitando mientras tú y yo hablamos: un veinte por ciento de nosotros se irá a la calle. Y solo es el principio.

—Vale. Ya me conoces. Sabes que no soy esa persona que te va a decir lo que quieres oír. Así que podemos hacer dos cosas. O te digo lo que pienso, o me callo.

—No quiero que me digas lo que piensas.

Me vuelvo a encoger de hombros y asiento.

—Vale.

Pasan cinco segundos. Luego pasan cinco más. Guillermo ha vaciado la frasca y vuelve a llamar la atención del camarero para que le traiga otra.

—¿Qué han dicho Riva y Valdivieso? —pregunto por fin.

—Que no hay nada que hacer. Las cintas transportadoras de flujo tenso son el futuro, ocuparán casi todo el almacén. Llenarán todo de cintas y escáneres y brazos selectores.

—Eso es mucho flujo tenso —comentó—, ¿puede Valdivieso afrontar las inversiones? Automatizarlo todo tiene que costar dinero. Y las cuentas están como están.

—Si no lo consiguen, cerrarán la mitad. Ese es el plan. O logran la financiación para modernizarlo o segregarán las dos naves, la vieja, y la nueva. Tapiarán el Enlace, y buscarán un nuevo inquilino para la parte vacía. Dejarán de ser un solo CLT. Y la mitad de la plantilla pasará a rascarse los cojones. El almacenamiento prolongado está condenado, lo mires por donde lo mires.

—¿Y Evaristo, qué dice?

—Dice que antes de que eso suceda va a reducir todo a cenizas.

Dejo escapar una carcajada.

—¿Y se creen ese órdago?

—Si tú hubieras estado esta tarde en esa mesa, te lo creerías. Evaristo echaba fuego. Desde que no está…

Guillermo calla por unos segundos. También él conocía al hijo de Evaristo y sabía todo lo bueno que transmitía a cuantos se acercaban. Especialmente a su padre.

—Desde que no está Sito —digo para acabar la frase.

—Desde que no está, parece que necesita descargar su rabia contra algo. Y lo que más a mano tiene es la directiva.

—Evaristo no irá tan lejos —miento—. Es cierto que últimamente anda ensimismado, pero es un tipo cabal.

Ahora el que deja escapar una carcajada es Guillermo.

—Crees que conoces muy bien a Evaristo, Fina. Pero te confundes. Todo el mundo se confunde con él. Yo no me confundo porque tengo una cosa clara: no lo conozco de nada. Con su visión estereotipada, es posible que Riva y Valdivieso crean que Evaristo es un rojo de manual: *El capital* en la mesita de noche con las cubiertas llenas de polvo; salud y República, feliz solsticio en Navidad y langostinos los domingos. Pero Evaristo es un bicho mucho más complejo. El que crea que puede predecir sus actos, se equivoca.

—¿Y qué os ha dicho a los del comité?

—Lo mismo que le está diciendo a toda la plantilla.

—¿Y qué le está diciendo a la plantilla?

—Que saquemos los pasamontañas.

24

Me voy a casa. Miro el reloj, aún son las ocho. Mierda, demasiado temprano. Hay tiempo más que suficiente para que la conversación con mi madre vaya de lo cordial a lo tenso y luego a lo hostil y luego a lo insoportable. Hoy no me apetece nada, ya he tenido suficiente. Necesito estar bien, necesito fingir bien, necesito mantenerme cordial hasta que el reloj marque una hora a la que no resulte inverosímil que me vaya a la cama por cansancio. Sin chantaje emocional: ¿Te vas ya a la cama? Ya no quieres ni dirigirme la palabra, Fina; ¿Te vas ya a la cama? Si tanto te aburro, no sé por qué no dejas de hablarme; ¿Te vas ya a la cama? con tanta soledad no merece la pena ni estar viva.

Hoy no va a ser así, me lo prometo a mí misma, te lo prometo a ti, Fina.

En la calle Mayor hay una casa con un pequeño patio. Es la de la señora Inés, que está encamada desde hace siglos. El panadero le deja una bolsa de papel con una barra todas las mañanas apoyada en la verja, y el hijo de la señora Inés la recoge y la deja en la cocina cuando va a verla a mediodía. Pero hoy el hijo de la señora Inés ha debido de estar ocupado, porque el pan sigue ahí. Así que me lo llevo yo. Quizá me sirva de salvoconducto.

Llego a casa. Dejo el scooter en el garaje, junto a los trastos de mi tío Iván. Cuando Sergio tenía dinero, guardaba aquí sus coches y otras cosas por las que no preguntábamos; ahora el primo de mi madre nos paga para meter su hormigonera, la segadora, y aperos de labranza. Subo la escalera. Podría pedirle a mi madre que instalase un pasamanos en la pared, para sujetarme con la mano buena. Pero no voy a hacerlo.

Me encuentro en el pasillo. Lo primero que tengo ante mí es la puerta del dormitorio del tío Ángel, el hermano mayor de mi madre, que vivía con nosotras. Siempre le digo que lo tire al alto y lo convierta en un cuarto de costura. Ella se niega. Tiene la ropa de su hermano en los cajones, incluso las gafas de lectura en una mesa camilla, tal cual se quedaron el día que murió, hace ya diez años. No lo hace por cariño ni nostalgia, lo hace por miedo a perder un dinero fácil. El tío Ángel murió, pero de alguna forma ella ha conseguido apañarse para no tramitar el certificado de defunción. La pensión del hermano mayor de mamá sigue ingresándose religiosamente cada mes. Cómo consigue sacarla ella del banco es algo que ignoro. Algún día la pillarán.

Afortunadamente, ese día yo ya no estaré aquí.

No sé cómo, pero voy a irme. La idea es esperar a que mi hermano salga de la cárcel y recupere sus negocios. Claro que tengo que lograr que llegue vivo a esa fecha. Entonces me iré sin mirar atrás. Y los problemas de mi madre con la pensión del tío Ángel dejarán de ser mis problemas para siempre.

—¡Qué tarde llegas! Pensaba que te había pasado algo. Acabo de llamar a Juani para ver si estabas con ella —dice mi madre en cuanto me ve entrar por la puerta de la salita.

—La Juani es amiga tuya, no mía. ¿Por qué iba a estar yo con ella?

—No sé, hija, con tal de no estar conmigo…

A ti te gustaba mi madre, Ari, decías que en Rumanía las mujeres eran así, lloraban de alegría o lloraban de tristeza, pero siempre lloraban a gritos, mientras los hombres callabais y asentías desde los rincones. Respiro hondo.

—Mira —digo mostrando la barra de pan que llevo bajo el

brazo—. Estaba en el Piris y Jos me ha dado una barra de la Tahona de Blas que le sobraba.

—Pero ¿por qué sigues en tratos con ese chico? ¿Es que no te hizo sufrir suficiente cuando eras pequeña? ¡Pensar que su padre decía que iba a ser universitario! Pero ¡si es el tonto del pueblo!

Mi madre tiene razón. Circulan anécdotas que lo mantienen en ese pedestal, como aquella vez que se limpió el culo con pan Bimbo o… Bueno, entre nosotros, con lo del AutoMapi habría sido suficiente. Ahora mismo Jos está pasando por un momento dulce de su vida, pero no porque sea muy listo, sino gracias a los favores que le hizo mi hermano. Da igual su cociente intelectual, ahora lo que importa es que nunca ha traicionado a Sergio, y aunque solo sea por eso, Jos puede contar conmigo.

—Los años nos hacen madurar a todos mamá. El Jos se ha desenganchado y ahora va al psicólogo, curra en la chatarra y está tranqui. Besa por donde Sergio pisa, nunca le falla, literalmente. Yo le he perdonado. Y, además, hostias, me trae pan. ¿Lo quieres o no?

—Ay, hija, claro, lo dices como si te estuviera rechazando el detalle.

—No lo digo como… —Me interrumpo, diciéndome hoy no, Fina, hoy no—. Venga, vamos a freír unos huevos.

Nuestra cocina es aún más pequeña que la salita. No cabe una mesa para comer, así que siempre cenamos en el comedor, frente a la tele. Eso está bien para desalentar la conversación. Mamá se acomoda en una banqueta alta. Yo dejo el pan en la encimera y saco unos huevos de la nevera.

—¿Los hago yo?

—No, mamá. Hoy me toca a mí. Tú siempre estás cocinando.

Es cierto que siempre está cocinando. La comida es una de las herramientas con las que cree que puede reforzar nuestra dependencia mutua. Se equivoca. Puedo vivir sin pochas a la riojana, sin acelgas rehogadas, sin macarrones al horno, sin solomillo a la pimienta. Aunque reconozco que todo eso hace que la convivencia con ella sea un poco menos desesperante.

—Oye, Fina, ¿tú sabes qué día es hoy?

Me quedo mirándola, y esta vez seguro que algo me brilla en la mirada. Claro que sé qué día es hoy.

—Doscientos días —digo.

—Doscientos días —repite ella, confirmando que al menos hay algo que todavía nos une.

En ese plazo a mi hermano le concederán el tercer grado y podrá salir para vernos. Aprieto mucho los dientes para evitar irme de la lengua. Mamá, esos doscientos días no llegarán a término si no reúno trescientos mil euros en las próximas dos semanas, y el único chico que creía que podía ayudarme ha terminado en el estómago de una piara de jabalíes.

Me agacho y saco una sartén. Tomo una botella de aceite. La dejo sobre la encimera. Empiezo a manipular el tapón de rosca con una sola mano para abrirla. Mi madre reacciona como un resorte: corre a sujetar la botella para ayudarme. Nunca le he pedido ayuda. Mientras el aceite se calienta tomo un huevo y una tacita, clavo la uña del dedo gordo en la cáscara y la separo en dos mitades con la misma mano, dejando que el interior se vierta en la taza. Esto sí que se me da bien, se lo vi hacer a Arguiñano y he practicado hasta dominarlo. Pero la mirada de mi madre sigue siendo de desconfianza. No puede evitar asomarse a la sartén cuando pongo a freír el huevo.

—De verdad, Fina, creo que deberías dejarme a mí.

Respiro hondo. Respiro hondo. Respiro hondo.

—¿Por qué, mamá? Mira, no hay ni solo trocito de cáscara en la clara.

—No es por eso. Es que… ¿Y si te caes de cara en el aceite?

Me quedo mirándola. El huevo explota y lanza goterones sobre la placa que humean y huelen a motor. Está casi listo. Lo extraigo de la sartén sin sujetar el asa, y lo dejo en un plato. Luego la miro de nuevo.

—¿Te ha llamado alguien?

—El Guillermo.

Me cago en su sombra, pienso.

—No me ha pasado nada —digo.

—Hacía mucho tiempo que no tenías una crisis epiléptica.

Asiento despacio.

—Lo sé, mamá. Soy la primera persona que se da cuenta de eso. Toma. Córtate un buen pedazo de pan y lleva el sobre de jamón a la mesa.

La obligo a sujetar el plato con su huevo frito. Normalmente, si le pongo uno, me pregunta si la quiero matar de hambre. Si le pongo dos, me pregunta si la quiero matar de un ataque al corazón. Con ella, el desacierto está garantizado.

—¿Estás tomando la medicina? —me pregunta.

Después de negar un poco con la cabeza y con los ojos entornados, respondo:

—Claro que estoy tomando la medicina. La tomo desde hace quince años.

Mamá localiza la caja de Depakine en una esquina de la encimera, bajo un tablón de corcho donde clavo con chinchetas las recetas de medicamentos, citas médicas y otros papeles habituales. El Depakine, ácido valproico, es un antiepiléptico, uno de los más recetados cuando los gráficos de un EEG revelan onda punta. En la misma caja, bajo el nombre del medicamento y su dilución, destaca una advertencia en rojo que incluye una silueta de una mujer embarazada. «Atención: este medicamento puede provocar graves afecciones en el feto. Si está embarazada o planea estarlo, consulte con su médico o farmacéutico».

Mi madre está mirando exactamente ese mensaje de advertencia.

—Fina, sé que es duro, pero no puedes dejar la medicina, ya te lo dijo la neuróloga.

—Pero ¿qué dices, mamá? No he dejado el Depakine y no es en absoluto duro. Lo tomo todos los días. Y me da exactamente igual no poder tener hijos.

125

Mi madre asiente con la cabeza. Sé que esto, una vez más, tiene que ver con ella, no conmigo.

—Está bien… Está bien… Me tranquiliza mucho que lo aceptes.

—¿Que lo acepte? Lo tengo aceptadísimo desde siempre.

—Es que me da miedo que corras riesgos, total para que luego…

Se queda callada. El huevo frito continúa emitiendo un silbidito, a pesar de que ya salió de la sartén hace un rato.

—¿Para que luego qué?

—Bueno, pues para que luego, con tu condición, no sé, no encuentres a nadie que…

Salgo de la cocina y entro en mi habitación dando un portazo. Mi madre se queda sosteniendo el plato con el huevo frito. No estará mucho tiempo ahí. Se lo comerá. Se lo comerá con su pan y su jamón, viendo algo en la tele. Dormirá a pierna suelta. Y mañana, cuando nos veamos en el desayuno, habrá trenzado una estrategia de lo más sofisticada para convertirse en la única víctima. Empezará así: «Fina, no he dormido en toda la noche y…».

25

Te hacen un funeral que no es un funeral. No estás aquí, te incineraron cuando el juez se dio por satisfecho. El consulado rumano ha contratado una funeraria, la funeraria se ha hecho cargo de las gestiones, han metido tus cenizas en una urna y la urna ya está en la bodega de un avión que saldrá hacia tu país a eso del mediodía. Normalmente, en casos de muerte sospechosa, retienen el cadáver para asegurarse de que no queda ni una uña por estudiar. Pero ¿qué iban a investigar en las cuatro porciones que dejaron sin comer los jabalíes?

Voy con Mariela. No es que necesitase su apoyo, no necesitamos ser dos, nunca necesitamos ser dos. Pero sí necesito su coche. Mariela tiene un KIA Picanto verde manzana, del año 2007, que apenas pasa de los ochenta kilómetros por hora en la A2. Me recuerda a tu Ford Focus, Ari, ese que te compraste hace un tiempo, porque te parecía muy divertido andar rellenando su depósito de aceite cada cincuenta kilómetros. Nunca he escogido las compañías adecuadas, ni Moët ni Lambos ni Rolex. Pero al menos me llevan de acá para allá, porque yo jamás he conducido. Bueno, conduje una vez.

Google nos guía hasta un barrio que no conocemos. Aparcamos y caminamos unos metros hasta dar con la entrada a la iglesia. Se trata de un local comercial con aspecto de haber sido peluquería, que ahora alberga una capilla de confesión ortodoxa rumana. Entramos por la puerta principal; Mariela la abre de par en par, yo intento pasar desapercibida. Llegamos tarde, ya ha empezado la liturgia. En las paredes han colgado iconos con santos de piel cenicienta y ojos severos sobre fondo dorado. En el centro hay una mesa cubierta con un paño negro. Y sobre el paño varios ramos de flores, una vela encendida, un recipiente que creo que contiene incienso, no lo sé, no veo, un icono pequeño con un Cristo muy extraño. Y tu foto Ari, tu foto con esos ojos celestes, tan luminosos, tan distintos a los oscuros tizones con que me miran los santos de los iconos. Algunos feligreses, pocos, rodean la mesa. No dedico demasiado tiempo a examinarlos. Supongo que son rumanos, Ari, supongo que son tu comunidad. No sé quién se ha puesto en contacto con ellos, cómo les han localizado. Ni si siquiera puedo afirmar que no se trate de compatriotas tuyos seleccionados al azar en una parada de autobús.

En cuanto a los compañeros de Aldea Logistics, solo veo a Naia y a Evaristo ocupando un banco a la izquierda, a Miguel Riva y Valdivieso ocupando otro a la derecha, tan lejos como pueden los unos de los otros. Me deslizo hasta un rincón al fondo de la capilla antes de que Mariela se haga notar demasiado y todas las cabezas se vuelvan hacia nosotras. Ella se queda mirándome, sorprendida por lo repentino de mi fuga. Permanece en el centro del pasillo, sin saber qué hacer. Finalmente me sigue hasta mi posición, en el extremo izquierdo del último banco.

Yo agacho la barbilla y oculto en mentón tras una mano que me llevo a la sien. Así evito que Mariela me pida más explicaciones por mi actitud cobarde. También escondo algo más. Escondo las lágrimas, vale, ya lo he dicho, ¿estás contento, Ari? De una puerta al fondo de la capilla ha salido un sacerdote con un sombrero cilíndrico negro y se ha puesto a cantar en tu idioma. Cuatro o cinco gargantas de los feligreses que rodean la mesa le dan respuesta. No sé qué tipo de canción es esta, salmos, rezos, yo qué sé, son hipnóticos, repetitivos. Cantan de puta madre. Nadie me dijo que aquí se fuera a cantar, Ari, no sabía que vosotros cantarais, no sabía nada de ti. De pronto es como si esas voces se mezclasen con el incienso y ambas cosas, voces e incienso, contuvieran tu alma. Y al segundo siguiente ya no sé qué pasa, porque me he ido. He abandonado el banco y me he dirigido a toda prisa hacia la salida, quitándome de encima la mano de Mariela, que ha intentado apoyarse en mi hombro. No debo permitir que me vea llorar.

Salgo al exterior. El día está bonito, el cielo es azul, el sol me deslumbra. No puedo irme a trabajar ni volverme al pueblo, tengo que esperar a que Mariela me lleve. Cruzo la calle, me siento en el muro de contención de un parterre y espero. No soy capaz de refrenar las lágrimas, y no tengo pañuelo. Me paso la manga del forro polar por la cara. Esta es la última putada que me haces, Ari, la última. Yo no he venido aquí para pasar ningún duelo, ¿sabes? He venido aquí a averiguar cosas, esas cosas que pueden salvar a mi hermano y que ya no están a mi alcance porque tú has decidido dejarme tirada en este mundo de mierda. Dejaste de hablarme, dejaste de mirarme y ahora dejas de existir, y todo por qué, ¿tan rechazado te sentías? ¿Tan mal estuvo lo nuestro? ¿Tan poco te gustó que no tuviste ganas entender que yo soy diferente? No tenías más que mirarme para comprender que no respondo igual que nadie. No te enterabas de nada, puto rumano.

La puerta de la capilla se abre. Sale en primer lugar un señor y una señora; por sus cutis y su agilidad estarán en la cincuentena, pero por los cortes de pelo parece que tengan diez años más. Se protegen los ojos del sol al salir. Parecen muy perdidos. Está claro que no conocen la parroquia. Ahora salen el cura que cantaba, y también Riva y Valdivieso. Los jefes del CLT se acercan al matrimonio y muestran una actitud pesarosa, incluso humillada. Les dirigen unas palabras que el sacerdote traduce, porque, ahora lo veo, no hablan castellano. Me niego a pensar que sean los padres de Ari. Están afectados, pero no descompuestos. Podrían ser sus tíos, sus primos mayores, recién llegados de Rumanía para ocuparse de los asuntos de los que no puede ocuparse el consulado.

129

La mujer se estremece de pronto y está a punto de echarse a llorar. Él alza la mano para acariciarle la mejilla. Entonces su manga se encoge, su muñeca queda al aire, y lo veo. Un reloj. Un reloj dorado. Aguzo la vista. No solo es el reloj. Los pendientes de ella. El alfiler de corbata. La ropa de calidad, los zapatos brillantes. No parecen campesinos pobres de los Cárpatos occidentales. Pero tú eras pobre, Ari. Hasta que dejaste de serlo, ¿verdad? Y he aquí la prueba. No tenías nada en tu casa porque lo enviabas todo a tu familia. En los recónditos pueblos de Oltenia, siempre sería mejor llevar el dinero encima, en forma de joyas y oro, que guardarlo debajo del colchón.

Echo a andar. Me lanzo a cruzar la calle. Quiero hablar con ellos. Avanzo con decisión. ¿De verdad quiero hablar con ellos? La mujer alza la vista. Sus ojos azules, celestes. Tus ojos. Me quedo bloqueada en mitad de la calzada. Agacho la vista. Desvío mi camino. Paso entre dos coches aparcados y me alejo. Aguardo a Mariela junto al KIA Picanto.

Cuando ella llega, intenta abrazarme. Me escabullo. Subo al asiento del copiloto. Dejo que Mariela me lleve de vuelta al CLT.

—Qué bien que lleguemos para el descanso del almuerzo.
—Es lo único que dice—. He quedado con Gus —añade.

Le devuelvo la mirada. Pienso. Tengo que recomponerme. No podré ayudar a Sergio si no pienso con frialdad. Dejar escapar a ese matrimonio ha sido una estupidez, podrían haberme dado información valiosa. Ya no tiene remedio, no sé dónde están. No puedo volver a Guadalajara a buscarlos, no tengo coche. Mi scooter de británica obesa es ridícula. Debería haber aprendido a conducir. Adaptar un coche no es tan caro. Y ya lo probé una vez: no se me dio mal.

26

Era un Renault Megane. Un vinilo con el nombre del concesionario cruzaba sus dos puertas de extremo a extremo: Auto-Mapi. En el capó también habían puesto el logotipo del evento ciclista que patrocinaba, algo así como la Vuelta a Castilla-La Mancha 2014, el Tour de Guadalajara o la Clásica de los Yébenes-Tarancón. Yo qué sé, no me acuerdo. Tuvimos suerte porque fui yo quien lo encontró, y no mi madre, dentro de la cochera de casa, donde ahora mi tío Iván mete su segadora, pero entonces mi hermano Sergio guardaba sus cosas. Yo tenía diecisiete años y lo primero que pensé fue: Esto no es propio de Sergio.

En la comarca de la Alcarria todo el mundo odiaba a los Mapis. Los llamamos así porque su abuela atiende por María Pilar, una señora con mucho carácter que había sacado a toda su estirpe de la miseria trabajando como una mula y practicando la más estricta tacañería. La Mapi era de mi pueblo y nadie se molestó en aprenderse el nombre ni de sus hijos de sus nietos. No era necesario: cualquier cosa que incumbiera a su familia había que tratarla con la Mapi. Así que, tras ella, vino el Mapi rubio, la Mapi flaca, el Mapi de Madrid, el Mapi mecánico, y, por fin, los Mapis del concesionario. Porque los nietos de Mapi habían puesto el AutoMapi, el punto de venta Dacia y Renault más rentable de toda Guadalajara.

La razón por la que odiábamos a los Mapis podía tener que ver con todo lo que prometían y no cumplían, con todo lo que pedían prestado y no devolvían y con toda la ayuda que negaban a quienes la necesitaban. Pero sobre todo, odiábamos a los Mapis por su gesto de suficiencia y sus aires de propietarios que solo acuden al pueblo los fines de semana para recordar a los demás quién ha triunfado y quién no.

Sí, cuando vi aquel Megane de AutoMapi oculto en nuestro garaje, pensé que no era propio de Sergio, porque Sergio no se dejaba llevar por impulsos tan estúpidos. Es cierto que él detestaba a los Mapis tanto como cualquier otro. Pero nunca habría perdido un negocio por satisfacer las ganas de ponerlos en su sitio.

Y en aquel momento, Sergio se estaba jugando un negocio muy gordo.

En 2014 seguía viviendo con nosotras, en la casa del pueblo. Iba y venía sin dar explicaciones. Lo de que aquello no era una fonda que le repetía mamá cada diez minutos no le llegaba a calar. A mí me contaba alguna cosa porque Sergio sabe que soy lista y me tiene siempre a mano para pedirme consejo. Pero el trato que estaba a punto de cerrar resultaba tan importante que, cuando yo le preguntaba, decía:

—No te lo puedo decir ahora, pero cuando esté hecho, serás la primera en enterarte.

Yo sabía que ese coche era robado. Lo había visto el día anterior. Pertenecía al concesionario, que lo había puesto al servicio del campeonato ciclista como forma de patrocinio. ¿Por qué era importante esto? Pues porque a Sergio le habían cargado el año anterior una sentencia penal por tenencia ilícita de drogas. La condena no llegaba a dos años, así que no había ingresado en prisión. Sin embargo, aquel coche robado podía terminar con los planes de Sergio. Si lo detenían, ingresaría en la cárcel por tener ya antecedentes. Y, una vez en la cárcel, ni negocios ni nada.

Subí a su habitación a despertarle. Esperaba encontrarlo borracho como una cuba. Fue una sorpresa verlo recién salido de la ducha, bien vestido y peinado con raya, fresco como una lechuga. Sergio es muy distinto a mí. Tiene ojos negros, el cabello muy oscuro, le brota la barba a los dos minutos de haberse afeitado. Mide más de uno noventa. En el pueblo dicen que mi padre era igual físicamente. Yo no quiero creerlo.

—Sergio, pero qué has liado.

—¿Qué he liado de qué? —dijo, mientras se abrochaba el cinturón.

Lo llevé hasta la cochera y observé cómo su tez palidecía ante el coche robado. Ni siquiera soltó una maldición. Sergio no es de perder la energía hablando ni quejándose ni jurando. Entendí que estaba tan sorprendido como yo.

—¿Quién tiene llaves de esta cochera, Sergio? —le pregunté.

—Jos.

—¿Jos? —dije—. ¿Y por qué Jos tiene las llaves de nuestra cochera?

—A veces tiene que traer algunas cosas.

—¿Qué cosas?

—No te voy a decir qué cosas.

—¿Mamá sabe que Jos tiene las llaves de la cochera?

—Sí.

—¿Y qué dice?

—No dice nada porque le pongo un billete de cien en la mano.

Me quedé mirando el Renault. Estaba nuevo. Los bajos apenas tenían polvo. Debía de ser de kilómetro cero, de esos que aún están en garantía.

—No deberías dejarle las llaves a Jos —fue lo único que se me ocurrió decir.

Él reprimió una respuesta. Sacó el móvil del bolsillo e intentó hacer una llamada. Jos no contestó. Entonces Sergio llamó al Viña, que respondió rápidamente, como siempre hacía. Había empezado a trabajar en una gasolinera, pero no paraba de hacerle la pelota a Sergio para que le diera algo de responsabilidad. O, más bien, para que se quitase a Jos de en medio y lo pusiera a él. Sergio pasaba porque no se fiaba del Viña; lo consideraba un resentido traicionero capaz de vender a su madre. De Jos, sin embargo, pensaba lo contrario. Podía liártela parda por una estupidez, pero se tiraría por un puente a la primera orden, si Sergio se lo pedía.

—¡Hola, bro! —dijo Viña.

—¿Robó ayer Jos un coche? —soltó Sergio a bocajarro.

Viña le dijo que sí, que por supuesto, que vaya si lo había hecho. Que había ocurrido al llegar los ciclistas. Que aquella era la última etapa de ese campeonato, y que, después de dar los trofeos, se repartió merchandising y se dejó que la gente tomase refrescos en unas casetas junto a la línea de meta. Que los patrocinadores habían dejado allí algún coche en exhibición. Que Jos había llegado con un pedo inconmensurable, estaba en todo lo alto. Se subió al podio, se subió a una bici, se subió a una mesa. Lo echaron de todas partes. Finalmente, cuando la gente ya se iba yendo, se subió al coche de AutoMapi y se fue con él.

—Lo último que le oí decir fue: Flipo que hayan dejado las llaves puestas. Y ya no lo he vuelto a ver.

—¿Quién más lo vio llevarse el coche?

—Nadie, eso es lo alucinante. Las barras ya habían cerrado y el coche había quedado oculto tras una unidad móvil de la tele.

—¿Quieres decir que nadie se ha enterado?

—Sergio, joder, ya sabes cómo es esto. Alguien se ha tenido que enterar.

—¿Los Mapis se han enterado de que ha sido él?

—Pues… No sé… Igual.

Al oír esas dudas, Sergio se puso aún más pálido. Los Mapis sabían quién era Jos, y sabían que Jos no hacía nada sin el respaldo o la orden del único listo de la pandilla: mi hermano.

—Tengo que llevarme este puto coche de aquí —me dijo.

—Tranquilo, hermano —le dije—. Todo el mundo sabe que no has sido tú.

—Da igual, Fina, joder. Me la quieren meter, ¿entiendes? Saben que manejo muchos asuntos, si no estoy ya en la cárcel es porque no lo pueden demostrar. Pero no dudarán en llevarme ante el juez por algo que no he hecho.

—Devuélvelo. Ve a la Guardia Civil y explícalo.

—Me meterán receptación de vehículo robado. Con mis antecedentes, es cárcel. En cualquier otro momento me daría igual. Pero ahora no puedo ir a la cárcel.

—¿Y qué hacemos?

—Voy a llevarlo al páramo y lo voy a dejar abandonado en cualquier sitio.

Me quedé mirándolo. Ni siquiera había hecho el esfuerzo de intentar llamar de nuevo a Jos. Estaría durmiendo la mona, escondiéndose de su padre.

—Vale, yo te acompaño.

—No puedes, tendré que caminar mucho para volver.

Aquel motivo era suficiente. En aquel momento, yo aún no tenía scooter.

—Vale, pues ve a terminar de vestirte, yo voy a por las llaves de la cochera.

Sergio subió la escalera con ligereza. No me hizo falta ir a por ninguna llave. Ya las tenía conmigo. Acerqué la mano a la manilla de la puerta del Renault y abrí. Olía a nuevo, la tapicería estaba impoluta. Las llaves colgaban del contacto con total obscenidad. Asomé un poco la cabeza para comprobar aquello que necesitaba averiguar: que el coche era automático.

Abrí la puerta de la cochera. Me subí al coche. Arranqué. Di marcha atrás. Lo saqué de casa. Le di un buen golpe en el parachoques trasero al maniobrar. Cuando aceleré para largarme de allí, Sergio asomaba por la puerta con un zapato en la mano y gritándome cosas que no fui capaz de oír.

Él había intentado enseñarme a conducir varias veces. Con

marchas había sido imposible, por supuesto. Con un automático tampoco resultaba demasiado fácil. Pero al menos podía utilizar el pie derecho para todo, y sujetar el volante fuertemente con mi única mano válida. No podía usar los intermitentes ni poner las luces ni los limpias. Y tampoco andaba sobrada de pericia. En las curvas, subí el Megane un par de ocasiones a un bordillo. En una de ellas sonó un crac. Abollé los bajos. Luego rocé toda la puerta izquierda intentando rebasar un contenedor de escombros. Llegué al puesto de la Guardia Civil del pueblo y crucé el coche en mitad de la calle. No sabía aparcar. Me bajé con las llaves y entré en el puesto. Allí estaba el sargento Capitán, que aquel año todavía no era sargento ni trabajaba en la policía judicial, a pesar de que ya era Capitán. Dejé caer las llaves sobre el mostrador de recepción.

—He robado este coche porque los Mapis son gilipollas —recuerdo que dije—. Pero no he conseguido venderlo, así que me entrego.

El sargento Capitán me miraba estupefacto. Entonces se abrió en mí el dique de contención y todo lo que había experimentado durante las últimas horas invadió mi sistema nervioso como un ejército de bárbaros. Le di rienda suelta sin oponerme. El movimiento de ojos. La sacudida de manos. El desplomarme al suelo. Los espumarajos.

El sargento Capitán se levantó rápidamente de la silla.

—¡Que alguien llame al 112! —gritó.

27

—Bien —dice Gus—. Puedo sentir tu ira. Estoy indefenso. Toma tu arma. Mátame con todo tu odio...

Mariela tiene un cuchillo en la mano y clava una mirada llena de ira en el chico. Está tensa, como si Gus fuera un hijo que va a actuar en una competición de gimnasia y ella lo contemplase desde la grada. Gus ha entornado mucho sus ojillos, y ahora resopla con fastidio. No le vienen las palabras a la boca. Ella mueve los labios tímidamente, a modo de apuntador, pero nada, Gus no se acuerda. Yo les observo aburrida desde mi lugar en la mesa de la cantina. Finalmente, Mariela interviene.

—¡Mátame con todo tu odio, y tu camino hacia el lado oscuro se completará! —dice, con voz cavernosa.

—¡Eso! —responde Gus dándose una palmada en la frente.

—No te preocupes, mi amor. ¡Ya la tienes! La próxima vez me la dices de corrido.

—¿De verdad va a haber una próxima vez? —me quejo, que ya he oído la escena siete veces—. Si sigues impostando la voz para recordarle a Gus sus frases te va a acabar saliendo el bigote de Constantino Romero.

—¿Quién es Constantino Romero?

—El que le ponía la voz a Darth Vader en el doblaje de España. Eres demasiado joven y demasiado colombiana para saberlo.

—¡Este que habla ahora no es Darth Vader! —interviene Gus, indignado—. ¡Es Palpatine!

Sé que Gus me odia. Y eso me gusta. Estoy acostumbrada a que la gente sea incapaz de detestarme por pura compasión, pero Gus no tiene por qué. Entre los que poseemos una tarjeta de valoración del grado de discapacidad en curso, todo es más normal: si nos caemos bien, nos caemos bien; si nos caemos mal, nos caemos mal. Nuestra discapacidad no interviene para nada en nuestros juicios mutuos. A mí, Gus me cae bien. Yo a él le caigo mal. Puedo vivir con ello.

Gus tiene síndrome de Down. Adora venir al trabajo y adora su vida tal y como es. Gus representa a ese tipo de persona con discapacidad que siempre tiene espacio en los anuncios de la tele. Se ha sacado el graduado escolar y un certificado de carretillero, conduce el *forklift* mejor que cualquier otro empleado de Aldea Logistics. Se ha matriculado en un centro de estudios nocturnos para ir aprobando el bachiller poco a poco. Los fines de semana juega al pádel y al baloncesto. Pones su nombre en Google y te sale en mil entrevistas, desde Susana Griso a Angels Barceló. En todas ellas defiende que los únicos límites son los que están en tu cabeza, que la palabra «imposible» no existe, que querer es poder… En ninguna comenta que su padre es rico, que posee una empresa de transportes, que dos de cada cinco camiones que descargan en el CLT de Aldea Logistics pertenecen a esa empresa. Que desde pequeño sus padres pudieron pagarle tratamientos y apoyos, gracias a los cuales posee una psicomotricidad mucho más trabajada que la media de los jóvenes con Down.

Gus no es la prueba de que quien quiere, puede. Es la prueba de que «la que puede, puede», como dirían Ca7riel y Paco Amoroso. Él no tiene ninguna culpa de esto. Quienes lo exhiben y utilizan como medida de lo que debe ser una persona con discapacidad, sí.

—¡Es la escena final de *El retorno del Jedi*! —continúa, enfadado.

—Vale, perdona, hombre —digo—. Tampoco es para tanto. No sé qué tenéis con esa peli de marionetas espaciales.

Gus se pone rojo como un tomate. Como siempre, Mariela interviene para defender a su protegido.

—Fina, deberías ser un poco más respetuosa. Es cine de verdad, y Gus es un auténtico friqui.

Me pregunto en qué momento llamar «friqui» a una persona con síndrome de Down perdió la categoría de barbaridad. Pero no le doy muchas vueltas.

—¿Friqui? Pero si esa saga es lo más *mainstream* que existe. Casi como una nueva religión. Conozco más gente metida en la Legión 501 que en el seminario.

—A ti nunca hay nada que te guste —dice Gus.

—No es verdad. Si os pusierais a ensayar diálogos de *Existentz* os ganaríais mi admiración.

—¿De qué?

—Es una peli de ciencia ficción de David Cronenberg.

—¿De quién?

—¡Mariela, venga ya! *Videodrome*, *Spider*, *Crash*... ¿Quieres ser actriz y no conoces los clásicos?

—¿Quién sale en esa peli que dices?

—Jennifer Jason Leigh, Jude Law...

—¡Me encanta Jude Law! —me interrumpe Mariela—. ¡Gus, tenemos que ver esa peli! ¿En qué plataforma la ponen?

—No sé —respondo con desgana—, yo la tengo en DVD. Igual la ponen en Filmin. Os va a encantar —digo disimulando el retintín.

—¿Qué es un DVD? —pregunta Gus.

Hace unos meses, Gus entró en un grupo de teatro adaptado, para alborozo de Mariela. Desde entonces, en los descansos para el almuerzo, asisto a apasionados ensayos. Cuando Mariela tiene audición, Gus le toma las frases. Cuando Gus llega con un nuevo texto para el taller, es Mariela la que le ayuda a él. Cuando ninguno de los dos tiene nada, se dedican a repasar escenas del cine que les gusta, que Gus trae impresas de casa, en folios cuidadosamente doblados en cuatro y guardados en el bolsillo interior del forro polar.

Comienzan a ensayar la escena desde arriba.

—Bienvenido, joven Skywalker —pronuncia Gus, reprimiendo su leve tartamudeo—. Te estaba esperando.

Mariela aguanta la réplica muy digna. Yo desconecto. He de agradecerles que, por primera vez en cuarenta y ocho horas, me hayan hecho olvidarme de ti, Ari. Pero ahora sus frases y sus golpes de sable láser (y el imprescindible zumbidito emitido con los labios) no retienen más mi atención. Vuelvo a pensar en tu funeral.

También le he estado dando vueltas a cómo la muerte le ha cogido gusto al Monstruo. Y en cómo parecía acecharte, Ari, cómo se aproximaba cada vez más a ti. ¿No tenías miedo? Rememoro los nombres de los fallecidos que pronunció el sargento Capitán: José Javier Ortega; Abelardo Sancho; Hakim Mustafá. No puedo quitarme de la cabeza que cada una de esas muertes parece tener una conexión perversa con la siguiente. Nada muy evidente, nada escandaloso. Únicamente una hebra de hilo de la que solo se daría cuenta una maniática como yo. El Tranchete se estrelló contra un *rack* conduciendo su *forklift*. Hakim Mustafá se encargaba de las estaciones y cargas de los *forklifts*. Hakim Mustafá muere electrocutado. Abelardo Sancho era electricista de mantenimiento. A los pocos días, Abelardo Sancho se cae de la moto en un tramo de carretera recto, limpio y bien asfaltado; un accidente tan estúpido que hasta despierta sospechas: Son cosas que solo le pasan a un borracho, dicen, pero los análisis probaron que iba sobrio. Días después, tú, Ari, apareces muerto, con las venas repletas de alcohol y drogas. Tú, que nunca jamás te drogabas.

¿Soy yo la única que está haciendo estas inconsistentes relaciones? Será porque te echo de menos. O porque estoy tan desesperada por salvar a Sergio que me contento con cualquier hilo del que tirar.

Ni siquiera sé si tenías relación alguna con los otros muertos. Bueno, con uno sí. Con Hakim Mustafá. Pero ahora no me apetece pensar en eso, es demasiado doloroso, Ari. Para recordar aquella escena tendría que recordar también cómo nos separamos, cómo fuiste evitando hablarme hasta que dejaste de saludarme en los pasillos del Monstruo, cómo correspondí a esos «no saludos» por orgullo y porque aún me dominaba la vergüenza. Pero sí: tú y Hakim os conocíais, os reuníais fuera del Monstruo por motivos que ignoro; lo hicisteis al menos una vez.

¿Y qué pasa con los otros dos? No lo sé. No sé si podría averiguarlo. Al tal Abelardo Sancho yo no lo conocía. Ni conozco a nadie del Monstruo que tuviera relación alguna con él. Debía ser un tío raro, serio, trabajador. Los electricistas de mantenimiento no necesitan mezclarse mucho con el resto de la plantilla. Se estrelló en una recta cerca de Alcalá de Henares, donde vivía. Eso está demasiado lejos de mi cortísimo rango de actuación. Y, con mi hermano en la cárcel, no puedo confiar en que nadie vaya a ayudarme a investigarlo.

Lo del Tranchete es otra cosa. José Javier Ortega era vecino de Torija, a unos pocos kilómetros de mi pueblo. Conozco a personas que trabajan allí. El problema es el de siempre. Torija está a pocos kilómetros, pero lo suficientemente lejos para no poder ir en scooter. Y el autobús de línea da una vuelta demasiado incómoda para mí. Tardaría siglos en llegar y siglos en volver a casa. Podría hablar con Jos. Pero ese idiota me dirá que sí y luego pasará de mí, como siempre hace. A los demás ni me molesto en llamarlos. Desde que Sergio entró en prisión, nos niegan los favores como si estuviéramos apestados.

Cuando se oye la música de Kiss FM que anuncia el momento de regresar al trabajo, Gus está diciendo:

—¡No puedes esconderte para siempre, Luke!

Mariela aplaude.

—¡Mañana más!

Gus sale corriendo a su puesto. Siempre quiere llegar el primero. Mariela y yo lo hacemos a un ritmo tranquilo.

—Deberías ser más amable con Gus, Fina. No tiene la culpa de tus desgracias.

—Solo son bromas.

—Pero no las entiende. Cree que le atacas.

—Pero si es el único de esta mierda de centro que me cae bien.

Mariela se detiene.

—¿El único? ¿Y yo qué? ¡Desde que te conozco me dejo la piel para que nos llevemos bien, Fina! ¡Tenemos que pasar ocho horas diarias pegadas la una a la otra y tú no te esfuerzas por conseguir que sean agradables!

—No quería decir eso.

—Ya, claro.

Mariela acelera el paso para dejarme atrás. Entonces se me ocurre una idea.

—¡Oye, Mariela!

Ella se detiene y se vuelve hacia mí.

—Te invito a cenar —digo—. Así brindaremos por Ari. Conozco a un tío en un restaurante muy típico de Torija, aquí al lado. Siempre que voy me trata de puta madre.

—¡Ay! ¿Me lo dices en serio?

—De verdad, pago yo. ¿Te apuntas?

—Claro. Cuenta conmigo. ¿Cómo se llega a Torija?

—Pues en tu coche, ¿no?

28

Llamo a la puerta de la garita. Como era de esperar, nadie me abre. Hay un camión detenido en la fachada opuesta, los guardias de Enter Security deben estar cumplimentando los papeles para darle acceso al CLT. Llamo más fuerte. Sé que me han oído a la primera, su prioridad siempre son los camiones; cuando terminen con el camionero, me abrirán. Aun así, llamo otra vez. Por tocar los cojones. Por fin se abre la puerta. Me topo de frente con la cara del Grumo, y no es agradable. Me gustaría decir que el Grumo tiene algo especial en el rostro, un ojo de cada color, como David Bowie, una cicatriz que le cruza la mejilla, un mechón de pelo blanco que le brota en mitad de la frente. Pero no. Lo más terrorífico de la cara del Grumo es que no tiene nada terrorífico. Unas facciones absolutamente anodinas, con las que te mira como a un anuncio de la tele: como si prefiriese que no existieras.

—Hola. He perdido mi acreditación.

Si el Grumo fuera un tío normal, me respondería: Conozco tu cara y es la cuarta vez que pierdes la acreditación. Pero no. Tan solo me franquea la puerta y me señala otra vez los bancos corridos donde me interrogaron el otro día. No me va a echar la bronca, eso no le satisface. Me quiere tener esperando en ese asiento de plástico hasta que dé paso al último camión. No menos de veinticinco minutos. Los métodos del Grumo son propios de una dictadura totalitaria. Hay quien dice que los aprendió trabajando para los servicios secretos rusos. Yo creo que es tan hijo de puta que nació genéticamente preparado para actuar así.

En la garita hay otras dos personas con el uniforme de Enter Security, una chica que no sé cómo se llama y un tipo mayor y gordo que creo recordar que responde al nombre de Adolfo. Ambos son lacayos de Sonsoles Abarca, directora de seguridad del centro. Y como el Grumo es el favorito de Sonsoles, todos le hacen la pelota a él. Cuando no está, resultan bastante más majos. Es igual. Canturreo y juego con la cremallera del abrigo; simplemente dejo pasar los minutos hasta que les apetezca atenderme. Entonces empiezo a sentirlo. Un pestazo agudo que agrede las vías respiratorias, hasta provocar la tos.

—Oye —aviso—. Aquí huele como que se está quemando algo.

El Grumo vuelve la vista hacia mí. Luego hacia la puerta por la que he entrado. En dos zancadas la alcanza y la abre. A unos diez metros de la garita arde un contenedor de basura. Es de los azules, de reciclaje de cartón. Las llamas ya están derritiendo el plástico de las paredes. Expelen un humo negro nauseabundo. Al Grumo ni se le tuerce el gesto.

—¡Eh! —grita.

No hace falta dar otra voz. Sus dos compañeros abandonan el ventanuco desde donde atienden a los camiones. Agarran un par de extintores y corren a hacerse cargo. No estaba tan convencida de que fueran a salir los tres, pero lo han hecho. Y aquí estoy, sola.

En cuanto se cierra la puerta tras Adolfo, corro al pupitre que hay junto a la ventanilla. Tiene tres cajones. Empiezo a abrirlos sin mucho orden. Encuentro lo que busco en el tercero. Un pliego de impresos con cuadrículas donde se apuntan los turnos de los guardias de seguridad. Busco la fecha en que Ari apareció muerto. Quiero saber quién le dejó pasar por el torno sin fichar.

En realidad, estoy convencida de qué nombre aparecerá en esa casilla. Tan solo quiero confirmarlo.

Pero no es posible.

La puta casilla está en blanco. Según el registro, no había nadie en la garita de seguridad la noche en que Ari accedió al CLT, escapó por nuestra entrada secreta, pisó una mierda de jabalí y cayó redondo para morir de frío unos metros más adelante.

Esto sí que no me lo esperaba, Ari. Si alguien ha podido manipular este registro, es que tiene más poder del que imaginaba. Me pregunto por qué Sonsoles Abarca, la directora de Enter Security para el centro, permite que este dato se haya quedado en blanco en sus impresos. Pero Sonsoles Abarca no puede estar sola en este fregado. Pienso en Riva, pienso en Valdivieso. Se hacen muchas cosas en el centro sin que ellos se enteren, pero todo lo que sabe Abarca, indudablemente, llega a sus oídos.

Cierro el cajón y corro al perchero donde están las pertenencias del Grumo. Reconozco su chaquetón hortera de cuero negro, al estilo de narco marroquí, y su bolsa de gimnasio de Boxeur de Rues. No sé si tengo los ojos así de grandes porque soy muy observadora o si soy muy observadora porque tengo los ojos así de grandes. La función crea el órgano, el órgano crea la función. Abro la bolsa y revuelvo en su interior. Unos guanteletes de lucha, un pantalón de *kickboxing*, una comba, vendas. Abro la caja del protector bucal, que está húmedo y huele a saliva. Abro todas las cremalleras ocultas.

¿Qué busco ahora? No lo sé. Un papel, una llave, un arma, un casquillo de bala, una foto. Algo. El móvil. Sí, eso es: me llevaré el móvil del Grumo y trataré de inspeccionarlo en casa. Lo dejaré tirado en el aparcamiento mañana por la mañana. Pero en la bolsa no hay nada, solo mierdas de macho acomplejado: Axe, Listerine, Giorgi. La cierro intentando dejarla como estaba. Rebusco en los bolsillos del abrigo. ¿Dónde tendrá el móvil?

Aquí no. Hay papeles arrugados, tiques del aparcamiento, una gamuza para limpiar gafas. Pero nada más.

Cuando regresan los tres guardias de seguridad, me encuentran exactamente donde me dejaron: en el banco. Me fijo en que el teléfono del Grumo está prendido de su cinturón entre la pistola y el espray de pimienta. Ese móvil no vendrá conmigo a ningún lado.

—Este sitio está a punto de explotar —está diciendo Adolfo—. No sé cómo lo aguantan. Si por mi fuera cogía a toda esta gente y la ponía a recoger la fresa en mi pueblo, ya verían lo que es un trabajo jodido.

El Grumo, por supuesto, no dice esta boca es mía. Se queda mirándome.

—La tarjeta nueva son cuatro euros. Te la descontarán de la nómina.

—Venga, *man*, mi nómina es una mierda.

—Pues búscate otro empleo. Enséñame tu DNI para hacerte una nueva.

Echo la mano al bolsillo y saco mi cartera. Ahora soy yo la que se va a tomar su tiempo. Con la mano derecha introduzco la cartera entre el codo y las costillas, que se note bien que no puedo usar esa mano de otra forma. Exagerando la torpeza, empiezo a dar vueltas al contenido. Tarjetas, papeles, billetes. Mientras lo hago, canturreo:

—Vamos a ver… Dónde está… el DNI… el DNI…

El Grumo va perdiendo la paciencia. Cuando empiezo la tercera vuelta, intenta arrebatarme la cartera para buscar él. Entonces aflojo la presión del codo. La cartera cae al suelo, como aquellas alas de avispa desprendiéndose de la presa de la mantis. Y todas mis pertenencias, documentos, carnets y papelitos, se desparraman por el suelo de la garita. Me arrodillo para recoger mis cosas, pero él es más rápido. Se agacha tan deprisa que su cabeza casi choca con la mía. No me ayuda por compasión, sino por terminar con una situación incómoda que él no controla.

Empieza a recoger tarjetas, papeles y billetes. Entonces toma un rectángulo de plástico azul y amarillo.

—¿No es esta tu identificación de Aldea Logistics? —dice.

Observo lo que me está enseñando.

—Huy, sí. Qué despiste. Me la debió de meter mi madre en la cartera, y le tengo dicho que ahí no puedo encontrarla, que me cuesta mucho buscar dentro.

29

Abandono la garita y vuelvo al centro. En el aparcamiento veo que el incendio sigue activo. Los de seguridad se han limitado a avisar al equipo de primera intervención, EPI, que trabaja en apagar con extintores el contenedor que arde. El EPI está compuesto por empleados a los que les cae el marrón de proteger la planta en caso de emergencias, sin complemento salarial ni contrapartida alguna. Te toca por sorteo. A su cabeza está el Sebas, que se ha prestado voluntario. Siempre comenta que somos todos tan inútiles que no se fía de dejar su culo en nuestras manos. No hay que negarle valentía, al Sebas. Ahora mismo es el único que tiene huevos para acercarse al contenedor, cuyas llamas superan los dos metros, y atacar con el extintor el foco del incendio.

Entro en el CLT sin llamar la atención. Al dirigirme a mi puesto de trabajo, paso por delante de la zona de oficinas próximas al Enlace. El espacio reservado al comité de empresa está en la planta baja, de forma que no hay que subir la escalera que lleva a los demás despachos, su puerta comunica directamente con el almacén. Estoy segura de que iban a construir ahí unas letrinas cuando se acordaron de que había que reservar un cuarto para los sindicalistas. Al verme pasar, Evaristo se asoma a la puerta.

—Fina, ¿qué pasa ahí?

—Alguien le ha pegado fuego a un contenedor en el aparcamiento. Tienes a la gente en pie de guerra.

Evaristo frunce el ceño. Él no ha ordenado que se haga nada de eso. Luego alza las cejas como diciendo: Bueno, tampoco es mala cosa un poco de acción extra. Me acerco a él. Me franquea el paso. Evaristo puede dedicar el máximo de horas permitidas a temas de representación laboral, cuarenta al mes. En empresas de este tamaño, los comités suelen negociar con las directivas para que liberen al presidente el cien por cien del tiempo. Pero Evaristo nunca ha solicitado ese privilegio, para desconcierto de la directora de Recursos Humanos, Andrea Segoviano, que le habría gustado poder presumir de magnanimidad. Evaristo no quiere que la empresa crea que le debe un favor. Dice que se apaña pidiendo permisos cuando la carga de tareas relacionadas con el sindicato lo justifica. Además, sigue ejerciendo su labor como supervisor de carretilleros en la zona de expediciones, donde no le chista ni Dios.

—Me encontré con el Guillermo ayer. Entonces, ¿es verdad? ¿No desconvocas la huelga?

—No la desconvocamos.

No se me despista la corrección que me ha hecho: primera persona del plural. Evaristo somos todos. Al menos, eso piensa él. El cuarto del comité es un despacho diminuto sin más ventilación que la puerta, donde apenas pueden reunirse los miembros. Se nota que estos días han tenido varios encuentros porque huele a sudor y a pies. Es lo que pasa cuando amontonas a veintitrés personas que llegan de trabajar en una lata de sardinas como esta. El escritorio del presidente está casi empotrado en una pared, con una cajonera cerrada a cal y canto y un ordenador. Un tablero de corcho lleno de papeles clavados con chinchetas ocupa casi toda la pared izquierda. La derecha, una pizarra blanca llena de marcas de rotulador mal borrado. Solo hay un elemento decorativo: un casco de antidisturbios que Evaristo «confiscó» en las huelgas mineras de 1991 y 1992.

El cuarto está mal acondicionado. Miguel Riva empezó a hacerles la guerra sucia cuando Evaristo reaccionó a las bravas ante la noticia del próximo ERE. Por ejemplo, con la excusa de una avería en la fibra óptica, los tiene sin internet. El director de Aldea Logistics dice que el equipo de IT está buscando la avería sin éxito. Una mierda: todo el mundo sabe que el equipo de IT es una recua de esquiroles. Como además hace tiempo que Riva hizo instalar los inhibidores de 5G en el almacén, para que nadie perdiera el tiempo mirando el móvil, los miembros del comité están desconectados. Así, Riva consigue que hablen lo menos posible entre sí. Pero al comité tampoco le hace falta cháchara: todos confían en Evaristo, se hace lo que él dice, sin necesidad de llegar a acuerdos.

—Hay un comunicado colgado en el tablón —me dice Evaristo, señalando hacia el panel que el comité tiene reservado cerca de los vestuarios.

—No leo tus comunicados.

—Lo tendrás en la bandeja de correo electrónico.

—Tampoco leo correos electrónicos.

—Entonces te lo resumo: vamos a quemar el Centro Logístico antes que aceptar un ERE como el que proponen.

Otra vez me encojo de hombros.

—Vale —repito.

Evaristo se queda mirándome.

—Ya sabes lo que tienes que hacer, ¿verdad? —dice por fin.

Levanto el puño. En mi caso, tiene que ser el derecho.

—A las barricadas —digo.

Evaristo niega.

—No, no, Fina. Cuando se monte el pollo, no te quiero ver por ahí.

Entorno los ojos como si estuviera mirando de fijo una bombilla. Evaristo sabe que eso es lo más cerca que estaré de mostrar indignación. Yo no me pondré a gritar: ¡¿Cómo?! ¡¿Me dejas de lado?! ¡¿Es que no te sirvo de nada?! Pero la mirada es todo lo

150

que Evaristo necesita para saber que ha traspasado lo tolerable. Por eso trata de excusarse.

—A ti no te echarán —dice.

Trago saliva. Se hace el silencio.

—¿Y la solidaridad? —pregunto instantes después.

Se le escapa una sonrisa que parece querer decir: No me vengas con cuentos, que el marxismo lo inventé yo. Luego, se limita a contestar:

—No tienes que demostrar nada a nadie.

—No. Me refiero a la solidaridad que deberías mostrar tú por mí. Para ti también soy solo una parte de la cuota del dos por ciento, ¿no?

Si tengo alguna habilidad en la vida, es la de saber cómo pinchar en hueso. Lo de Sito está aún reciente. No es que esté reciente, vaya, es que es algo que nunca jamás va a caducar. Evaristo sigue sintiéndose parte de ese colectivo del que yo, sin sentirme parte, también soy parte, no sé si me explico. Él siempre solía decir: Fina, en realidad yo tengo un grado de discapacidad mayor que el tuyo, aunque solo lo ejerzo a ratos. Cuando llevo a Sito en su silla de ruedas y encuentro una escalera, yo tampoco la subo; cuando tengo que perder cuarenta minutos en darle de comer a Sito, son mis cuarenta minutos; cuando tengo que proteger a Sito de que se haga daño a sí mismo, es mi energía la que se agota. Cuando estoy con mi hijo soy tan discapacitado como él, mucho más discapacitado que tú. Sito ha muerto, pero no estoy segura de que Evaristo haya aceptado que ya no tiene esa discapacidad subrogada de la que hablaba.

Ahora mismo, se limita a guardar silencio.

—No me hagas sentir como una tullida, Evaristo, por favor.

—Está bien. Haz lo que quieras. Pero preferiría que no vinieras. No porque no te crea capaz de cumplir con tu papel, sino porque cumplirlo te acarreará represalias. No te haces a la idea de lo que va a ser esto. Quiero protegerte porque te aprecio. Es más, ahora que no está Sito, eres la tullida que más aprecio.

El cabrón de Evaristo, con esa cara de palo, consigue hacerme reír.

—Vuelve al trabajo —dice—. Ya has cabreado bastante a Sebas por hoy. Y no vuelvas a incendiar ningún contenedor sin decírmelo antes.

Pues eso: el cabrón de Evaristo.

30

Para Evaristo, 1992 debió ser jodido. Jodido y glorioso. Yo todavía no había nacido. Pero me conozco la historia. España observaba idiotizada cómo un tipo disparaba una flecha en llamas a través de un estadio olímpico. Mientras tanto, en las cuencas mineras de Asturias se cerraban minas improductivas, se reducían plantillas y se firmaban planes de reestructuración que pasaban por dejar a miles de familias sin futuro. En 1991 todo explotó en una huelga indefinida a sangre y fuego. En 1992, Fermín Cacho ganó un oro y Evaristo se comió su carbón.

Él tenía veinticuatro años, la edad que yo tengo ahora. Le dieron un gomero y un pasamontañas y lo pusieron a liderar un piquete en la carretera comarcal Sontrodio-Figaredo, a la altura de Miera. La orden del comité de huelga: por aquí no pasa ni Dios. Un volquete vació media tonelada de cascotes sobre la calzada y los coches empezaron a detenerse; los más afortunados dieron la vuelta a tiempo antes de quedar atrapados en ese hermoso valle. No paraba de llover. El pasamontañas pesaba como una esponja empapada, temblaban tanto de frío que la carne parecía separárseles de los huesos. Cascadas de agua bajaban por la ladera que delimitaba la carretera, arrastrando barro, hojas, zarzas y nidos de pájaro hacia el río Santa Bárbara. Pronto vieron las luces y oyeron las sirenas de la Guardia Civil. Con un martillo pilón convirtieron varios cascotes en proyectiles para tirachinas y hondas. Los antidisturbios cargaron.

Evaristo me lo ha contado varias veces.

—Miré alrededor, Fina. La lluvia era tan intensa que no se veía nada a cinco metros. El ojo de mi compañero sangraba a torcer por una pelota de goma y el agua de lluvia le salía rosa por la hemorragia. Los picoletos llegaron con los escudos por delante. Y entonces yo empecé a lanzarles piedras con mi tirachinas como si me fuera la vida en ello. Me agachaba, recogía piedras de la barricada sin siquiera mirarlas, tiraba, volvía a agacharme. A los pocos minutos, regresaron a los furgones y se alejaron de nuestro alcance. Aquello fue glorioso. Pero no sirvió para nada. Casi a la misma hora se estaba firmando la paz en un despacho del Ministerio de Industria, en La Castellana. Los planes del carbón. Entre los firmantes estaba Fernández Villa, de SOMA UGT, que luego, en 2014, declaró una fortuna oculta de más de cuatro millones, y del que se ha dicho que fue confidente de la policía franquista. Todo se hundió en la mierda. Pero por nuestra barricada no pasó ni Dios. Cuando se fueron y nos dejaron solos, ¿sabes lo que encontré? El casco de antidisturbios que tengo en la oficina. Estaba llenándose de lluvia como un cubo de fregar.

Evaristo no siguió trabajando en la mina, a pesar de que había sido el oficio de su padre y de su abuelo. Pero él no era tonto y veía lo que se venía. Dinero a espuertas para la reconversión industrial malgastado en polígonos a los que nunca llegaron las empresas ni los empleos, o en chiringuitos turísticos, centros de interpretación del queso o del urogallo, nacidos para mantenerse cerrados la mayor parte del año. No lo soportó.

A diferencia de otros muchos en las cuencas, tenía una vía de escape. Se había casado con una guadalajareña a la que había conocido mientras hacía la mili. Se unió a la diáspora asturiana, huyó, atraído por la expansión del corredor logístico del Henares. Su suegro lo recomendó y pudo meter el pie en Aldea Logistics justo a tiempo. Desde la lejanía oía las noticias, cada vez más funestas, de lo que estaba pasando en su valle, que estaba negro por dentro, y no precisamente de carbón. Él se había cansado. Se limitó a trabajar. A agachar la cabeza. A decir que sí. A resignarse a la idea de que no cabía defensa posible.

Entonces, en 1998, apareció Sito en su vida. Y de alguna forma reavivó el compromiso de Evaristo con aquella causa que hibernaba en él.

—A veces, los problemas te dan ganas de meterte en más problemas. Es como un mal perfume —me dijo un día—, que se pega a la ropa.

Yo no creo que la cosa fuera por ahí. Más bien opino que Sito resucitó todo el idealismo que Evaristo había dejado morir en su interior. Y lo digo porque también fue Sito, y otros treinta, los que lograron que yo empezase a hacer algo por los demás. Bueno, no por los demás: por ellos. Porque valía la pena.

Lo de Sito fue como lo mío. Un desastre. Pero de proporciones bíblicas. La hipoxia que él sufrió en el parto fue más propia de un cadáver que de un ser vivo.

Y, sin embargo, joder, cómo vivía Sito. Vivía a raudales.

Reía a carcajadas con la risa más contagiosa que he oído nunca. Lo exprimía todo: sus juguetes, su comida, sus siestas, los cuentos que yo le contaba, la lluvia y el sol, todo le hacía reír, todo lo agradecía, todo le era suficiente. Le encantaba morder con sus incisivos sobresalientes y afilados como sables, que le dotaban de una pícara mirada de conejo. Cuando lo conocí él tenía dieciocho años y yo diecisiete. Evaristo aún conservaba fuerzas para levantarlo en brazos (Sito nunca fue muy grande); su hijo le clavaba los dientes en la clavícula y él aguantaba el dolor hasta que se le escapaban las lágrimas.

Un día, Sito estaba; al día siguiente ya no. Y entonces Evaristo superó la necesidad de seguir aguantando dolor alguno.

CÓDIGO

31

Torija es como mi pueblo, pero con encanto, hospitalidad y castillo. Y ahora que ha muerto el Tranchete, ya no existe la desagradable posibilidad de encontrártelo por la calle. Iría más a Torija si tuviera cómo. Los autobuses dan un rodeo imposible y mi scooter no da para tanto. Aparcamos el Kia Picanto verde en la plaza de la Villa. A estas horas, las ocho de la tarde de un jueves, no hay nadie. Mariela no ha pasado por casa, pero siempre lleva en el coche ropa para ponerse mona, o sexi, o lo que sea. Es decir, un par de pantalones ajustados, una falda corta, dos o tres tops y un estuche de maquillaje para hacerse la raya del ojo. Se ha cambiado en el vestuario del Monstruo. He tenido que meterle prisa. Yo he sustituido mi ropa de trabajo por los vaqueros anchos y el jersey con capucha de talla grande (las mangas desproporcionadas disimulan el brazo izquierdo) que me pongo los fines de semana. Sigo llevando el pelo a lo chico desde que mi madre me lo cortó en primaria. No sé si me gusta, pero a la gente le confunde, y eso me divierte.

Salimos del Kia y recorremos la plaza adoquinada. No me hacen gracia los adoquines, me desestabilizan al andar. Mariela, sin embargo, camina grácil con unos taconazos que ha sacado del maletero del Picanto. Los zapatos deben ser más caros que el coche. No tiene frío, va sin abrigo, con un top pegado a la piel. No sé qué sujetador se ha puesto, pero le han brotado unas enormes tetas redondas donde hace unas horas no había nada. Por mi parte, voy hundida en mi parca acolchada, cagada de frío, como siempre. Parecemos la versión pueblerina de Kanye West y Kim Kardashian.

Entramos en el asador Pocholo y una nube de calor me reconforta de inmediato; aun así, todavía no me quito el abrigo. Saludo a Juan Alberto, el encargado, un chaval de mi pueblo, demasiado mayor para haberse metido conmigo cuando éramos pequeños. También es, cómo no, amigo de mi hermano. Lleva trabajando bastantes años para la familia propietaria del restaurante, uno de los más apreciados de la zona: comida a buen precio, esencias rurales, ambiente auténtico, esas cosas. Juan Alberto se queda mirando idiotizado a Mariela, cómo no. Pero no tarda el recordar que soy hermana de Sergio.

—Fina, qué sorpresa.

—Ya ves. Me gustaría venir más por aquí, pero me queda a desmano. Hoy me ha traído una amiga.

Él, con su incipiente calva y sus tatuajes cutres asomándole por la manga corta de la camisa, no puede ni abrir la boca. Mariela le devuelve la mirada exagerando el gesto de mascar un chicle que, hasta este mismo momento, no me había dado cuenta de que tuviera en la boca. Podría hacer presentaciones. Pero paso.

—¿Podemos cenar? —pregunto.

—¡Claro! Acompañadme.

Nos instala en una mesa de madera con sillas pesadas. En cuanto a Mariela, nadie sabe qué coño pinta en la Alcarria una chica que ha nacido para pisar la arena de las playas de Miami. Yo creo saberlo. No es tonta; o, al menos, es lo suficientemente lista para conocer sus limitaciones. Aquí desentona, pero se la ve encantada. Observa con curiosidad todos los rincones del asador, los detalles castizos, los elementos más irrelevantes: servilletas, copas, el poto que cuelga del techo en una esquina. Cruza miradas con todos los hombres presentes, los sentados a las pocas mesas que ya están ocupadas tan temprano y los que aguardan la hora de la cena tomando cañas en la barra. De pronto se pone seria y me mira.

—Fina. Antes que nada tengo que dejar clara una cosa. Soy heterosexual.

Tardo varios segundos en reaccionar.

—Vale. Yo también.

—¿Ah sí? ¡Genial! Porque no quería que pensaras que esto podría llevarnos a… Bueno. Ya sabes. Como siempre te estoy recordando lo guapa que eres y… No sé si… ¿Me explico?

Juan Alberto interrumpe el incómodo momento. Nos trae la carta. Mariela hace una revisión rápida y no lo piensa.

—Quiero mollejas de cordero.

Juan Alberto toma nota. Me quedo mirándola.

—Creía que ibas a pedir espaguetis a la boloñesa.

—¿El menú infantil? ¿Por qué?

—No sé. A veces eres… ¿infantil?

—¿Infantil? Pero qué me cuentas. Soy de Medellín.

—Bueno, no te ofendas. Tú pareces infantil, yo parezco homosexual. Creo que ambas podemos sobreponernos a eso. Estamos en el siglo veintiuno.

Yo también iba a pedir mollejas. Pero ahora me veo obligada a elegir otra cosa. Juan Alberto me apunta un pisto y pido un panaché de verduras para compartir. También un vino decente, aunque sé que Mariela apenas lo probará. Conduce y es muy respetuosa con la ley. Ha estado en la cárcel y en brazos de un tal Tolo, y no quiere volver a ninguno de esos dos sitios. Me gustaría que me contara qué le pasó allí, qué vivió durante aquellos años, cuando la banda de su novio, el tal Tolo, la empezó a utilizar de mula en vuelos Bogotá-Madrid. Qué vivió en su infancia en Medellín, cómo fue de jodida la cosa para que, cuando la pillaron, el juez aplicara todos los atenuantes posibles y, tras cumplir la pena, se librara de una deportación segura. Mariela habla sin parar de todo, excepto de eso. Traen la comida.

—Entonces, ¿brindamos por él? —dice Mariela levantando la copa.

Asiento con escasa decisión. Reconozco que no estoy preparada para iniciar una conversación extensa sobre Ari. Y con Mariela toda conversación es extensa. Pero no me puedo negar. Estamos aquí por él, cada una a nuestra manera. Entrechocamos las copas.

—Era tan guapo... —dice Mariela.

Escondo la mirada en la copa de vino.

—Durante mucho tiempo pensé que erais novios y que lo ocultabais. Habríais hecho una pareja tan linda...

Tampoco contesto a eso. Solo me remito recuperar un instante de mi memoria. Suficiente para que se me erice la piel. Sacudo la cabeza para dejar la mente en blanco, como un Telesketch.

—¿Por qué dejasteis de andar juntos?

Ahora sí levanto los ojos y los clavo en ella. Es suficiente. Ella lo comprende. Sin siquiera tartamudear, cambia de tema. Empieza a contarme no sé qué de su último *casting*. Que si era para una película sobre un crimen auténtico en las Hurdes de los años veinte. Que si cree que esta vez sí. Que la van a llamar. Yo no le respondo lo que pienso: que sus rasgos latinos y su indisimulable acento no tendrían cabida en la Extremadura de principios de siglo. Probablemente, Mariela ni siquiera sabe qué son Las Hurdes, y yo no se lo voy a explicar. No quiero cortarle el rollo. Me limito a asentir y a pensar en mis cosas. Me está saliendo caro el trayecto en el Picanto.

Mariela es de las que come con el móvil sobre la mesa. Tiene un iPhone, un modelo bastante reciente. Un teléfono de gama alta, montañas de ropa nueva, un coche que, aunque sea una mierda, lleva siempre el depósito lleno... La verdad es que envidio la forma en que a Mariela le cunde el sueldo. Afortunadamente para mis propósitos, empieza a recibir notificaciones y no se corta en atenderlas. Aprovecho que hemos terminado la comida y que parece enfrascarse en una conversación de Whatsapp para levantarme de la mesa.

—Perdona, Mariela. Tengo una cosa que tratar con Juan Alberto.

Me acerco al encargado que está tras la barra, secando y colocando vasos. Son casi las nueve y las reservas van a llegar.

—¿Te suena de algo un compañero del CLT de WuChain? Se llamaba José Javier Ortega. Se mató en un accidente de trabajo.

—¡José Javi! Cómo no, venía por aquí casi a diario. Era buen tío, aunque bebía bastante más de lo que debía. Aquí nadie se extrañó del accidente. Pobre hombre.

Me alegro de no haberle dicho que lo llamábamos el Tranchete.

Le muestro a Juan Alberto la pantalla de mi móvil. En ella hay una foto tuya, Ari, puto idiota.

—¿Alguna vez apareció por aquí con este chico?

Juan Alberto niega.

—No me suena. ¿Por qué no preguntas a esos? Son sus compañeros de pimple. Ven, que te los presento.

El encargado me conduce hasta una mesa que hay en un rincón, a la que no han puesto ni mantel ni cubiertos. Cuatro tipos de edad indefinida juegan al mus. Juan Alberto hace las presentaciones. Yo muestro la foto de Ari.

—La verdad es que nunca he visto a ese chaval —dice uno de pelo blanco, que lleva una tremenda mancha de tomate en la camisa.

—Ah, pues yo sí que lo he visto —añade otro.

Lo miro. Tiene la cara llena de cráteres y venillas rojas propias del alcohol. Un amigo más que apropiado para el Tranchete. Todo lo contrario que tú, Ari, cantamañanas.

—¿Dónde lo vio usted? —le pregunto.

—Un día que fui a buscar a José Javi. Salían de su casa justo cuando llegué yo. Se despidieron en la puerta y el chaval se alejó.

Le pregunté quién era y me dijo que un compañero de Wu-Chain. No le di ninguna importancia.

—¿Dónde vivía José Javier?

—Ahí mismo, en la calle Ramón Escalante doce. Pero hace ya unos días que sus sobrinos entraron a la casa y arrasaron con todo. Quieren empezar la reforma cuanto antes, no van a esperar ni a que se haga efectivo el testamento. Son como los buitres.

Vuelvo a la mesa con Mariela, que ha dado por terminada la conversación de Whatsapp.

—¿Qué hablabas con esos señores?

—Son amigos de mi tío.

—Oye, me lo estoy pasando genial. Tenemos que quedar más a menudo. Siempre te lo digo, Fina.

32

Salimos del asador después de un postre y de pagar la cuenta. La temperatura ha bajado aún más y con el estómago lleno se me escapa más calor. Por su parte, la colombiana mantiene el tipo con su ropa mínima.

—Te llevo a tu pueblo —dice, y lo agradezco, porque no ha hecho ademán de pagar su parte de la cuenta. Está bien: el acuerdo era que yo invitaba a cenar y ella ponía el coche.

—Espera, vamos a dar una vuelta —propongo—. Me han dicho que subiendo por la calle Ramón Escalante se llega un sitio con una buenas vistas del castillo.

—¿No tienes frío?

—Sí, pero puedo aguantar.

En la calle donde vivía el Tranchete sopla un viento encañonado. Mariela se encoge en su chaquetita y le empiezan a castañetear los dientes. Por fin llegamos al número 12. Es una pequeña casucha de dos pisos y dos ventanas con balcón; algunas tejas amenazan con desprenderse del alero; la mitad de la fachada está ocupada por la puerta de la cochera y la otra mitad por desconchones y manchas de humedad. Se parece mucho a mi casa, un poquito más pequeña. Perfecta para un tipo como José Javier Ortega, el Tranchete. Me lo imagino saliendo de allí cada mañana llevando en el cuerpo nada más que un café con sus buenas gotas de coñac.

También me lo imagino regresando cada noche después de haberse bebido todo lo posible con su camarilla de viejos deprimentes.

—Oye, ¿sabes? Aquí vivía un viejo amigo del trabajo —le digo a Mariela.

—¿Quién?

—Ortega.

—¿Quién?

—El Tranchete.

—¡Guácala! No me gusta hablar mal de los muertos, pero es que ese hombre... Me estuvo persiguiendo como un loco durante dos meses. Tuve que pedirle a Andrea Segoviano que me lo quitara de encima.

No le debió de resultar fácil a Mariela tener que rogar a la directora de Recursos Humanos. Aunque es una empresa de casi mil doscientas personas, y muchas tienen historias sórdidas, no son tantas las que, como Mariela, han pasado por la cárcel. Por eso siempre se mantiene alejada de los problemas, y si tiene un conflicto con cualquiera, deja que el tiempo lo repare.

—¡Es cierto, era un asqueroso! Oye, vamos a ver qué tiene en casa.

—¿Estás loca?

—¡Igual tenía un cuarto para encerrar a mujeres secuestradas!

—Pero ¿cómo vas a entrar? Yo no quiero líos, Fina.

—No seas tonta, no voy a hacer nada malo.

Me acerco a la puerta de la cochera. La madera está agujereada de pura podredumbre. No tiene cerradura, sino dos boquetes en cada hoja atravesados por una cadena que se cierra con un candado. Empujo las puertas hacia dentro, que ceden, y la cadena da de sí lo suficiente para que se abra un resquicio. Va a ser más fácil de lo que creía.

—Fina, ¿qué haces?

—Ahora no me puedo perder esto, Mariela. ¡Imagina lo que podría tener en casa este pervertido! Vamos, ¿no dices que te aburres?

—No, yo no voy a entrar. De verdad, me da miedo. Fina, vámonos, tengo frío.

Me quito el anorak acolchada y se la cedo, para colarme por la abertura.

—Espera ahí y avísame si viene alguien.

—Pero qué voy a hacer…

—Fúmate un cigarrillo, joder.

Consigo a duras penas encajar mi cabeza entre las dos hojas del portón, que cruje y se bombea como si fuera a derrumbarse. El resto del cuerpo es más sencillo. Es cierto lo que dice mi madre: debería ganar un par de kilos. Aunque, si lo hiciera, ella no pararía de repetirme que estoy engordando mucho.

Me encuentro en el interior de la cochera en total oscuridad. Huele a polvo, a pintura y a aceite de motor. Estiro la mano. Toco algo de cartón. Algo de plástico. Sigo palpando. Enseguida doy con una tela de araña y retiro la mano rápidamente. No vamos bien. Saco el móvil y enciendo la linterna. La cochera está llena de cajas, apiladas en columnas de hasta cuatro y cinco alturas. También hay cubos llenos de chatarra y basura. Los objetos de toda una vida amontonados en una sola habitación mohosa. Al fondo veo una puerta que debe conducir al interior.

—¡Fina, Fina! —Mariel me llama desde fuera—. ¿Estás bien?

—¡Sí, sí! ¡No veas lo que hay aquí!

—¿Algo malo?

—Ahora te cuento, tú vigila.

Esquivo varios bultos para llegar hasta la puerta. Pero está cerrada, y no creo que vaya a resultar tan fácil abrirla como la de la cochera. Me centro en lo hay en la cochera. Toda esa mierda debe de ser lo que han ido retirando los sobrinos del Tranchete de la vivienda. Quizá no tengan todavía cuajo para llevarlo a un vertedero, pero sí para ir apartándolo. Enfoco con la linterna las cajas más próximas a mí. Entre ellas veo una cubeta para pintar vacía en la que alguien ha tirado un montón de imanes de nevera: Toledo, Benidorm, Punta Cana… Hay varios de Cuba, y pensar en el Tranchete en Varadero hace que un escalofrío me recorra la espina dorsal. En el fondo de la cubeta encuentro lo que los imanes sostenían: tarjetas de cartón con teléfonos, tiques del Mercadona, citas médicas y otros papeles; todo lo que el pobre Tranchete tenía pegado en el frigorífico.

Hay un papel grande, tamaño A4. Al iluminarlo con la linterna me quedo petrificada. Es como si un cable de alta tensión hubiera entrado por mis ojos para electrocutarme todo el cuerpo. El folio está lleno de números. Parecen organizados por fechas: a cada fecha le corresponde una serie de cifras. Pero no es eso lo que me deja conmocionada.

Eres tú, Ari. Lo que me deja conmocionada eres tú.

El folio está lleno de trazos, de garabatos, de pequeñitos personajes de cómic, de cruces y círculos y polígonos, como si alguien hubiera estado dibujando compulsivamente en él con un lápiz mientras asistía a una reunión o escuchaba a otro. El dibujante eras tú, Ari, reconozco tu estilo, tu pulso, tus gustos. Agarro el folio y me lo guardo. No puedo mantenerme más tiempo en esa inmunda cochera. Salgo por entre las puertas tan rápido como he entrado.

Mariela está pálida, se fuma el último centímetro de un cigarrillo, y no es el único que ha fumado. Adquirió el vicio en la cárcel y ya no se lo puede quitar.

—¿Y bien?

—Nada, no he encontrado nada. Solo hay basura.

—¿Seguimos?

—Tengo mucho frío, Mariela, no sé si me apetece andar más. ¿Volvemos al coche?

—Ay, sí, por favor.

33

Llego a casa y encuentro a mamá tumbada en el sofá, vestida con su albornoz verde botella y una bolsa de hielo en la cabeza.

—¿Dónde estabas?

—He salido con una amiga.

—¿Con una amiga? ¿Tú has salido con una amiga?

—Pues sí.

—¡Ah, qué sorpresa más agradable, Fina!

—¿Por qué te sorprende? ¿Qué te pasa?

—He tenido palpitaciones muy fuertes. Creía que me moría. Te llamaba y no contestabas.

—Tenía el móvil en el bolsillo interior del abrigo. ¿Has tenido palpitaciones de corazón?

—Sí. Pero no te preocupes, lo importante es que lo hayas pasado bien. No creo que haya tenido mucha arritmia, no como para llamar ahora mismo al cardiólogo. Con avisarlo mañana o…

—¿Y por qué te pones hielo en la cabeza? —interrumpo.

—Me han provocado migraña. Llevo aquí tumbada horas, esperando.

La bolsa de hielo no contiene ni una gota de agua, solo cubitos congelados, rígidos y secos. Me inclino por pensar que la acaba de sacar del congelador, justo cuando ha oído la puerta de casa.

—Está bien, mamá. Mañana te pido cita para el cardiólogo.

—Oh, no creo que sea necesario, hija. Yo creo que ha sido la angustia de verme sola.

—Bueno. Pues mañana decidimos.

Me voy a mi habitación y me encierro. Me quito la ropa de abrigo, anorak, gorro, guantes, y la sustituyo por un pijama de forro polar que acumula electricidad estática, y luego me provoca calambres cuando toco los pomos de las puertas.

A continuación rescato el papel de Ari del bolsillo de mi abrigo. Bueno, de Ari o del Tranchete o de yo qué sé. Lo que sí sé es que este folio estuvo en tus manos, puto artista. Solo a ti se te ocurriría dejar una firma tan inconfundible donde no convenía que se te localizase. Bueno, peor para ti. Ahora yo tengo el papel.

Lo extiendo sobre mi cama. Además de tus dibujos, hay una serie de números apuntados a mano en un total de seis filas. Ignoro si es tu caligrafía, pero me atrevo a creer que sí, porque no creo que el Tranchete escribiera con una letra tan precisa y tan pequeña. Cada fila empieza por una fecha ya pasada. Eso no es difícil de comprender.

3/9/2024

14/10/2024…, etcétera.

Tras cada fecha, dos códigos numéricos. Uno de nueve dígitos. El otro, encabezado por las letras PED y seguido de seis dígitos.

3/9/2024 092348234 PED-230090

14/10/2024 045765059 PED-023747…, etcétera.

Tendría que estar ciega o ser idiota para no entender a qué corresponden esos números. Pasan por mis manos todos los días. Cuando escaneo con mi bipeador la etiqueta RFID de los paquetes que los conductores de carretillas dejan en mi puesto de trabajo, esos son los números que aparecen en la pantalla. Una fecha. Un número de producto. Un número de pedido. A esos códigos responde el software del CLT, el todopoderoso WMS, el Warehouse Management System, o sistema de gestión del almacén. Asigna de inmediato una ubicación en la zona de larga estancia o un itinerario a través de las cintas transportadoras de flujo tenso.

Es decir, los números que aparecen en ese papel corresponden a mercancía. Mercancía que pasó por el Monstruo y que, por un motivo que desconozco, te interesaba, jodido Ari. ¿Por qué? ¿Por qué no me dijiste nada?

¿Cuándo empezaste a no contarme nada de nada?

34

Aquella tarde de sábado en Guadalajara habíamos estado en Los Olivares. Les habías dibujado caricaturas a los chicos y a las chicas y se habían reído mucho contigo, a pesar de que no sabías ni cómo hablarles. Te dije que me dejaras a mí hacer las presentaciones y te limitaras a pintar la pizarra. Te prometí que sería divertido, aunque no te lo creyeras. Y así fue. Dibujaste a alguno de ellos con ese estilo manga que tú dominabas. El resultado no faltaba a la verdad, tus dibujos mostraban a personas con parálisis cerebral, pero de alguna forma lo que destacaba era lo que los hacía ser ellas mismas, una sonrisa pícara o una mirada fascinada o un peinado alborotado… Como cuando a mí me pusiste en la cara aquellos ojos enormes en la garita del Grumo. Tenías un talento especial para eso, se morían de la risa.

—Estás más alegre que de costumbre, Fina —me dijiste al salir.

Paseamos, compramos unas cervezas en un chino y nos sentamos a beberlas en un skatepark cochambroso donde nadie sabía hacer el más mínimo truco con un patín. Nos ofrecieron hachís y dijimos que no. Me contaste que de pequeño habías jugado al Tony Hawk en la PS2, y que habías querido aprender a patinar. Pero que el primer día te habías roto la muñeca y habías tenido que pasarte meses sin dibujar. Y eso sí que no lo tolerabas. Yo te contesté que nunca había querido patinar. De alguna forma, me había instruido a mí misma para no desear aquello que sabía que mi discapacidad me impediría hacer.

—Pero eso es una actitud muy derrotista, Fina —dijiste.

No utilizaste esa palabra, no sabías tanto castellano, puto analfabeto. Pero es como lo recuerdo.

—No es derrotista —protesté—. Lo sería si pensase que no puedo lograr nada. Pero no es así. Quiero hacer tantas cosas que sé que sí puedo hacer que me va a faltar tiempo de vida para hacerlas. Solo priorizo.

Te quedaste mirándome. Creo que es el único momento de ocio que he compartido contigo en que no estabas con un lápiz en la mano. Y entonces, Ari, puto Ari, entonces hiciste eso que nunca jamás deberías haber hecho. Si me hubieras escuchado bien habrías sabido que no era eso lo que te estaba pidiendo, habrías sabido que, si te estaba pidiendo algo, era exactamente lo contrario.

Minutos después estábamos en tu casa. Analí y Miranda no estaban, menos mal, ahora creo que me habrían esperado para darme una paliza en la calle. Entramos en tu dormitorio como una tromba de agua. No me importó el frío ni el exceso de orden ni la dureza del colchón. Ojalá pudiera decir que estuvo mal, que fue un puto desastre, que me reventaste sin querer el ojo de un codazo. Nada de eso ocurrió.

No era mi primera vez, pero nunca había cedido el control a nadie de aquella manera. En todas mis anteriores experiencias todo lo había medido y anticipado: cada palabra, cada respuesta, el momento de irme. Contigo no fue así, nunca en mi vida me he sentido tan vulnerable.

Al final quedé tendida junto a ti sobre mi costado derecho. Sentí el inocente reflejo de acariciarte la mejilla. Y entonces todo se vino abajo. Porque no pude hacerlo. Durante unos instantes no entendí por qué no podía tocarte la piel del rostro. Hasta que de pronto comprendí. Mi brazo derecho estaba atrapado bajo mi cuerpo, era mi mano izquierda la que estaba intentando extender para tocarte. Pasase lo que pasase, esa mano no iba a moverse, se quedaría pegada a mi pecho. Me di cuenta de que había estado viviendo esos momentos sin ser consciente de quién era yo y de lo que me pasaba. Como si mi cuerpo fuera otro cuerpo.

Sentí un aguijonazo en la boca del estómago (como cuando una mantis pierde la batalla contra una avispa). Mis ojos empezaron a ejecutar movimientos nerviosos pasando de uno a otro por distintos elementos de la habitación. La ropa en el suelo. Mi mano espástica. Tu piel blanquecina. La deformidad de mi pie izquierdo tras una vida entera caminando casi de puntillas.

Esperé a que te quedaras dormido y salí de la cama. Pero no conseguí hacerlo con la suficiente suavidad y despertaste. Me sentí avergonzada, no de que me vieras desnuda, sino de que fueras testigo de mis trucos para vestirme sola, con una única mano. En el Monstruo lo hago todos los días delante de decenas de compañeras. ¿Por qué me sentía así ante ti?

—¿Dónde vas? —preguntaste.

No sé qué respondí, pero estoy segura de que no fueron las palabras más inteligentes.

Tarde horas en volver al pueblo en autobús. Durante el trayecto intenté entender qué había pasado. Y lo entendí. Lo que había pasado era, en realidad, el peso de lo que no había pasado. La mano no se había movido para acariciarte. Y eso era una muestra de todo lo que no iba a pasar contigo, porque, sencillamente, era imposible.

Por la noche recibí un mensaje tuyo: «¿Estás bien? Perdóname, no sé qué decir ni qué hacer. ¿Cómo podemos arreglarlo?».

No te contesté.

Al día siguiente, en el Monstruo, te estaba esperando en el descanso del almuerzo para sacar algunos artículos robados por el cementerio de palés. Me seguiste el rollo. No mencioné nada de lo sucedido el día anterior. Di por hecho que habías entendido que tampoco tú debías hacerlo.

Aunque quizá no lo entendiste tanto. Quizá fue el primer paso para alejarte.

35

Y ahora, ¿qué me queda de ti?

La carpeta de dibujos que tomé de tu habitación y este otro dibujo que acabo de encontrar ahora. Y que lo único que me cuenta es que sí, efectivamente, conocías al Tranchete y que te reunías con él, cosa que no me podías contar.

De los otros muertos, no sé si también te traías algo entre manos con Abelardo Sancho; pero que conocías a Hakim Mustafá está fuera de toda duda.

Pude verlo con mis propios ojos.

36

Ocurrió pocos días después del episodio del skatepark. Yo volvía de Madrid con mi tío Iván. Se le encendió la reserva del combustible y tuvimos que parar en una gran estación de servicio de la A2. Ningún lugareño se detiene en esa gasolinera porque los precios son un robo. Mientras mi tío repostaba, le dije que iba a hacer pis al bar restaurante que hay al lado, porque los baños allí están más limpios que en la estación de servicio. Entré. A esa hora no había clientes, un único camarero miraba la tele, aburrido. Saludé con toda la intención de usar el servicio sin consumir absolutamente nada. Tan solo acentué mi cojera y puse bien a la vista mi brazo espástico para que al camarero no se le ocurriese decirme eso de: El lavabo es para clientes. Surtió efecto, no se atrevió ni a mirarme.

En el pasillo hacia los baños dispone de un pequeño reservado que a veces cierran para grupos de camioneros que coinciden en la ruta. Del interior llegaban voces, pero no se entendían bien las palabras. La puerta estaba entreabierta. A través del resquicio identifiqué una figura sentada a una mesa ante un vaso de tubo de Fanta. Era Hakim.

No le mentí al sargento Capitán. Hakim me caía bien, y no solo porque me invitase a *chebakias* durante el Ramadán. Me hablaba de un primo suyo que había perdido un brazo en el ejército y que se había inventado una técnica para degollar a los corderos según el rito *halal* con una sola mano. Se notaba que Hakim estaba orgulloso de su pariente, y me decía que yo le recordaba a él cuando me veía quitarle el film trasparente a los palés con el cúter de trabajo. Pensé en empujar la puerta y saludarle, pero de verdad necesitaba ir al baño. Miré al frente y continué hacia los servicios.

Al ir a doblar el último recodo, me choqué de bruces con otra persona. Y aquella sí tenía algo especial en la mirada. Unos ojos claros, profundos, como una combinación de la plena luz del día y de la inmensidad del cielo nocturno. Pero en aquel momento reflejaron algo diferente, un decrecimiento en el brillo, un temblor en las pupilas. Eras tú Ari, claro, de quién iba a estar hablando si no de ti.

—Eh... Hola, Fina. —Nunca te había oído hablar en un tono tan inquieto, tan incomodo—. ¿Qué haces aquí?

—Hago pis. Eso hago, Ari. O eso voy a hacer. ¿Y tú?

—Estoy con unos amigos.

—Unos amigos.

—Así es.

¿Amigos? Venga ya, Ari, tú no tenías ni uno. No saludabas a nadie en el CLT, solo a Mariela, a mí y a al supervisor que te tocase cada jornada.

—Genial. Oye, pues te veo mañana.

—Claro. Mañana en el Monstruo.

Dobló el recodo del pasillo y lo perdí de vista. Cuando salí del aseo, la puerta del reservado donde había visto a Hakim estaba cerrada. Seguía oyendo algunas voces, pero no se entendía ninguna conversación. No tenía pruebas de que Ari hubiera entrado allí, con él. Pero, ¿dónde iba a estar? Salí del restaurante. Empecé a deambular por el recinto, entre la gasolinera y los muros de contención de la A2. Traté de localizar una ventana a través de la cual asomarme a aquel reservado para averiguar quién estaba dentro. Pero no la hallé, Ari, maldita la hora. Quise darme una vuelta por el aparcamiento, a ver si podía identificar el coche de algún empleado de Aldea Logistics. Pero no tuve tiempo. Porque, como suele decirse, la mierda ocurre, y además suele ocurrir en el peor momento.

Mi tío Iván me encontró merodeando por allí. Llevaba el móvil en la mano y estaba visiblemente nervioso.

—Fina, me ha llamado la Petri. Han tenido que llevar a tu madre al hospital. Tranquila, no ha sido nada demasiado grave. Parece que ha sufrido una arritmia, ha perdido la conciencia. La tienen en observación.

Saqué mi móvil de la chaqueta y descubrí las diecisiete llamadas perdidas. Me subí al coche de mi tío y pusimos ritmo a Guadalajara. Mi madre estaba bien. Relativamente. Le habían hecho un electrocardiograma. Le encontraron una bradicardia que podía explicar el síncope. Bloqueos auriculoventricuares. Yo qué sé. El cardiólogo nos habló de hacerle una prueba con un Holter. También mencionó el marcapasos por primera vez.

No dormí.

Desde el hospital acudí directamente al Monstruo. Quería llegar antes que Ari. En lugar de entrar, esperé junto a un camión un buen rato. Hasta que él apareció. Había aparcado su Ford Focus de cuarta mano bastante lejos, en la avenida. Venía solo, arrastrando los pies para no mezclarse con el grupo de trabajadores que procedía de la parada de la lanzadera. Cuando me vio, fingí estar hablando por teléfono. Me saludó, pero sus ojos no transmitían la habitual entereza. No tuve valor de quitarme el móvil del oído. Él no se detuvo a esperar a que terminase de hablar. Pasó de largo. Fichó en la caseta de entrada del Grumo. Y fue engullido por el Monstruo.

No volvió a dibujarme. No volvió a hablarme de nada que no fuera una estupidez. No volvió a acompañarme a Los Olivares. No volvió a robar conmigo ningún artículo. Cuando le buscaba para hacerlo, huía de mí. Quise achacarlo a haberme ido corriendo de su dormitorio aquel día, a haber dejado sin contestar ese mensaje: «¿Cómo podemos arreglarlo?». Pero intuía que algo peor acechaba, podía leerlo en el miedo que ahora reflejaban sus ojos.

Le di muchas vueltas al encuentro en la gasolinera. ¿Amigos? Qué cojones amigos, Ari. Tú no tenías amigos. Tú solo me tenías a mí. Y yo, con mi hermano entre rejas, solo te tenía a ti. Y ahora solo tengo este papel que descansa sobre mi pecho. Echo un último vistazo a ese compendio de garabatos y cifras absurdas. Fechas, paquetes, ¿qué metíais en el CLT? ¿Para qué lo hacíais? ¿Y a quién le puedo preguntar yo ahora todo esto?

Ari, estáis todos muertos.

37

Pero ahora me fijo en algo. Se me había pasado por alto hasta este momento, estaba tan concentrada en recordarte, Ari, que no prestaba atención. El dato se encuentra en la última línea anotada por ti, justo entre un boceto de *Sonic the Hedgehog* y otro de Bulma, la de *Bola de Dragón*.

Es la fecha.

Todas las demás fechas ya han pasado. Hace semanas, hace meses, incluso hace más de un año. Pero ¿y esta última? No, Ari. Esta última, no.

El viernes que viene.

38

Durante el resto de la semana le ahorro al mundo evidencias de que existo. Trabajo, vuelvo a casa, me encierro en mi cuarto, leo, duermo, vuelvo al trabajo. En realidad no hago otra cosa que mirar el papel de Ari y pensar.

PED-789101112.

Ese es el código del pedido del que tomó nota el rumano junto a la fecha del viernes que viene. Estoy echando humo por los sesos para que se me ocurra cómo hacerlo, pero ese pedido tiene que pasar por mis manos. Pienso y pienso y pienso. Hasta que llega el jueves. Ese es el momento clave, porque el software del almacén, el omnímodo WMS, le adjudicará automáticamente un itinerario al pedido de Ari que llegará veinticuatro horas después. La idea es redirigirlo a mi puesto de *picking* si encuentro la manera.

Y creo que la he encontrado. La manera se llama Guillermo.

Pobre hombre. Siento que tenga que ser él, pero no encuentro otro eslabón igual de débil. Desde que se jodió la espalda y ya no puede cargar peso ni estar de pie mucho tiempo, el Guillermo desempeña funciones de auxiliar de soporte e inventario. Es decir, tiene que estar pendiente del ordenador para asegurarse de que todo lo que pone en el WMS sobre la mercancía que guardamos en el CLT responde a la realidad: que tal caja esta en este sitio, que tal pedido sale a esta hora, que tal palé se ha depositado en este muelle. Y si no es así, corregirlo. Por ejemplo, a veces debe cambiar en el ordenador las coordenadas de las mercancías que han ido a parar a otra ubicación. Y también puede modificar manualmente los itinerarios y las ubicaciones de los pedidos entrantes si, por ejemplo, se estropea una cinta transportadora o hay que clausurar un *rack* por mantenimiento: esta caja que iba aquí, ahora va a ir allá.

El Guillermo tiene su escritorio cerca del Enlace, a unos veinte metros de donde Mariela y yo trabajamos. En su ordenador puedo acceder al WMS, buscar el pedido de Ari y destinarlo a nuestro puesto. Otra cosa que convierte a Guillermo en un eslabón débil es que tiene mala función renal y mala memoria. Lo primero le obliga a ir al baño cada dos por tres. Lo segundo, le hace tener un pósit con la contraseña de su ordenador pegado junto a la pantalla. Cada vez que va al baño, el ordenador entra en modo reposo y Guillermo tiene que meter la clave cuando regresa. Los de IT ya no saben cómo decirle que quite de ahí ese pósit, que contraviene las normas de ciberseguridad, y él ya no sabe cómo responderles que se vayan a tomar por culo.

El mismo jueves, un poquito antes de salir, empiezo a enviar señales de cansancio, cabreo y hartazgo para que Mariela las perciba.

—Te encuentras mal, parcerita —dice.

—Tienes un sexto sentido. Creo que me está bajando la regla. ¿Tienes un Tampax?

—Ay, no.

—Yo me los he dejado en el vestuario.

—Corre, compañera, que te cubro.

Corro. Pero me detengo en cuanto un *rack* me oculta de la vista de la colombiana. Cambio de dirección y avanzo hacia el Enlace hasta ver al Guillermo tocándose las narices en su escritorio. El puesto de auxiliar de soporte e inventario suena muy importante, pero en realidad no tiene que intervenir en el WMS más que dos o tres veces al día. Esa tarea podría hacerla un mono.

Me espero tras el *rack* hasta que Guillermo empieza a inquietarse. Se levanta y abandona el puesto rumbo al baño.

Me subo la braga del cuello hasta la nariz, porque no muy lejos hay una cámara que podría identificarme. Me sitúo ante el ordenador y consulto el pósit que siempre está ahí, con las últimas cinco contraseñas que el Guillermo ha tenido que actualizar. En diez segundos he localizado el PED-789101112. El paquete de Ari y el Tranchete tiene su llegada prevista en torno a las once de la mañana, al muelle de *inbound* 22, si el camión, que viene de Algeciras, no se retrasa. A continuación un *forklift* lo llevará al puesto de recepción 12B. Allí un compañero lo sacará del palé para introducirlo en el sistema de cintas transportadoras hasta el muelle de expedición 34, donde una furgoneta se lo llevará en ruta de reparto a Tres Cantos, Madrid. El sistema vuelve a pedirme la contraseña de Guillermo para reconfigurar el itinerario. Cambio el puesto de recepción 12B por el 8A, que es el mío y de Mariela. Lo demás lo dejo igual.

Me levanto del ordenador y emprendo de nuevo el camino hacia el vestuario. En el trayecto, me cruzo con el Guillermo que vuelve del retrete.

—¿Qué trama la chica más guapa del CLT?

—Lo que trama la más guapa no lo sé —respondo—. Pero yo no paro de pensar en cómo joderte la vida, Guillermo.

—¡Ja, ja, ja, ja! ¡Seguro que lo consigues!

Y tanto, Guillermo, y tanto.

39

—Las cosas pueden tardar en cambiar, pero siempre cambian —me dijo Evaristo.

Y tenía razón. Un día, mi hermano manejaba pasta y prestigio. Al día siguiente, lo metieron en chirona y todo el mundo le dio la espalda. Un día, Sito estaba riéndose como un loco con el cuento que yo le estaba leyendo. Al día siguiente, enfermó de neumonía y no lo superó. Que todo esto entre dentro de lo probable no lo hace más justo ni llevadero.

Yo conocí a Sito antes que a Evaristo. Fue en mi primer día en Los Olivares. Llegué allí por la condena a servicios comunitarios que me cayó en el tribunal de menores por el asunto del AutoMapi. Hasta entonces, había rehuido todo lo que tuviera que ver con la discapacidad, y más aún con mi discapacidad, la parálisis cerebral. No sé qué era lo que me daba miedo de aquellas personas. Quizá, que yo podía haberme convertido en una de ellas; si me hubiera faltado el aire durante solo unos segundos más, ahora estaría postrada en una silla de ruedas con ambos brazos y piernas convertidos en un ovillo de alambre.

Cuando atravesé por primera vez la recepción de Los Olivares una docena de adolescentes sentados en sillas de ruedas me rodeó.

—¿Tú también tienes parálisis cerebral? —preguntó con mucho esfuerzo Georgina.

—Yo tengo un brazo espástico por... —respondí al primer impulso.

Lo pensé bien. Los doce mantenían su atención en mí.

—Sí —me corregí—. Yo tengo parálisis cerebral.

Acudí a diario. Cuando cumplí la condena de trabajos para la comunidad, seguí yendo voluntariamente sin perderme ni un solo día. No tenía otra cosa que hacer. Sergio mandaba pasta a casa para mi madre y para mí y no nos faltaba de nada. No me apetecía matricularme en ninguna academia, consultaba los planes de estudio de los grados universitarios y me provocaban bostezos. Lo que sí hacía era leer un par de horas al día, en la biblioteca de Guadalajara, antes de empezar el turno en Los Olivares. Si me gustaba el libro, lo terminaba y tomaba otro del mismo autor. Si no me gustaba, lo abandonaba.

En el centro se dieron cuenta de que no solo tenía una habilidad especial para entretener a los chicos y comprenderlos. Yo poseía otras virtudes. Virtudes que derivaban de mi red de contactos o, más bien, de la posición de poder de mi hermano. El caso es que yo resolvía problemas. Todo tipo de problemas. Y eso pronto trascendió. Éramos un centro de barrio obrero, la gente que nos confiaba a sus hijos con discapacidad apenas disponía de recursos. El dinero es un problema en cualquier familia con necesidades; mucho más si hablamos de necesidades especiales. Pero yo podía aportar soluciones urgentes y definitivas, siempre y cuando nadie me preguntara cómo lo hacía.

Yo ya sentía una preferencia especial por Sito. Entonces me enteré de que le habían reventado la ventanilla del coche para robarle la tarjeta de aparcamiento de movilidad reducida. No le había sucedido solo a él, aquella semana se habían producido una oleada de robos de tarjetas. Aquellos hijos de puta habían recorrido la ciudad rompiendo cristales y coleccionándolas. Luego se las llevaban a Madrid, donde la gente estaba dispuesta a pagar hasta cuatrocientos euros por cada una. Así podían aparcar en zonas de estacionamiento regulado gratis y no mover el coche en todo el día.

Para recuperar la tarjeta, las familias debían poner denuncia, acudir a Tráfico, remover papeles... A mí solo me costó una llamada. Por la noche, Jos se acercó a mi casa con las diez tarjetas de movilidad reducida nominales que se habían robado aquella semana. No le pregunté cómo había hecho para localizar a los ladrones, eso no era asunto mío. Tú ordena y alguien lo hará, me había dicho Sergio. Le pedí a Jos que se llevara siete de ellas y las dejara en las direcciones que figuraban en el reverso. Yo me quedé solo tres, las que pertenecían a residentes de Los Olivares.

Por la mañana, las dejé en recepción. Al terminar mi turno, había una persona esperándome en la entrada. Al principio desconfié de él, no me gustó su aspecto. En el siglo XXI no se puede lucir semejante aura mesiánica. Evaristo parecía levitar a dos metros del suelo, con esos brazos cruzados apretándose sobre el abdomen. Yo no tenía ni idea de quién era, por eso me puse en guardia cuando me habló.

—¿Tú eres la de las tarjetas de minusválidos?

—La de las tarjetas de movilidad reducida.

—Sí, lo que sea.

—No somos menos válidos que...

—Claro, conmigo puedes ahorrarte esas explicaciones. Conozco la discapacidad.

Decidí seguir con el fuego cruzado.

—La diversidad funcional.

Evaristo rió. Mostró unos dientes aún más blancos que la barba limpia que cubría todo su rostro, desde casi los párpados inferiores hasta la garganta.

—En serio, no te esfuerces. Soy el padre de Sito. Mi hijo no tiene diversidad funcional. Tú sí podrías tenerla. Puedes hacer cosas si cuentas con medios diversos. Mi hijo no puede hacer esas cosas, de ninguna de las maneras. No puede ni siquiera comer solo. No tiene diversidad funcional. Es discapacitado. Llamarlo de otra forma es infravalorar sus necesidades.

Aquella respuesta me descolocó; valoro cualquier cosa que me descoloque. El padre de Sito no tenía miedo a no caerme bien. Probé la última andanada.

—No «es» discapacitado, «tiene» una discapacidad. La discapacidad no define su vida. No determina lo que él es.

Se aproximó a mí dos pasos.

—Todo lo que hace mi hijo, desde que se levanta hasta que se acuesta, y la forma en que lo hace, está determinado por su discapacidad. Y lo que yo hago también está determinado por la discapacidad de mi hijo. Si mi hijo «tuviera» una discapacidad, te preguntaría dónde podemos devolverla. Pero no, mi hijo es discapacitado. Y por eso acepto la discapacidad. Porque lo acepto a él.

Me quedé mirándolo. Él aguantó la mirada hasta que habló.

—Sólo quería darte las gracias por recuperar la tarjeta de movilidad reducida. Me has ahorrado muchos problemas. Me han dicho que vives cerca del CLT Aldea Logistics Alcarria.

—En el pueblo de al lado —confirmé.

—Si algún día quieres trabajo allí, no tienes más que decírmelo.

—Aquí tengo todo el trabajo que quiero.

—Pero no te lo remuneran.

—No lo necesito.

—Bueno, si algún día lo necesitas, dímelo.

—No creo que eso suceda.

—Las cosas pueden tardar en cambiar, pero siempre cambian.

Sí, Evaristo. Pero ahora, por una vez, van a cambiar para bien.

40

Son las diez y media del viernes. Acabo de bipear la etiqueta RFID de otra caja de cartón y la he arrojado a la cinta transportadora. Ya es problema de otro. Hasta que traigan un nuevo palé, puedo tomarme un respiro.

—¿Qué haces mirando tanto el celular? —me pregunta Mariela.

—¿Y a ti qué más te da? —respondo.

—Pues que no sé para qué te sirve.

Sé a lo que se refiere. Riva ha instalado inhibidores en el centro para que no llegue la señal de 5G a los teléfonos. Fue un acuerdo con el comité. Querían nuevas normas de prevención de riesgos laborales. Riva llegó con una estadística que demostraba que las distracciones por los móviles causaban serios accidentes. Ante esa evidencia, ni siquiera Evaristo pudo negarse. Aunque sabe que lo que más le jode a Riva es el tiempo que pierden sus empleados mirando las pantallas en lugar de estar bipeando y explosionando y ubicando mercancías. Desde entonces, la mayoría de los compañeros dejan el móvil en el vestuario, porque solo sirve como lastre. Pero una adicta a las redes sociales como Mariela no puede soportar la idea de ver a otra persona mirando una pantalla. Se está preguntando si yo he descubierto una forma de burlar el bloqueo de señal. La respuesta es que no. No se puede burlar el bloqueo de los inhibidores. En realidad no hago otra cosa que mirar la hora (no puedo ponerme relojes de pulsera) y repasar el dichoso papelito. Le he hecho una foto y lo llevo en la galería de imágenes. Aunque me sé el número del pedido de memoria, la ansiedad me lleva a repasarlo una y otra vez, no sea que se me escape cuando lo reciba. Apenas he dormido esta noche pensando en la posibilidad de que, en un despiste mío, Mariela escanee la caja y la meta en la cinta.

Gus trae con su *forklift* un nuevo palé. Si una no hubiera visto la operación un millón de veces pensaría que va a volcar hacia delante por el peso que transporta. Mariela le sonríe y le saluda con la mano. Lo hace cada una de las trescientas veces que nos trae algo. Gus responde levantando un pulgar. Baja la horquilla hasta posar la carga en el suelo y da marcha atrás. El palé es como un monolito de más de dos metros y medio de alto, cajas de cartón idénticas que se apilan como adoquines sobre la base de madera. Para que nada se mueva un milímetro le dan mil vueltas con un film transparente muy grueso, muy apretado, sin dejar ni una burbuja de aire.

Me estiro cuanto puedo para rajar con el cúter el film de arriba abajo. Una vez explosionado el palé, Mariela va deshaciendo la unidad de carga, porque a esto de ir retirando las cajas una por una se le llama «deshacer la unidad de carga». Alguno se sentirá más importante por llamar así a las cosas. Yo espero impacientemente cada caja junto al comienzo de la cinta transportadora. Guardo el cúter y cojo el bipeador de pistola. Cuando empecé a trabajar aquí me dijeron que era un Falcon X4. Da igual. Es un bipeador. Escanea etiquetas. No es necesario saber mucho más.

Mariela trae la primera caja y la deja con la etiqueta mirando hacia arriba. Se me acelera el pulso. Acerco el Falcon.

Bip. En la pantalla aparece lo siguiente:

Producto: 8412345678901
Pedido: PED-987654393

Ubicación: B02-R03-05-12
[Confirmar] [Reescanear]

No es el tuyo, Ari. Pero además, ni siquiera es un pedido para nuestro puesto de recepción.

—Mierda —digo.

—¿Qué pasa ahora? —contesta Mariela.

—Este palé no es para aquí. Gus se ha equivocado.

Le muestro la pantalla del bipeador a Mariela. Justo hoy no estoy para tolerar los errores. Ella sabe tan bien como yo que el código B02-R03-05-12 significa Bloque 2, Rack 3, Altura 5, Puesto 12. Es una ubicación del almacén de larga estancia. Si el palé fuera destinado al sistema de cintas transportadoras, el código empezaría con la abreviatura FLU, de flujo tenso.

—Ni modo —dice Mariela—. Ya doy aviso a Sebas en un ratito.

—A Sebas no le va a hacer gracia. Gus ya lleva varios errores acumulados este mes.

—Pero qué problema dieron los errores, parcerita. No se paró la cinta ni nada, ¿no?

Odio que me llame «parcerita».

—Eso díselo a Sebas.

—Fina, no entiendo que seas tan dura con Gus, precisamente tú. Es un descuido, le puede pasar a cualquiera. ¡Si aquí la gente viene a trabajar bebida! ¿Vos sí supiste la que armó el otro día ese pendejo de Alovera, José Miguel, en el aparcamiento? Yo no sé cómo no lo han echado.

Mariela tiene toda la razón, aunque me joda ese «precisamente tú» que ha añadido a su frase. En primer lugar, Gus no suele cometer errores con frecuencia. Hay otros compañeros con un desempeño muchísimo peor. Pero cada vez que Gus falla, es como si se encendiera un cartel de neón que dice: Esta cagada es porque tengo síndrome de Down. Él ha de esforzarse el triple para demostrar que vale. Peor aún: tiene que esforzarse el triple para demostrarse a sí mismo que vale. No es Sebas quién cargará contra Gus con mayor dureza, sino él mismo.

Hay que esperar a que llegue otro palé. Me siento encima de la mesa, los pies colgando sobre las cuchillas romas que arranco de mi cúter y tiro al suelo. Mariela se sienta en el palé con la espalda apoyada en las cajas.

—Oye —le digo a Mariela—. ¿Por qué no te vas a fumar? Tenemos un minuto libre hasta que traigan otro palé.

—¿Y por qué? ¿Le vas a decir al Sebas que te he dejado sola, como le vas a decir de Gus?

Yo no pienso dar aviso a Sebas del error. Prefiero tragarme un avispero a darle a ese hijo de puta una excusa para despreciar a Gus. Pero tampoco voy a consumir energía en negarlo. Mariela se pone a examinarse las uñas. Al poco se oye el motor eléctrico del *forklift*. Gus vuelve. Y muy rápido. El chico parece querer batir algún récord de velocidad. Nos levantamos para ir a su encuentro. Deja el nuevo palé en el suelo.

—¡Ay, gracias! —está diciendo Mariela—. Oye, Gus, mi corazón, te tienes que llevar el anteri…

Le doy un codazo para que se calle.

—No se lo digas —susurro—. Ya sabes cuánto se exige a sí mismo, le he visto llorar por tener que decirle a su padre que había perdido el gorro de la piscina.

Con esto consigo convencer a Mariela de que estoy de su parte.

—¿Qué pasa? —pregunta Gus desde el asiento del *forklift*.

—¡Nada, cariño! ¡Todo perfecto!

El chico se va. Mariela lo observa con preocupación. Todas esas cosas que Gus es capaz de hacer, lo de la natación, lo del frontenis, lo de matricularse en una carrera universitaria, bueno, no significa que él tenga ganas de hacerlas. Evaristo me ha hablado de su padre, íntimo amigo de Valdivieso. Los seguidores en redes sociales de Gus suelen comentar que es un chico que no se conforma con los obstáculos que la discapacidad le impone. Evaristo dice que quien no se conforma es su padre. Y lo del llanto por perder el gorro es verdad. Yo misma lo vi en un centro de hidroterapia donde coincidíamos.

Explosionamos el nuevo palé y ella me trae la primera caja hasta la cinta.

—Esta viene pesada —comenta entre jadeos.

Hace un verdadero esfuerzo para subirla a la mesa de escaneo. La ayudo en lo que puedo. Luego paso el bipeador por la etiqueta RFID.

Producto: 843032893
Pedido: PED-789101112
Ubicación: FLU-33-05-12
[Confirmar] [Reescanear]

Su puta madre.
Es el pedido de Ari.

PRODUCTO

41

Desde el puesto de *picking*, miro a Mariela. Parece inquieta. Se está comiendo un mechón de pelo mientras intenta bajar la segunda de las cajas de la pila. Puede ser una oportunidad.

—Ey. Antes te he mencionado el tabaco y ahora no puedes pensar en otra cosa, ¿no?

Ella se encoge de hombros.

—No tenemos por qué vaciar este palé tan rápido —le digo—. Tienes un minuto para ir a fumar.

Esta vez no duda.

—Gracias, Fina. Y perdóname, a veces soy un poco vulgar.

—Tienes razón. Menos mal que yo soy un ángel.

Se va riendo hacia la puerta que conduce al patio de fumadores, como si fuese Blancanieves al encuentro de los enanitos. Me quedo sola, en la inmensidad del Monstruo, como perdida en un hayedo: si se desmorona un *rack* no habría otra persona para oír su ruido. Clavo el cúter en el cartón de la caja que acabo de bipear, la que tiene ese número tan curioso: PED-789101112. Rajo el precinto y abro la tapa.

Su puta madre, otra vez.

Con razón pesa. En el interior encuentro un paquete de unos cinco kilos. Practico una pequeña punzada en el plástico con el cúter para extraer una pizca de la sustancia que contiene. Es un polvo blanco, como la harina. Pero deja el filo húmedo, y eso no es propio de la harina. Me llevo la cuchilla a la lengua. El intenso amargor me invade toda la cavidad oral de inmediato. No pasan ni unos segundos y ya se me han dormido las terminaciones nerviosas de la lengua, como si estuviera en el dentista.

Su puta madre, una vez más.

Es exactamente lo que parece.

Y no hay un saco de cinco kilos.

Hay tres.

42

Miro alrededor. Sigo estando sola. Conozco la posición de todas las cámaras de seguridad de esa zona del Monstruo y sé que no estoy en el foco de ninguna. Soy lista, joder. Pero eso no quiere decir que siempre sepa cómo actuar. Eso no quiere decir que siempre tome la mejor decisión. Una puede hacer lo que haría cualquiera y dejar escapar la mejor oportunidad de su vida. También puede lanzarse a la piscina y encontrarla sin una gota de agua. O lanzarse a atrapar una avispa demasiado grande como para inmovilizar su aguijón. Da igual, las mantis no lo piensan: hay muy poco cerebro entre esos gigantescos ojos.

Sello con cinta americana la incisión que he hecho en el paquete. Si es tan pura como noto en mi lengua, cada partícula de ese polvo vale un dineral. No quiero que se derrame nada. Luego vuelvo a cerrar la caja de cartón con el mismo precinto. Miro a izquierda y derecha. Sí, como una mantis, pero con mucha menos elegancia. Las mantis siempre parecen saber qué hacer. Por fin fijo mi atención en algo: ese enorme palé que Gus ha dejado a pocos metros de nuestro puesto por error. Sí, el palé equivocado, nadie ha dado aviso para que se lo lleven. Recuerdo que estaba destinado al almacén. Corro hasta él y agarro una de las cajas que contiene. Sí, agarrar las cajas suele ser tarea de Mariela. Pero esta primera es ligera, fácil de llevar. La situó en la mesa de escaneo, junto a la caja de Ari.

Con ayuda de la puntita del cúter, levanto las etiquetas RFID de ambas, tiro de ellas despacio, procurando que no se rompan.

—Vamos, vamos.

Una vez que las tengo, las intercambio: la de Ari en la de Gus, la de Gus en la de Ari. Utilizo el espray de pegamento que tenemos para restaurar etiquetas. Han quedado bien. Muy bien. Luego saco mi móvil (me alegro de no haberlo dejado en el vestuario) y tomo una foto de ambas etiquetas.

Agarro la caja de Ari. Lo hago con la mano derecha, y en seguida compruebo que no seré capaz ni de levantarla. Hacen falta dos brazos y mucha fuerza. La arrastro por la encimera del puesto de *picking* hasta que cae al suelo. No pasa nada, sé que no contiene vajilla, no se romperá. En el suelo la empujo con el pie sin miramientos, deslizándola sobre el cemento epoxi. Voy metro a metro, hasta que salvo la distancia que me separa del palé de Gus.

Miro la altura. No, no seré capaz de subir la caja hasta el lugar de donde quité la otra. Oigo un zumbido, un motor eléctrico. Allí está, es lo que buscaba. Hago señales, procuro sonreír más de lo que he sonreído en mi vida. Gus detiene el *forklift* a mi lado.

—Gus, ¿me echas una mano? Se ha caído esta caja y no consigo subirla de vuelta al palé. Pesa mucho y yo no puedo.

Gus observa el palé, recuerda que lo ha traído él mismo hace unos minutos. Luego se encoge de hombros y se baja de la carretilla, preparado para ayudar. Tiene una espalda enorme, muy fuerte, se toma muy en serio los ejercicios que le recomienda el fisioterapeuta para mantener a raya la hipotonía y la escoliosis. Casi los mismos ejercicios que tendría que hacer yo, y que nunca hago. Levanta la caja sin problemas y la coloca en el hueco que ocupaba la otra.

—Gracias —digo, sin saber muy bien cómo seguir manteniendo la sonrisa.

—De nada —responde él—. ¿No está Mariela?

—Oh, se ha tenido que ausentar un momentito. Tenía que hacer caca.

Noto que Gus baja la mirada y enrojece. Definitivamente, no se puede ser más hija de puta que yo.

—Oye, por cierto —añado—, me acabo de dar cuenta ahora mismo de que este palé está equivocado. El WNS dice que tendría que ir al almacén.

De la turbación, Gus pasa al terror.

—Oh, no... Me he equivocado. Se lo tengo que decir al Sebas. Y él se lo va a decir a mi padre y...

Tal como me imaginaba.

—¿Por qué? Si este palé no lo has traído tú.

—Fina, este palé lo he...

—No, no, Gus —lo interrumpo—. Los tuyos ya los hemos explosionado. Este lo ha traído Sandra... Lo está pasando mal últimamente, tiene a su madre con alzhéimer. ¿Qué tal si lo devuelves tú mismo a su ubicación correcta, para que ella no se gane la bronca de Sebas?

Gus se queda mirándome. Finalmente, acaba por creerse mi versión. Cualquiera se la creería: un palé es un palé, todos son iguales y vemos cientos al día. Gus se va tranquilizando. No la ha cagado.

—Claro, Fina —responde—. Eres muy buena al pensar en la compañera; a nadie le gusta hacer las cosas mal.

—¿Podrías hacerme otro favor? No le digas a Sebas que se me ha caído la caja de arriba. Ya sabes que es un tío muy chungo.

Gus me guiña el ojo. Es el mejor tío del Monstruo. Y tampoco lo soporto, Ari. Imagina lo que siento por el peor, por gente como el Grumo y el Sebas y tantos otros macarras de gimnasio, puticlub y dos gramos por semana.

El chico se aleja con su *forklift* dejando a su espalda el circuito de cintas. Lleva consigo el enorme palé. El palé donde va la caja. La buena, la de Ari. Se la lleva a una ubicación desconocida por todos.

Luego tomo la otra caja que ha quedado en la mesa de escaneo. Por pura curiosidad hago un orificio con la punta del cúter. Dentro hay unos cuantos peluches de Pocoyó, ligeros y esponjosos . Sonrío. Arrojo la caja a la cinta transportadora. Me quedo mirando cómo se aleja hasta que dobla el recodo, ayudada por un brazo clasificador robótico. Entonces lo pienso bien y la sonrisa se me borra de los labios. Quienes esperan recibir quince kilos de cocaína no van a conformarse con varios muñecos de Pocoyó en su lugar. No sé cómo reaccionarán.

—Bueno, qué me he perdido mientras fumaba, parcerita. —La voz de Mariela me hace dar un respingo—. ¿Alguna cosa interesante?

—Nada que vaya a cambiarte la vida.

A Mariela, no. Pero a mi hermano Sergio, sí.

43

A Jos le gusta llamarlo la Cacharrería. Yo lo llamo el Monstruito. Es una finca cerrada por una valla alta que alberga dos gallineros, un establo, otro establo pero en ruinas, una caseta de aperos, dos chamizos (poco más que un techo sobre cuatro estacas), una buena piscina y la vivienda del propio Jos, que, francamente, está muy bien. El Monstruito se ubica a unos cinco kilómetros al norte del Monstruo, entre tierras de cultivo. Junto al cauce del río Badiel. Es Alcarria, técnicamente, pero no es lo que la gente tiene en la cabeza cuando piensa en la Alcarria.

Es sábado por la mañana. He llegado hasta aquí en mi scooter cruzando los sembrados por carreteras mal asfaltadas y algún camino de tierra. Hablamos de casi una hora de trayecto desde mi pueblo. En verano se vuelve imposible circular por aquí sin respirar polvo y tragar mosquitos. En invierno las nieblas mantienen el firme mínimamente húmedo y compacto, pero debo ir evitando charcos, para no quedarme atascada en el barro. Me acerco a la puerta de la valla verde. Siempre está cerrada. Toco un timbre provisto de cámara. Un piloto verde se ilumina: Jos me está contemplando a través en una pantalla instalada en su salón. Le encanta esa pantalla, la mira más que la tele. Se oye un clac y la puerta de la valla se abre automáticamente.

Los materiales se almacenan por categorías. En los chamizos hay cubos de pintura, láminas de aluminio, metros y metros de cable de fibra óptica, otros tantos de cobre, sacos de cemento, rodapiés, planchas de suelo vinílico. Jos sostiene una red de conocidos que cosechan todas esas cosas. Van a Madrid, a los barrios periféricos, donde haya obras en marcha, y regresan con la furgoneta llena. Robos de bajo riesgo. Él recoge los materiales y los paga. La única condición es que parezcan nuevos.

Jos guarda las joyas de la corona en la caseta de aperos, que está sospechosamente custodiada por una puerta de seguridad. Aquello es como las antiguas tiendas de decomisos, un bazar de dispositivos electrónicos. Móviles, ordenadores portátiles, periféricos, altavoces bluetooth, smartwatches, videoconsolas y juegos… Todos esos artículos son robados, pero ninguno es de segunda mano. Todos provienen de empleados de todos los centros logísticos que salpican los márgenes de la A2 desde Torija hasta Madrid. También de muchos camioneros que, al pasar por un punto kilométrico en concreto, se dejan sustraer una cantidad mínima de su mercancía. Jos los almacena en su tinglado, por eso yo lo llamo el Monstruito. Los conserva con paciencia hasta que encuentra comprador. Pero no los despacha por Wallapop ni en mercadillos ni en institutos. Los coloca en grandes almacenes, en tiendas de El Corte Inglés o Media Markt, donde tiene amigos. Allí, uno de sus contactos duplica la etiqueta y vende el producto como si fuera de la propia tienda. Luego toma el dinero en efectivo de la caja. No me preguntes cómo, pero de alguna forma se apañan para burlar los controles de seguridad y los inventarios digitales. Cada eslabón de la cadena del negocio de Jos tiene su misión y sus trucos intransferibles.

Así que Jos nunca estudió una carrera universitaria, como deseaba su padre. Pero gracias al apoyo y al perdón de mi hermano, que nunca le tuvo en cuenta ni lo del AutoMapi ni otras cagadas, ha conseguido hacer funcionar un negocio más complejo que una planta química. Si alguna vez Jos le ha salvado la vida a Sergio, si ha puesto el culo para detener una bala dirigida contra él, es algo que nadie me ha contado. Pero el lápiz menos afilado del estuche ha acabado por dibujar decentemente.

Me meto con el scooter hasta el centro de la parcela del Monstruito. Una enorme cabeza babeante me está observando desde mitad de camino. Es el pitbull de Jos. Responde al nombre de Satán, pero yo nunca lo llamo así, me parece un nombre hortera y engañoso. Lo llamo Santa. Y si Jos está delante lo digo más fuerte, para que se joda. Es cierto que Santa está adiestrado para arrancarle la cara a todo aquel que cruce la valla del Monstruito. Es posible incluso que lo haya hecho alguna vez. Pero ya no está en disposición de atacar. Hace ya tiempo, por circunstancias que aún nadie ha podido explicar, Santa perdió la movilidad de los cuartos traseros y de la cola. Supongo que se quebró la columna por alguna de las vértebras inferiores y se quedó parapléjico. No creo que fuera por maltrato de Jos, ni siquiera por un cuidado negligente, porque lo adora. Quizá un atropello o la coz de un caballo. O a lo mejor es una enfermedad degenerativa, no lo sé, no soy veterinaria. Le han fijado a la grupa un arnés que a su vez va sujeto a dos ruedas. Una silla ortopédica para perros paralíticos.

En cuanto Santa me ve, en lugar de menear el rabo, defeca y se orina. No controla esfínteres, y cualquier emoción la traduce en eso. Me acerco a él y le rasco el cuello porque él ya no puede rascarse en ese punto al que justo llegaba con su pata trasera. Él responde con una actitud sumisa y amable. No me hará nada. Cuando podía matarme, yo lo odiaba. Ahora, lo adoro.

La puerta de la vivienda se abre y aparece otro perro. Llega como un misil, le da un empellón a Santa, se me sube encima, se frota con mi pierna izquierda. A pesar del patrón equino consigo propinarle una soberana patada. Da un ladrido, Santa se interpone para protegerme. Puto Santa.

—¡Goliath, no! —grita Jos.

203

Veo su figura alta y delgada salir de la casa con la correa en la mano. Va vestido con el mismo pantalón de trekking y el mismo forro polar de todos los días, y la melena negra recogida, como siempre, en una coleta sucia. Un tipo pasado de moda, como si fuera percusionista en la banda de Manu Chao.

—Joder, qué asco de perro —sigue diciendo—. Mantis, tú nunca mientes, ¿no es así?

—Eso dicen. —Y es verdad que lo dicen.

—¿Qué opinas de Goliath?

¿Que qué opino de Goliath? Jos lo compró cuando aceptó que Santa ya no servía para guardar el Monstruito. Acudió a un criador clandestino de perros de pelea que le ofreció el cachorro con más huevos de la camada, según él. Un pitbull de pura raza. Jos lo conoció mamando de las tetas de una madre que tenía mandíbulas de tiburón blanco. El cachorro era fuerte, nervioso, reactivo. Tuvo la deferencia de morder a Jos en la mano cuando quiso acariciarle, desatando su amor a primera vista. Se lo llevó sin dudar. Pagó tres mil euros por él, por ser hijo de un perro campeón que había reportado increíbles ingresos en apuestas y había descuartizado a varios rivales. Jos se quiso tomar muy en serio su adiestramiento.

—Opino que no es un pitbull —respondo—. Te han timado, Jos. Yo no tengo ni puta idea de perros. Pero diría que el padre era un labrador. Y uno no demasiado listo.

Jos se rasca la cabeza con unas uñas bastante largas. Suspira. Parece estar reprimiendo una blasfemia. Miro a Goliath. Es delgado y dinámico, con el pelaje tupido y la cara estúpidamente simpática. Recuerda vagamente a un perro de presa tanto como recuerda vagamente a un perro lazarillo.

—Eso sí —prosigo—, es juguetón, aunque está más salido que el pitorro de un botijo. Si lo capas, se lo podrías regalar a una familia con niños, le hará más servicio que a ti.

—Bueno, no echemos sal en la herida. ¿Qué traes?

Cojo una cajita de cartón de la cesta del scooter.

—Auriculares Sennheiser. De los caros.

—De puta madre —dice él, echándose la mano al bolsillo lateral del pantalón, cuya cremallera esconde el fajo de billetes con el que va pagando toda la mercancía—. Te doy lo de siempre.

Luego se queda parado y, bajando la voz, dice:

—Bueno. Supongo que no has venido aquí solo por eso.

Claro que lo supone. Venir en el scooter hasta aquí me cuesta un esfuerzo, aunque nunca me quejo. Por eso, suelo esconder la cajas que robo debajo de mi cama. Normalmente, él se pasa por el pueblo para ver a su madre, y hacemos el intercambio en su coche.

—Escucha —explica—, respecto a lo del otro día, en el Piris. He pensado en ello. Supongo que Sergio no quería que te enterases. Pero creo que lo correcto es que lo supieras. Así que lo siento... Pero no lo siento. Es un poco complicado, no sé si me explico. ¿Me explico?

—Te explicas de puta madre Jos. —Hay que decírselo porque el chico hace lo que puede—. Pero a mí lo que me importa es cómo sacar a mi hermano del apuro.

Jos suspira y da un latigazo al aire con la correa del perro. Suena el chasquido.

—Me cago en la puta —dice—. Lo pienso todas las noches, Fina. No paro de darle vueltas. No quiero que te agobies, pero yo estoy que no puedo más. Nadie me presta la pasta porque todo el mundo cree que Sergio está acabado y que yo sin Sergio no valgo una mierda, que tarde o temprano perderé el negocio. Y tienen toda la puta razón.

Santa percibe el estrés de su dueño, se acerca y le aproxima el morro al muslo. Cuando un pitbull te pide que te relajes es que estás muy jodido.

—Incluso el otro día hablé con un tipo a la desesperada, y le dije: Mira, te vendo mi Chatarrería, todo el negocio para ti. Me ofreció cincuenta mil. Con otros cincuenta mil que tengo en *cash* cubro la tercera parte de la deuda de Sergio. Pero ¿adónde vamos con eso? ¿De qué va a servir? Sé que tú no tienes nada, y si ando pidiéndote pasta tu hermano me mata.

Desvío la mirada. La visión de una persona al borde del llanto me abochorna. Santa se aleja de Jos y se viene conmigo. Ese perro me adora tanto como yo lo adoro a él, si algún día Jos pierde su Monstruito, lo adoptaré. Por su parte, Goliath está olfateando los excrementos que se le han escapado a Santa y juro que me parece que acaba de comerse uno.

—En realidad he venido para comentarte un tema, Jos.

44

Domingo por la mañana. Hay cosas que me ofenden. No me importa que me tomen por idiota, siempre que me beneficie y que la cosa no sobrepase ciertos límites de decoro. Pero ver, desde la ventana de mi habitación, el coche del Grumo aparcado a veinte metros de mi casa resulta, sin duda, ofensivo.

Me aprendí su matrícula tan pronto como fue destinado al Monstruo como supervisor de seguridad. Desde entonces ha cambiado de coche dos veces. Es de esa clase de tíos que necesita apretarse los huevos en un deportivo recién estrenado. Ahora tiene un Audi S.

—¡Mamá, voy a por pan! —grito.

Ella responde desde la bañera:

—¿Dónde vas a encontrar pan en domingo?

Me cierro la cremallera del anorak hasta la barbilla. El Audi S del Grumo está a mi derecha, en un sitio al que nadie vendría si no fuera para visitar nuestra casa. ¿Y quién querría visitar nuestra casa?

Como busca a una tonta, me hago la tonta. Ignoro el coche como si no me llamara la atención. Saco el teléfono móvil y conecto la cámara de fotos en modo selfi. La alzo por encima de mi hombro y empiezo a decir gilipolleces. Desde su posición, el Grumo pensará que estoy atendiendo una videollamada. En realidad, grabo el Audi que permanece en una esquinita de la pantalla todo el rato. Echo a caminar hacia el centro del pueblo. El coche no me sigue; de momento puede mantener el contacto visual.

—Vamos a ver cuántas ganas tienes de tocarme las narices.

Cuando llego al edificio al final de la calle, giro a la izquierda y quedo cubierta tras una tapia. El Grumo ya no puede verme. Me detengo y me pego al extremo del muro. Echo una mirada discreta. El Audi ha arrancado. Ahora se dirige hacia mí. No hay duda: el objetivo soy yo. Piensa, Fina. Piensa, Mantis. Es difícil pensar cuando noto cómo se me empiezan a contraer las piernas y la espina dorsal.

Cuando el Audi gira la esquina me encuentra tirada en el suelo. Inmediatamente, el Grumo pisa el freno. No esperaba toparse con esta escena. Estoy bocabajo y no veo el coche, pero lo oigo. Un acelerón. Luego vuelve a detenerse. Está pensando qué hacer. ¿Es más importante socorrerme o cumplir con el deber encomendado? Finalmente, acelera, se aleja, me deja tirada. Se pierde tras el edificio del silo y no regresa. Le otorgo unos instantes para que su conciencia decida si realmente ha hecho bien abandonándome allí. Cuando me convenzo de que nadie vendrá a ayudarme, me levanto. Detengo la grabación del vídeo en el móvil. No se ha dado cuenta de que lo he apoyado estratégicamente en la pared. Corro a casa.

Cuando entro y subo la escalera, mi madre está en la salita envuelta en una toalla y con otra toalla rodeándole la cabeza como un turbante. No me paro a preguntar qué está haciendo.

—¿Has encontrado pan?

—¿Qué?

—Me dijiste que…

Me encierro en mi dormitorio antes de que termine la frase. Abro la galería del teléfono, busco el vídeo. El plano es muy extraño, tomado con la cámara de selfis desde el suelo. Pero veo cosas que no he podido apreciar en la escena. En ese momento, con la cara vuelta hacia el suelo, solo oía el ruido del motor y los acelerones. Sin embargo, el vídeo muestra que, en el instante en que el coche se ha detenido, las puertas se han abierto por un instante. No he podido oírlas porque las puertas de un Audi son las puertas de un Audi.

De modo que el Grumo sí ha estado a punto de socorrerme. En la pantalla del móvil, se apea del coche y recorre medio metro hacia mí. Solo se detiene cuando también se abre la puerta del copiloto y otra persona da dos golpes en el techo para llamar su atención e indicarle que regrese. El Grumo obedece. No puedo creer lo que veo. La persona que ocupa el asiento del copiloto es Miguel Riva. El móvil no le encuadra con claridad, pero identifico a la primera ese pelo abundante, peinado con raya, y ese cuello de toro embutido en una camisa cara. El COO de Aldea Logistics ha estado en mi pueblo. En mi calle. En mi casa, espiándome.

45

¿En qué lío me has metido, puto Ari? Alguien ha tenido que verme cambiando las etiquetas de la caja, tu caja, puto Ari. Pero eso es imposible. Después de los miembros del equipo de seguridad, yo soy la persona que mejor conoce las cámaras del Monstruo. Me atrevería a decir que conozco su ubicación mejor que ellos: los ángulos cubiertos, las zonas de sombra. Llevo observándolas años. Ahora mismo las cámaras se concentran en prevenir los posibles sabotajes de los empleados dirigidos por el comité. Y todo el mundo sabe que ni Mariela ni yo estamos entre ellos; nuestro puesto de trabajo se encuentra a salvo: yo soy de la cuota del dos por ciento y Mariela no da problemas. Nadie nos presta ni la más mínima atención, le damos igual a todo el mundo.

Hago unas estimaciones. ¿Cuánto tiempo se mantendrá la caja de Ari en el almacén de larga estancia, antes de que la envíen a la sección de juguetes donde esperan los Pocoyós? Eso depende de la rotación del producto. Los juguetes no suelen tener una rotación muy elevada, suelen almacenarse entre una semana y un mes, como *buffer* para hacer frente a picos de demanda. Pero estamos casi en diciembre, joder. Los más previsores empiezan a hacer sus compras de Navidad, no es cierto que todo el mundo lo deje para última hora. En cualquier momento, la sección de juguetes de una tienda WuChain pedirá un lote de muñecos de Pocoyó y recibirá una caja con quince kilos de farlopa.

Tal y como están las cosas, hay dos opciones. La primera es olvidarlo todo, dejar que la droga de Ari vaya a donde tenga que ir, cerrar el pico, cerrar los ojos, cerrar los oídos, rezar para que nadie me relacione con el curioso cruce de ubicaciones, y aquí paz y después gloria. La segunda opción es salir perdiendo el culo a rescatar ese cargamento millonario de esa ubicación que solo yo conozco. Perder el culo significa ir en las próximas cuarenta y ocho horas. Ir mañana. Ir esta misma noche. Pero no hacerlo significa muy probablemente la muerte de mi hermano.

¿Esta misma noche? Agarro el móvil para hablar con Jos. Cuando ya tengo su contacto en pantalla me detengo. Se me viene a la cabeza un pensamiento que odio, pero que no puedo ignorar: ayer le conté a Jos mi plan; hoy aparecen el Grumo y Miguel Riva en mi pueblo. Demasiada casualidad. De un tiempo a esta parte Jos no ha hecho otra cosa que decirme lo mucho que siente no poder ayudar a Sergio. Pero no ha hecho nada. Quizá solo sean paranoias mías, pero, por si acaso, dejo el móvil tranquilo. No tengo tiempo para investigar la lealtad de Jos, pero tampoco puedo actuar con tanta imprudencia.

Valoro opciones. Entonces se me ocurre algo. Vuelvo a abrir el móvil y busco el email en el que el comité de empresa anuncia la convocatoria de la huelga. A las cero horas comienzan los paros para afectar, antes que nada, al turno de noche. El comité montará un piquete en la zona de acceso para que los camiones no puedan entrar a descargar. Si tienen éxito en la convocatoria, el almacén quedará totalmente vacío. Una oportunidad desesperada, pero oportunidad al fin y al cabo.

Mi madre entra en mi habitación sin llamar. Se ha puesto un chándal rosa, lo que quiere decir que va a salir. Me muestra un papel que lleva cogido con el índice y el pulgar.

—¿Esto es para tirar?

Es el dibujo que Ari me hizo el día que nos conocimos, ese en el que parezco un personaje del manga.

—Si no estaba en la basura, no es para tirar.

—Estaba en el bolsillo de tu chaqueta del trabajo, la iba a echar a lavar.

—Pues ahí tienes la respuesta: no es para tirar. Y tampoco la chaqueta estaba para lavar.

—Eso lo dirás tú, que no la hueles.

Le arrebato el dibujo de las manos. Lo clavo con una chincheta en el corcho que tengo sobre el escritorio. Sería muy fácil explicarle a mi madre el valor que tiene el dibujo. Y al mismo tiempo sería imposible. Sin querer, mi madre y su chándal rosa me han resuelto las dudas. Cojo las llaves de casa y salgo de mi habitación, pasando por delante de ella.

—Pero ¿dónde demonio vas ahora, Fina?

—A la cochera.

—¿Y qué vas a buscar a la cochera?

—Una barra de pan.

46

La idea era que Jos me acercara con su coche, que nadie conoce, en plena madrugada, pero acabo de descartarlo. Eso me deja sola, y me aboca a desplazarme en mi scooter o a caminar. El problema de la scooter es que se identifica desde cientos de metros de distancia, y la que lleva la scooter soy yo y nadie más que yo. No sé cómo acercarme al Monstruo sin que me reconozcan allí subida. No hay más carretera asfaltada que la que conduce a la entrada principal y se introduce en los laberintos para camiones. Y esa carretera estará hasta arriba de gente.

Así que no me queda más remedio que caminar. Pero ¿cuánto? Los metros que voy a tener que hacer en el interior del Monstruo ya me parecen demasiado. Y todavía no me he enfrentado a la idea de cargar con los tres sacos. Quince kilos en total.

He cogido en la cochera la vieja mochila de los campamentos. Tiene capacidad de sobra, setenta litros. La recuerdo de aquel disparatado intento de mi madre de conseguirme amigos apuntándome a los boy scouts. Una coja haciendo marchas con la mochila repleta la espalda. La entusiasta condescendencia de los monitores, siempre proyectando su impostado apoyo, se me hizo bola desde el primer día. Pero no me apetecía claudicar porque sabía que en el fondo era lo que quería mi madre: que claudicase. Si ella se convencía de haber hecho todo lo posible por mí, luego podía ir a jugar a las cartas con sus amigas, con la conciencia tranquila, cargando sobre mí, además de la puta mochila, toda la puta responsabilidad de ser una borde. Aguanté un trimestre y luego conseguí que la fisioterapeuta aconsejara a mi madre que no me apuntara a esos grupos. Pero la mochila permanecía en la cochera, tras los aperos de labranza de mi tío Iván.

Encuentro dentro de la mochila los prismáticos caros que Sergio me regaló en un cumpleaños, cuando no nos preocupábamos por el dinero. Me dijo que eran para vigilar que Betelgeuse siguiera en su sitio cada noche. Apenas los he usado, tengo muy buena vista. Pero ahora el instinto me hace llevarlos conmigo.

Echo un ojo a Google Maps. Busco la ubicación del Monstruo y amplío. Pongo la capa de fotos satelitales. Veo un viejo camino asfaltado. Es verdad. Es el pavimento de una zona que se urbanizó para levantar otra nave hace muchos años, pero luego la empresa quebró por un desfalco y todo quedó a medio hacer, con los terrenos paralizados en un pleito eterno. Puedo llegar hasta allí desde el extremo norte del pueblo, pisando solo unos cincuenta metros de cañada. Luego empieza el asfalto. Hay un túnel para animales salvajes que cruza la A2. Después, una avenida llena de agujeros para las tomas de suministros que nunca se terminaron. Si dejo allí la scooter, tan solo tendré que cruzar a pie cien metros de páramo para llegar hasta la puerta del cementerio de palés. El resto será pan comido. Eso quiero pensar.

Me visto con la ropa de trabajo. Si me descubren dentro, siempre será mejor parecer una esquirol que se ha colado a trabajar que una ladrona que está robando la mercancía a la trama que Miguel Riva tiene montada allí dentro. Además, la ropa del curro es la más abrigada. Y ahora el páramo debe rozar los cero grados.

Cuando voy a salir de casa, mi madre se interpone en la puerta. Joder, pensaba que ya estaba durmiendo.

—¿Dónde vas a estas horas? ¿Y vestida de trabajo?

Se ha puesto un salto de cama con la intención de seducir no sé a quién, quizá a su propia almohada. Debe llevar un buen rato mirando vídeos estúpidos en su móvil, de esos que le envían sus amigas y que consisten en unas patéticas fotos de las fiestas de los pueblos de la zona con una música cursi.

—Me han llamado. Un compañero está enfermo, me han pedido que haga el turno de noche.

—Creía que vosotros no hacíais el turno de noche.

—¿Nosotros? ¿Qué nosotros?

—Pues ya sabes, los de la diversidad funcional.

—Puedes llamarlo discapacidad, mamá.

—Ya estás con eso, yo solo quiero que no te ofendas.

—Ya me imagino. Los de la diversidad funcional solemos ofendernos con facilidad. No estoy obligada a hacer turnos de noche, pero nada me impide aceptar uno si quiero hacer horas extras. Necesito dinero.

—¿Dinero? ¿Para qué?

—Quiero vacaciones. Irme de viaje… A Canarias.

—¿De veras? ¡Claro! ¡Ve, ve! Si yo puedo ayudarte…

—Adiós, mamá.

Doy gracias por que mi madre no recuerde lo de la huelga. Ahora cree que tengo planes, planes de persona normal. Podría caer una bomba nuclear sobre el Monstruo, que ella solo pensaría en que me he perdido mi viaje a Canarias.

Saco la scooter de la cochera. Al cerrar la puerta tras de mí, se me viene por primera vez a la cabeza la idea. ¿Y si no vuelvo a casa? ¿Y si tengo que salir corriendo? ¿Y si huyo, desde ya, hacia una vida mejor o peor? Quizá lo de Canarias no sea mentira, al fin y al cabo.

47

Dios, hace frío. Esta vez no es una exageración mía. Ari se burlaba de que temblase hasta en pleno agosto. No estoy acostumbrada a salir a las doce de la noche de casa. Apago la luz de la scooter. Tomo la dirección opuesta al centro del pueblo. Espero que no haya nadie paseando al perro por algún descampado.

Al alejarme de las luces artificiales, emerge el cielo nocturno. Las estrellas siempre aparecen de improviso, no importa lo acostumbrada que estés a ellas. No hay luna, no hay una nube. La Vía Láctea cruza mi cabeza de norte a sur, como el rastro de la confusión de la humanidad. Localizo los planetas al primer vistazo. Estables, brillantes, cada uno con su personalidad inconfundible. Me pongo un poco nerviosa, detengo la scooter, giro el cuello, hasta que por fin lo encuentro. Allí está Orión, el Cazador y, allí, en su hombro, Betelgeuse, roja y amenazadora. No, no ha estallado todavía.

Cruzo el camino de tierra apisonada. Hace mucho que no se ha acondicionado. Pero también hace mucho que no llueve. Los cauces del agua estancada están secos y soportan el paso de las pequeñas ruedas de la scooter. El aire es limpio. No huele a nada. En verano es normal percibir el olor del polvo, a veces el del moho, la humedad de la noche despierta la fragancia del tomillo y el romero, hay plantaciones de lavanda próximas al pueblo. Pero en invierno, el frío paraliza los detectores moleculares de la nariz. No huele a nada, solo huele a frío, a limpieza. A dolor. El lugar más limpio es aquel donde no hay nada vivo.

Por fin piso asfalto. Me adentro en la zona urbanizada y posteriormente abandonada. Los neumáticos crepitan bajo la gravilla suelta. Aquí ya no hay un leve resplandor. Me muevo en la completa oscuridad, pero no debo encender las luces. Temo caer en una zanja o meter la rueda en un hoyo. Las estrellas desaparecen cuando atravieso el túnel, bajo la A2. Esto entra dentro de lo esperado; lo curioso es que, cuando salgo del túnel, no vuelven a aparecer, o no con el mismo brillo. Ahora, el camino asfaltado cobra cierta pendiente hacia arriba, hasta colocarme unos metros de altitud por encima del Monstruo, que ya se divisa al otro lado del páramo.

Y entonces veo el espectáculo.

Joder, Evaristo, qué haces.

Quería una huelga violenta, como esas que él mismo vivió en su juventud. Y la está consiguiendo. Lo que ciega las estrellas es una fina capa de humo negro que proviene de una montaña de neumáticos ardiendo. Hay mucho material para quemar dentro del Monstruo, de momento se conforman con ruedas viejas. Pero además han cruzado en la carretera las barreras de hormigón de tipo New Jersey que habitualmente canalizan el tráfico de camiones para que los conductores no intenten colarse.

Están cortando el tráfico.

El paso resulta infranqueable y la fila de camiones atrapados aumenta sin que nada la detenga. Ya ocupa casi toda la recta que precede al acceso al CLT; siguen llegando vehículos y muy pronto quedarán atascados en la rotonda y, posteriormente, en el carril de salida de la A2. No sé cuánto podrá prolongarse esa cola en la autopista. Depende del tiempo que tengan el acceso cortado, o de la información que reciban los camioneros con destino WuChain, que empezarán a abortar sus viajes. También depende de la policía, supongo.

217

Saco los prismáticos de la mochila y me los llevo a los ojos. Veo que ya ha llegado un todoterreno de la Guardia Civil, que es la que tiene jurisdicción en este páramo. Los agentes se han apeado del coche y se han unido a un grupo que discute ante la barricada. Entre ellos está, por supuesto, Evaristo.

No me lo puedo creer, me digo, entre dientes; lleva puesto el viejo casco de antidisturbios del que se apropió en la huelga de 1992.

También están allí Guillermo y Naia y otros miembros del comité. Unos camioneros que no se han enterado de la vaina están pidiendo explicaciones de por qué no pueden descargar; estarán diciendo que ellos solo quieren hacer su trabajo y marcharse para poder llevar el cocido a casa. Me imagino la respuesta de Evaristo: Esta lucha también es vuestra lucha, hoy por nosotros, mañana por vosotros, solidaridad. A lo que el camionero, que igual es búlgaro o polaco, responderá con: Vale, si yo me solidarizo, pero qué más te da dejarme descargar. No funciona así. La gente ya no entiende que no funciona así, me ha dicho el Guillermo muchas veces.

No es que lo vayan a entender con un par de consignas, pero, por si acaso, han escrito una con pintura de espray roja sobre las barreras de hormigón: ALDEA LOGISTICS-WuCHAIN EN LUCHA: NO AL ERE. Para complicar el bloqueo han amontonado palés hechos astillas tras el cemento. Parece una barricada sacada de antiguos asedios, faltan bocas de cañón que asomen entre los maderos. Tras ella se apelotonan los compañeros.

Me preguntaba si la convocatoria de la huelga iba a ser un éxito. Joder si lo ha sido. La primera línea del piquete consta de al menos cien personas. Pero hay muchas más, diseminadas por la retaguardia. No sé qué hacen, organizarse, supongo. Casi todos los que están en vanguardia llevan la cara cubierta con bragas de cuello y pasamontañas. Algunos portan estacas. Otros, carteles. La mayoría repiten la misma soflama: ALDEA LOGISTICS-WuCHAIN EN LUCHA. Otros son más originales: ARDE LA ALCA-

RRIA. SI NO HAY EMPLEOS NO HAY NAVIDAD. O, mi favorita: FLU-JO TENSO, EL DE MIS COJONES.

Ahora los guardias civiles se ponen a hablar con Evaristo. No son más que unos patrulleros, no pintan nada. También me imagino las explicaciones del presidente del comité: Estamos aquí ejerciendo nuestro derecho a huelga; no estamos impidiendo la entrada de los camiones, simplemente informamos a los trabajadores de sus derechos; no queremos problemas pero tampoco vamos a permitir abusos. Luego, los guardias civiles regresan al coche. Supongo que ahora darán aviso y pedirán unos refuerzos que ya estarán alertados por si la cosa se complica. Seguro que tenían la esperanza de que la huelga de WuChain fuera a quedar en agua de borrajas, a nadie le apetece pasarse la noche a la intemperie en la Alcarria, en diciembre.

El olor del neumático quemado se va haciendo cada vez más intenso en el aire. Me pica la nariz y me lloran los ojos, y eso que estoy a un kilómetro de distancia. Esto tiene que llevar meses preparándose. Y nadie me ha hecho partícipe. Soy de la cuota del dos por ciento, no necesito saber ciertas cosas, es eso, ¿verdad Evaristo, puto comunista cantamañanas?

Pienso en lo positivo: la huelga ha creado las condiciones perfectas para que el Monstruo esté totalmente vacío. Con lo que intimida ese piquete, no va a entrar ni un camión ni un esquirol. Eso me deja espacio para moverme sin ser descubierta.

Me apeo de la scooter y la dejo junto a una encina seca y solitaria. Me cuelgo la mochila vacía a la espalda. Me lanzo a cruzar el campo que me separa del Monstruo. Procuro ir despacio. Procuro ir pisando bien. Pero los nervios me pueden. Mañana me dolerá la pierna.

Soy una mota de polvo cósmico que cruza un páramo en la noche. No hay nada entre mi cabeza y el otro extremo del universo. Oigo ruidos. Los que me llegan desde el piquete, sí. Pero también otros. Sonidos propios de la noche, de la inmensidad de la tierra, de una naturaleza anciana cuyo espacio hemos usurpado levantando engendros como mi Monstruo. Quizá sean las patas y los hocicos de los jabalíes que devoraron a Ari. Quizá sólo sea la brisa rozando los tallos de la vegetación. En la oscuridad no puedo distinguirlo. Dicen que a cielo abierto, en la noche, no se percibe la distancia de un punto de luz: puede estar a cien metros o a diez kilómetros. Yo tengo la vista puesta en la única farola del cementerio de palés. Voy a entrar allí. No puedo oponerme a lo que soy.

MONSTRUO

48

El plan de entrada no falla. ¿Por qué iba a fallar? La llave gira, el candado hace clic, la cadena se desenrosca y cae al suelo como una serpiente muerta, la cancela se abre. Ya estoy en el patio del cementerio de palés. Coloco de nuevo la cadena y el candado como los he encontrado. Avanzo bien pegada a la pared sur, como siempre, evitando el ángulo de la cámara de seguridad que cubre la valla. Nunca he estado aquí de noche cerrada. Pronto me encuentro ante la pequeña puerta que da paso al interior del centro. También se abre sin problema, como siempre se ha abierto. Ya estoy en las tripas del Monstruo.

Bravo, Evaristo, me digo. Lo has conseguido.

El Monstruo está desierto. No hay servicio mínimo alguno. No es que habitualmente te cruces con muchas personas por entre las galerías de *racks*, como si estuvieras en Ikea un domingo. Pero las señales de presencia humana son numerosas en días laborables: luces que se encienden y se apagan al paso de los compañeros; ruido de los motores de *forklifts* y elevadores; golpes y martillazos; apertura y cierre de los portones de los muelles; el continuo rozamiento de la cinta transportadora… Ahora, sin embargo, aguzo el oído y lo único que percibo es el lejano murmullo del piquete, que se encuentra a más de quinientos metros. El silencio actúa como el mayor de los ruidos, como síntoma de algo disfuncional: un reloj que no hace tictac, un corazón que no hace tum, tum.

Aunque me hiela la sangre, tengo que agradecerlo. Todo es más fácil así.

Saco mi teléfono móvil. A partir de ahora, la única utilidad que tiene es la de consultar archivos que estén descargados en la memoria. Los inhibidores que hizo instalar Miguel Riva ya le están afectando, no puedo llamar ni conectarme a internet. Estoy sola.

Abro la galería de fotos y busco la que saqué de la etiqueta que le pegué a la caja de Ari. Debería haberle hecho la foto a la pantalla del bipeador en su lugar, pero en ese momento no estaba para pensar demasiado. No pasa nada. Buscaré uno e introduciré manualmente el código de la etiqueta. Creo que hay un punto de carga para bipeadores cerca de la playa oeste. Si voy por la zona de playas y muelles hasta llegar allí, me expondré a las cámaras, siempre cerca del punto donde descargan los camiones. Tengo que seguir el mismo itinerario de siempre, entre los pasillos de *racks*. Echo a andar.

Enseguida me doy cuenta de que las luces automáticas no se encienden a mi paso. Los pasillos no están muy frecuentados, por lo que, para ahorrar electricidad, se han hecho instalar detectores de movimiento. Pero no están funcionando. Sin embargo, la planta cuenta con alimentación eléctrica, porque oigo el zumbido de varios aparatos que no puedo identificar, quizá transformadores o el motor de las cámaras de frío (sí, hay cámaras de frío, Wu-Chain también vende en sus tiendas carne wagyu al vacío, salmón ahumado, vino, conservas). Vuelvo a mirar el móvil y, efectivamente, no tiene señal 5G: si estuviera cortada toda la electricidad, los inhibidores no funcionarían. Alguien se ha preocupado de apagar el circuito de iluminación, y nada más.

Mejor para mí. Parece que Evaristo me haya tendido una alfombra roja para que haga mi tarea.

Llego a la playa oeste y encuentro la mesa llena de bipeadores, todos ellos enchufados a la red. Agarro el primero. Me quito el guante para tocar los botones. El calor me abandona los dedos de inmediato, como si un cadáver me hubiera dado un fuerte apretón de manos. Un día leí un cuento corto de un tipo que muere congelado en Alaska. No consigue encender una hoguera. Lo interesante no es la cantidad de gilipolleces que hace hasta quedarse tieso. Lo interesante es que, en su memoria, recuerda los consejos de un anciano que le había prevenido exactamente contra esa situación en que se encuentra. El tipo había desoído todas las advertencias del anciano y ahora es demasiado tarde. Muere lamentándose. Ese tipo tenía un anciano para darle consejos, pero yo no he tenido nada más que el viento de la Alcarria soplándome en la oreja. Así que, si hoy he de morir congelada, al menos no será ignorando a una persona más sabia que yo. Lo mío será inevitable, no como lo de ese capullo buscador de oro. Si tiene que pasar, que pase.

Enciendo el bipeador, se conecta al WMS. Introduzco en el teclado el código numérico de la etiqueta de la caja de Ari que leo en la foto. El WMS me devuelve unas coordenadas del almacén.

No todo iban a ser buenas noticias.

Había querido creer que, al estar próxima la Navidad, los muñecos de Pocoyó se almacenarían en una coordenada más accesible, como búfer para reponer secciones de juguetería. Pero el WMS dice que la caja de Ari se encuentra en el cuarto piso del pasillo cinco, en la posición 17. El cuarto piso. Eso no es bueno.

Necesito un *forklift*.

Hay un aparcamiento, también con su punto de carga, a pocos metros, sin abandonar la zona de la playa oeste. No perdamos tiempo. Me coloco el bipeador en el cinturón por si lo necesito más adelante. También me llevo un rollo de cinta americana porque todo el mundo sabe que el noventa por ciento de los problemas que surgen en el curro se solucionan con precinto.

Oigo un ruido.

Se trata de un murmullo. No viene de tan lejos como los sonidos del piquete. Vislumbro un resplandor a unos treinta metros, junto a los muelles. Me agacho rápidamente bajo la mesa de los bipeadores. Desde ahí abajo, por entre las patas, puedo observar sin ser observada. ¿Personal de seguridad? ¿Policía? Todo lo contrario. Llevan el uniforme de mozos de almacén de Aldea Logistics, pero el rostro cubierto con una braga de cuello. Son piquetes, buscan esquiroles. No los encontrarán. Quizá estén grabándose vídeos para difundirlos por los chats de la plantilla, una vez salgan. Si alguien estaba pensando en ir a trabajar hoy, mejor que deje de pensarlo. La convocatoria es un éxito, y si vienes te vamos a caer encima con todo el peso de nuestro derecho a huelga. Se pierden entre los *racks*. No creo que vuelva a verlos; una vez tengan sus vídeos volverán a la barricada, donde se les necesita.

Por otra parte, dentro de lo malo, surge una nueva ventaja. Me subo la braga de cuello hasta la nariz y extiendo el otro extremo hasta cubrir mi pelo. Con el rostro tapado, ya no me importa que me vean las cámaras: soy un piquete más. Eso sí, meteré la mano izquierda en el bolsillo del abrigo para que no me identifiquen por la espasticidad.

49

Los *forklifts* y las transpaletas se aparcan en la estación de carga, en el extremo de la playa oeste. El encargado está en el piquete y hay unos quince vehículos amontonados sin orden ni concierto ante mis narices, esperando a que calcule cuál será más fácil de extraer. La estación de carga está rodeada de cámaras; si no fuera porque ahora voy disfrazada de huelguista, no podría ni acercarme. Confío en que eso no sea un problema. Pero hay otra dificultad: no tengo ni puta idea de conducir una de esas carretillas. Creo que seré capaz de hacerlo: manejo una scooter eléctrica, no puede ser mucho más complicado.

Selecciono un *forklift* que puedo sacar fácilmente, sin demasiada maniobra. Tiene un joystick, dos pedales y un botón de arranque. Selecciono la marcha adelante y piso el acelerador. Golpeo un *tow tractor* que apenas me deja espacio, pero termino por liberar mi vehículo. Dejo atrás la estación de carga. Me pierdo por entre los *racks*. El motor eléctrico apenas hace ruido. Las ruedas de goma maciza solo emiten un constante ronquido al friccionar contra el suelo de cemento epoxi.

Por el camino voy haciendo pruebas. No tengo problemas en manejar el *joystick* con la mano derecha mientras mantengo la izquierda a resguardo en el bolsillo, para no mostrarla a las cámaras. Veo que los giros son muy bruscos. Las ruedas que giran son las traseras, para favorecer la maniobrabilidad. Así que no puedo acelerar mucho si no quiero reventarme contra un *rack*, como le pasó al Tranchete. Cuando tengo controlada la dirección, pruebo a hacer descender la horquilla. Bien, tampoco parece demasiado difícil. En unos instantes, he alcanzado la ubicación donde está la caja de Ari. Veo allí arriba el palé donde han reubicado las cajas de muñecos de Pocoyó y otros juguetes. Es mi palé, el que yo quiero.

Ahora tengo que recordar los puntos básicos del buen carretillero, que le he oído recitar a Gus más de mil veces. Lo primero, aproximarse al *rack* con el *forklift* muy recto, totalmente perpendicular a la estantería. Me lleva un rato maniobrar hasta que lo pongo en esa posición, perfectamente frontal. Ahora acciono la palanca que eleva la horquilla arriba y abajo, hasta que consigo dejarla en el punto exacto. Avanzo con la carretilla muy despacio. La horquilla se desliza bajo el palé, introduciendo ambos dientes por las ranuras. Tengo que meterlo a fondo, pues si la horquilla se queda a medias, el palé podría volcar hacia delante. Miro a izquierda y derecha; de momento no parece que esté llamando la atención de nadie. Elevo la carga.

Demasiado rápido.

Las cajas chocan contra la estantería superior. Eso no me lo esperaba. Afortunadamente, no la he golpeado muy fuerte. Eso sí, el ruido, como de haber arrojado una viga al suelo, resuena por todo el CLT. Bajo la horquilla la distancia suficiente para extraer el palé sin rozar el estante superior. Ahora sí.

Me estoy olvidando de algo. Oigo la voz de Gus en mi cabeza: Hay que inclinar el mástil de la horquilla hacia la cabina, de forma que el palé se estabilice contra el respaldo del *forklift*. Si no, se deslizará hacia adelante. Juego con los mandos hasta que doy con la palanca adecuada. El palé queda equilibrado como cuando llevas una pila de libros y los apoyas contra el pecho para que no se caigan. Hago descender la carga. Cojo el cúter y rajo la parte superior del film de protección. Las cajas aparecen. Rajo también la caja de Ari, ni siquiera tengo que consultar el código, la identifico gracias al precinto con que la reparé. La abro.

Allí están. Los tres sacos. Ante mis narices. Solo tengo que estirar la mano y cogerlos. Pesan, pero Dios sabe que en el brazo derecho tengo fuerza. Tras meter el primer saco, todo es más fácil: el lastre en el fondo de la mochila la mantiene más abierta. Lo logro, aunque acabo bastante cansada y nerviosa. Me duele el brazo.

Me pongo la mochila y llega el baño de realidad: caminar con esos quince kilos se me va a hacer muy cuesta arriba. Decido irme con el mismo *forklift* y dejarlo en la playa más próxima a la puerta del patio del cementerio de palés. Total, estamos en huelga: una carretilla fuera de lugar es lo mínimo que ocurrirá esta noche. Me llevo el palé conmigo, no quiero perder más tiempo en devolverlo al *rack*. Tomo dirección este por el pasillo cinco y giro al sur en el cruce C. Una luz se enciende y me impacta de lleno en los ojos.

No veo qué la emite. Estoy cegada. No puedo protegerme de la luz con la mano, porque no quiero retirar la derecha del joystick ni sacar la izquierda del bolsillo, para no retratarme. Solo pasados unos instantes me acostumbro al resplandor. Distingo la silueta de otro *forklift* que está bloqueando el cruce C.

—¿Quién eres? —dice una voz.

—Nadie —respondo, intentando distorsionar mi tono para que suene más grave.

—¿Qué haces aquí?

—Estoy trabajando.

—El centro está en huelga —me dicen, y detecto otra voz distinta, también masculina, aunque un poco más aguda y con acento latinoamericano.

—Ya lo sé… Lo siento, no llego a fin de mes. Mi marido es autónomo y ha sufrido un accidente. No puedo renunciar al sueldo completo.

Lamento no tener la posibilidad de mostrar mi mano espástica. Suele aumentar la eficacia de las mentiras.

—No están entrando camiones —dice el primero.

—Ya, pero estoy siguiendo lo que dice el WMS. Llevo la carga a su puerto, llegue el camión o no. Así la empresa no podrá quitarme el día trabajado. Y si la carga se queda en la playa, a mí me trae sin cuidado. En el fondo estoy sumando caos a la huelga, no os viene mal que siga haciéndolo. Yo solo necesito mi nómina.

Les oigo murmurar entre ellos. ¿Son dos? Sí, no parece que haya más. No creo que puedan reconocerme.

—¿Eres carretillera? —pregunta uno.

—Sí, claro. Si no, no podría llevar el *forklift*, ¿no?

—¿Dónde lo llevas?

—Al muelle veinte. ¿Podéis dejar de enfocarme con la luz en los ojos, por favor?

No lo hacen. Otra vez murmuran entre ellos. Se remueven en la cabina, donde apenas caben. No veo más que sus movimientos nerviosos. Me preparo para algo malo. Pero ¿cómo voy a prepararme? Ni siquiera puedo calcular correctamente la distancia a la que se encuentran.

—El muelle veinte no está al sur, mami. ¿Qué llevas ahí?

—Un palé, ¿qué coño quieres que lleve?

—¿Qué hay en el palé?

—Yo qué sé. Los carretilleros no sabemos qué hay en los pales.

—Pero los carretilleros sí sabemos dónde está el muelle veinte, mami.

—¿Tú no te equivocas, tío? ¿Quieres que Riva te haga empleado del mes a perpetuidad? ¿Quién coño te crees que eres? ¿El supercarretillero?

—Baja ese palé, quiero mirar las cajas.

—De acuerdo, de acuerdo —digo.

Llevo la mano a una palanca.

—Ese no es el mando del elevador —dice supercarretillero—. ¿Quién eres?

Acciono la palanca. Claro que no es el mando del elevador. En mis escasos minutos de experiencia como carretillera ya lo he aprendido. Es la palanca del mástil. La que he usado antes para inclinarlo y estabilizar la carga.

Y ahora la estoy empujando hacia delante.

El palé con las cajas de Pocoyó se desliza por la horquilla del *forklift*. No cae sobre ellos, pero se desploma justo delante, lo suficientemente cerca para que se bajen del vehículo por miedo a ser aplastados. Doy la vuelta en el limitado espacio que me deja el pasillo con el cruce. Tomo dirección oeste y acelero.

No me engaño. Sean quienes sean esos tipos, no hay duda de que al menos uno de ellos es carretillero. Ahora mismo ya están maniobrando para salvar el obstáculo que les he arrojado. Oigo el zumbido del motor eléctrico tras de mí. El haz luminoso de su linterna comienza a moverse, buscándome. Giro en dirección sur en el cruce B. Encuentro un puesto de mantenimiento y freno. Veo una caja de herramientas sobre una encimera. Servirá. Oriento el *forklift* mirando al norte. Dejo la caja de herramientas sobre el pedal del acelerador. La carretilla sale disparada por el cruce B. He medido bien. El *forklift* sigue adelante sin chocar con nada. Mis perseguidores lo han visto y van tras él. El señuelo ha funcionado.

La carretilla vacía recorre bastantes metros y finalmente se estampa contra un *rack*. El estruendo se expande por el vacío del almacén. Para entonces, ya me he alejado lo suficiente. Voy camino del cementerio de palés. La mochila debería pesarme, pero estoy tan nerviosa que podría cargar con un jabalí sobre los hombros. Ya estoy junto a los vestuarios del edificio antiguo, donde me reunía contigo, Ari, antes de ir a por nuestra mercancía. No me quedan más que unos cincuenta metros para llegar a la puerta del patio.

—Josefina, quédate quieta —oigo a mi espalda.

Me vuelvo. La persona que lo ha dicho no lleva la cara cubierta. No lo necesita. Es el Grumo.

Y va armado.

50

—Yo no me llamo Josefina —digo, y me doy cuenta de lo ridícula que suena esa mentira.

—Reconozco tu forma de andar —responde el Grumo—. La reconocería aquí y en Japón.

—¿Estás poniendo etiquetas a la coja?

—Las etiquetas me ayudan a hacer mi trabajo.

—Las etiquetas son feas.

—Eso lo dices tú. Para mí una coja no tiene nada de feo. ¿Qué coño estás haciendo aquí?

No sé si es buena señal que el Grumo me hable de ese modo. Nunca le había oído decir tantas palabras seguidas. Lo que sí es buena señal es que no me apunte con la pistola. Se limita a sostenerla con el cañón hacia el suelo. Parece tranquilo, aunque tiene la misma cara de culo de siempre. Me atrevo a descolocarlo un poco: no sería la primera vez que la impertinencia me salva.

—No, dime tú qué haces aquí —le espeto, y me doy cuenta de que no conozco su verdadero nombre.

—Yo he preguntado primero.

—Sí, pero es la segunda vez que me lo preguntan esta noche y no creo que tú andes buscando esquiroles.

El Grumo niega.

—No puede haber esquiroles. El comité va con todo. Nadie tendría huevos de pasar las barricadas. Y la empresa está respondiendo al órdago. Valdivieso ha movido a sus contactos en la Comunidad. Se espera un ejército de guardias civiles para garantizar el tráfico en la A2. Intentarán romper las barricadas para cumplir los servicios mínimos, pero los piquetes no van a permitirlo. Evaristo no tiene miedo. Esto es una pelea a cara de perro.

—Pero eso no responde a mi pregunta. ¿Me estabas buscando a mí?

—No. No creía que fuera a encontrarte.

—Claro. Esta misma mañana me has visto perder el sentido y me has dejado tirada en la calle. Gracias por tu ayuda.

El arqueo de las cejas del Grumo me demuestra que le he pillado por sorpresa. Me callo que también he visto a Riva acompañándolo.

—Si no quieres decirme qué haces aquí hoy, ¿puedes contarme por qué vas a vigilarme a mi pueblo?

—Te lo diré si tú me explicas por qué estuviste hurgando en mis cosas, el día que prendiste fuego al contenedor, fuera de la garita.

De modo que es eso. El Grumo no es tan tonto como parece. Debería haber sospechado que tiene una inteligencia mínimamente funcional cuando me ha llamado por mi nombre. La mayoría de los directivos y responsables de esta empresa no se lo saben, me toman por un insignificante número. Lo comprueban en sus fichas para aprendérselo cuando les visito, como Riva el otro día. Deberían conocerme. Soy muy simpática.

—Estuve hurgando en tus cosas porque quiero averiguar quién mató a Aron Costache.

—Muy bien —contesta el Grumo. ¿Es eso que tiene en la cara una sonrisa? ¿Puede el Grumo sonreír?—. Yo te he estado siguiendo por la misma razón. Quiero averiguar quién mató a Costache.

—¿Por qué?

—Porque soy policía.

De pronto la mochila que llevo a la espalda con quince kilos de cocaína me pesa como una montaña. Mis clavículas van a desmigarse bajo su tonelaje.

—Y una polla —digo, pero sé que es verdad. Nadie dice semejante insensatez si no es cierta.

El Grumo no hace ademán de sacar una identificación. Tan solo se queda mirándome, como si llevase la placa en los ojos.

—¿Eso es lo que haces hoy aquí? —pregunto—. ¿Estás investigando qué pasó con Ari?

—No. Le estoy haciendo un favor a Miguel Riva. Me he colado para evaluar la seguridad del centro en plena huelga. Quiero saber si los rumores son ciertos. El comité ha llenado la planta con bombas incendiarias y las activarán si la Guardia Civil entra a saco.

—Suena a cierto. Evaristo echa mucho de menos su juventud en las cuencas. ¿Por qué le haces favores a Riva?

—Me hago pasar por un supervisor de seguridad lameculos, para tener acceso a la dirección. Ellos no saben que soy policía.

—Pero ¿qué coño haces trabajando camuflado en esta empresa? ¿Qué buscas? Ya estabas aquí antes de que Ari empezase a trabajar en Aldea Logistics.

—Soy de Interpol. Hace tiempo, una compañera en Lyon encontró unas bases de datos que revelaban cosas muy feas de varios oligarcas internacionales. Una serie de patrones nos ha guiado hasta este centro logístico. No soy el primero en empotrarme en él. Pero los que se mezclaron con la plantilla no encontraron nada. Me metí en el equipo de seguridad para manejar cámaras y registros de entrada y salida sin despertar sospechas.

—¿Y por qué me lo cuentas a mí?

—Porque al hurgar en mis cosas, llamaste mi atención. Después de investigarte un poco sé que podemos hacer negocios. Necesitas ayuda para sacar a tu hermano de la cárcel, y tienes ciertas habilidades y contactos que me pueden servir.

Me quedo mirándolo. No sé cuánto sabe de mí. Y, de lo que

sabe, no sé cuánto ha compartido con Miguel Riva. Sencillamente, no me gusta. Tengo que poner las cartas bocarriba.

—El otro día, cuando viniste a buscarme a casa, llevabas a
Miguel Riva en el coche.

El Grumo ni se inmuta.

—Así es.

—¿Por qué?

—Porque él quería sonsacarte información sobre la huelga.
Cuando caíste redonda no me dejó acercarme, tuvo miedo de
que Evaristo le acusara de acosarte. Yo fingía ayudarle, pero
prestaba atención a otras cosas.

—Entonces, cuando me llevó a su despacho, ¿por qué solo
me preguntó sobre Ari?

La cara del Grumo se ensombrece.

—¿Eso hizo? No tengo ni idea de por qué.

—¿Está metido Riva en algo turbio?

—Puede ser. No lo sé. Llevo meses aquí y no he encontrado
nada de lo que tirar.

—¿Y qué quieres de mí?

—Que hagas una cosa.

Suelto una carcajada. Imposto la voz, como una actriz de
telefilm:

—Dígame, agente, ¿en qué puedo ayudarle?

—No creo que sea buena idea explicártelo todo ahora mismo. Pero te diré algo...

Lo siguiente que oigo es un estampido. Un disparo. Me ha
cogido por sorpresa. Me quema los tímpanos. Un líquido caliente y viscoso empieza a resbalarme por la cara, desde la frente hasta la barbilla. Hijo de puta. Miro su pistola. El arma homicida.
¿Homicida? No. La pistola del Grumo sigue en su mano, colgando junto a su costado. De hecho, ahora ya no está ahí, pues acaba
de caer con un ruido metálico, quebradizo, contra el suelo de
cemento epoxi. El Grumo sigue la misma trayectoria. Se desploma. Y no vuelve a levantarse.

51

De detrás de un *rack* surge una silueta con el rostro cubierto. Creo que es uno de los dos carretilleros de antes. Se me había olvidado que existían, he perdido demasiado tiempo hablando con el Grumo, han debido de separarse para buscarme. El carretillero lleva un arma. Una pistola. ¿Una pistola? No, es un puto subfusil. No había visto uno de esos en la vida. Quizá solo en las manos de los policías nacionales que custodian el Museo del Prado. Creo que está tan sorprendido como yo por lo que acaba de hacer. Eso me brinda un segundo para reaccionar.

Echo a correr.

Oigo un disparo. Más bien una ráfaga. Una bala golpea en algún lado, es un ruido metálico, puede que se haya quedado clavada en un *rack*. Otras se pierden por la profundidad de los pasillos. Algo me desequilibra, tropiezo hacia delante, el peso de la mochila me dobla, pero no llego a caer. En el momento en que más baja está mi cabeza, algo pasa zumbando y me alborota el pelo. No tengo la posibilidad de ir muy lejos. La mochila me pesa mil toneladas y la cojera, un millón. Veo la puerta de entrada de los viejos vestuarios del almacén original. Me lanzo contra ella. Se abre hacia dentro. Detrás encuentro una papelera de las antiguas, alta, con cenicero. Me toma un segundo moverla y encajarla entre la manilla de la puerta y el suelo. La entrada queda bloqueada. Y yo, encerrada.

El vestuario es una estancia de poco más de cincuenta metros cuadrados, no tiene puertas ni ventanas ni rejillas de ventilación por las que pueda escapar una persona. A mano derecha se abre un pasillo con las duchas. A mano izquierda, otro pasillo con unos cuantos retretes con puerta: hay seis cabinas, tres a un lado y tres al otro. Empiezo a oír los golpes contra la puerta del vestuario. La papelera no aguantará mucho. Dejo caer la mochila dentro de una de las cabinas de retrete y cierro la puerta. Me refugio en la que está enfrente. Justo en ese momento, un último estallido me confirma que el carretillero ha entrado en el vestuario.

Oigo sus pisadas. Se dirige primero hacia las duchas. Eso habrá dejado despejada la salida. Me siento tentada de escapar corriendo. Tengo que intentarlo. Abro la puerta de la cabina y me dispongo a dar un paso fuera. Pero entonces veo la silueta del carretillero, moverse rápidamente por el vestuario. No me ha visto, pero me verá si salgo. Aunque alcance la salida, ¿a quién voy a engañar? No podría alejarme ni tres pasos antes de que me acribillara. Vuelvo a encerrarme en la cabina. Pero no puedo sujetar la puerta, que se cierra de un portazo, aunque no muy fuerte.

Mierda, ¿me habrá oído?

Sí, me ha oído.

Permanezco con la sien pegada a la puerta de madera. Oigo los pasos que se acercan. Respiro con agitación. Toco mi pernera. En el bolsillo lateral del pantalón encuentro, donde siempre está, el cúter. Lo tomo en la mano y extraigo la cuchilla.

Oigo como el carretillero empieza a abrir las puertas de las cabinas. Lo hace a patadas. La primera: nadie. La segunda: tampoco. Al patear la tercera, la puerta golpea contra la mochila tirada en el suelo y vuelve contra la cara del carretillero. Entonces se desata el infierno. El subfusil comienza a escupir fuego contra la puerta. En mi cabina, la cabina opuesta, el estruendo me invade, me limita, me incapacita. No. No puedo permitirlo. Solo hay una oportunidad. Ahora o nunca.

Salgo. Me topo con el carretillero de espaldas. No me oye porque sigue disparando contra la puerta contraria.

Solo una oportunidad. Solo una.

Corto el aire con el cúter. Con la misma fuerza con que se lanza una piedra a la frente de un muchacho de pueblo que te la tiene jurada. Tras cortar el aire, la cuchilla penetra en el cuello del carretillero. Encuentra tejido blando. Se hunde en él. No sé cuánto. Lo suficiente. Antes de extraer la hoja, la sangre ya ha empezado a brotar. Antes de que se silencien los disparos, el carretillero ha empezado a caer. Antes de tocar el suelo, el carretillero está muerto.

Queda doblado en una posición impropia de nada vivo, encajado entre las puertas. La sangre encharca el suelo a una velocidad inexplicable. Antes de que la marea roja llegue a la mochila, la levanto. Asustada, voy dando pasos atrás mientras la mancha se extiende como si el suelo se estuviera convirtiendo en lava. No puedo dejar de mirar ese bulto que ya no respira.

Aparto por fin la vista y me fijo en la mochila. Tiene dos agujeros limpios. La abro. El primer saco de cocaína ha recibido los impactos de bala. Dicen que la droga mata, pero esta me ha salvado la vida. La mercancía está tan húmeda y arcillosa que no se está derramando por los orificios. Me sirvo del rollo de precinto que colgué de mi cinturón. Lo corto y tapono los dos orificios del paquete. Me asusto al ver que ahora el precinto está también manchado de sangre. Es porque lo he cortado con el mismo cúter. Me tomo un segundo para observar la cuchilla, que chorrea. Me entra de pronto la necesidad de librarme de toda esa sangre. Tomo papel higiénico de un retrete, seco la hoja, me seco las manos. El papel cobra el color de un pintalabios. Voy a los lavabos, abro el grifo, sumerjo la cuchilla y también la mano derecha, y veo el agua rosada perderse por el desagüe. Cuando la mano está totalmente limpia, cierro el grifo. Y solo entonces me detengo a escucharme a mí misma.

Pero no es mi pensamiento lo que oigo.

Lo que oigo es un ruido. Un gemido.
Y proviene del pasillo de las duchas.

52

Voy con el cúter alzado. No seré capaz de soportar otro estallido de pólvora reverberando en las baldosas. Los oídos no solo me pitan, sino que me duelen. No me extrañaría desangrarme por los tímpanos. En estado de estupor recorro los escasos metros que me separan del pasillo de las duchas. Rebaso el punto donde el carretillero ha oído mi portazo y se ha dado la vuelta. Tan solo tres pasos más allá, veo una figura agazapada en un rincón.

De las mil doscientas que conforman la plantilla del Monstruo, solo hay dos tan insensatas como para romper el piquete y colarse en el edificio esta noche. Una soy yo. La otra, posiblemente por motivos muy diferentes a los míos, está ahí, echa un ovillo en el suelo de las duchas.

Mariela.

Me mira. No veo angustia en sus ojos. Se conduce como si hubiera estado en situaciones parecidas anteriormente. Dejo caer el brazo y recojo la cuchilla todavía con algunos restos de sangre. Luego devuelvo el cúter al bolsillo lateral de pantalón. Me agacho. Nos quedamos frente a frente. No sé qué decir. Por dónde empezar una conversación. Formular un cómo estás me resulta ridículo. Pero el silencio se prolonga demasiado.

—¿Cómo has burlado al piquete? —acabo preguntando.

—No lo he hecho.

—¿Te han dejado entrar?

—No. No he tenido que entrar. No he salido.

No tiene que explicarme más. Me viene a la memoria que el domingo Mariela se había prestado a sustituir a un compañero en el turno de tarde: de cuatro a doce. Allí donde hay horas extra que cubrir, Mariela siempre es la primera voluntaria. A la hora de salir ha debido de refugiarse en el viejo vestuario que nadie utiliza. El carretillero ha estado a punto descubrirla. Al hacer ruido con la puerta y distraer la atención del asesino, he salvado la vida de Mariela. Pero no le puedo reclamar la deuda: he sido yo la que la ha puesto en peligro en primer lugar.

—Pero ¿por qué? —pregunto.

—Suponía que iban a necesitar empleados para sustituir a los huelguistas. Tenía pensado ir a ver a Riva para ofrecerme.

Me quedo mirándola. En mis ojos hay más incredulidad que censura.

—¡Qué! —exclama—. Pues si no quieren trabajar, aquí está Mariela, ¿no? Se rumoreaba que Riva iba a pagar el doble por hora extraordinaria durante la convocatoria de la huelga.

Se rumoreaba. Así es Mariela. Probablemente no haya oído la palabra «esquirol» en su vida. Podría confiarle esto a Evaristo con la misma naturalidad con que me lo dice a mí. Así es como la inocencia se convierte en culpa a través de la ignorancia.

—Riva no está en el edificio, idiota —le informo—. Estará en su casa, o en las oficinas de Aldea Logistics del paseo de la Castellana, tratando de que traigan aquí a todos los policías de España. El comité va a por todas, si pillan a cualquier esquirol, lo revientan. En el edificio no hay nadie… O eso creía yo.

Mariela asiente. Ambas somos conscientes de que estamos ignorando lo obvio. Hablamos por demorar la conversación que de verdad importa. Quizá porque no nos atrevemos.

Acabo de matar a una persona.

No encuentro forma de referirme a semejante cosa. Y no soporto la idea de meter a Mariela en esto. O descubrir que, de alguna forma, ya está metida.

—Déjate de huelgas y chingaderas —dice—. No me vengas a decir que ese tío era un piquete.

Me encojo de hombros y niego sin ocultar el pánico. Es mi forma de explicar que no sé si era un piquete o era cualquier otra cosa. En realidad, no estoy segura de nada.

—¿Qué mierdas está pasando aquí? —pregunta.

—No tengo ni puta idea. Pero ha sido en defensa propia. Tú has visto que ha sido así. Porque lo has visto, ¿no, Mariela?

—Pero ¿por qué te perseguía?

Me rasco la cabeza, me rasco la mandíbula, me doy cuenta de que mi cuello gira en todas direcciones y que mis ojos no encuentran un punto donde detenerse. La respiración, que se me había acompasado, vuelve a desbocarse. ¿Por qué me perseguía? Puedo sospecharlo, pero no estoy segura. ¿En qué coño me he metido?

—No lo sé. No lo sé. Ha… Ha matado al Grumo.

—¿Qué? —Me mira como si hubiera perdido la cabeza—. ¿Qué grumo?

El Grumo, Mariela. El supervisor de seguridad. El de la garita. Está ahí, tirado fuera del vestuario. Yo estaba hablando con él, y entonces le han volado la cabeza.

Mariela traga saliva. De pronto, algo me viene a la mente. Un calambre en el estómago se me extiende por todo el sistema nervioso.

—Mariela, tenemos que irnos. Había más.

—¿Más qué?

—Más tíos armados.

—¿Cómo lo sabes?

—Antes de que me encontrara al Grumo, los vi pasar por el fondo del pasillo siete.

No todo lo que digo es mentira, aunque no diga toda la verdad. Mariela tendrá que conformarse con eso.

—¿Pero por qué has entrado en el edificio? No me creo que hayas venido a trabajar. ¿Estás con el piquete?

¿Qué puedo contestar? Valoro las opciones. Toda mentira tiene las piernas cortas, pero soltarle que estoy con el piquete ni siquiera tiene piernas. Hay que inventar algo más cercano a la verdad.

—Estaba… Estaba robando. El Grumo me ha pillado. Pero no sé quiénes son los otros tipos.

Ahora la que me mira fijamente es ella.

—Desde hace tiempo saco material —explico— y se lo vendo a un chatarrero que tiene un garito a un par de kilómetros de aquí. Hoy el CLT iba a estar vacío, me he colado para llevarme algunas cosas.

—¿Robas a la gente que te da comer? ¿Con el cariño que te tienen en la empresa?

Se me escapa una carcajada.

—¡Nadie me ha tenido cariño en mi puta vida! Lo que me tienen es pena. Estoy hasta el coño de que me tengan pena.

—Robar es robar, en cualquier caso.

—¡Mariela, los directivos de esta empresa son unos putos psicópatas! —Y muy probablemente narcotraficantes, pero eso no se lo digo, le suscitaría más preguntas—. ¡Unos explotadores! Y tú has cumplido condena por algo bastante más grave que robar.

Ella suspira. Se ofende.

—Exacto, Fina. Me equivoqué. Me engañaron. Cumplí la condena. Me reformé. Descubrí a Jesús y ahora me redimo a través del trabajo. Y nunca, lo que es nunca, se me ocurriría robar a las personas que me han dado una nueva oportunidad.

—Les bonifican las cuotas de la Seguridad Social por contratar a personas exconvictas.

—Yo no sé nada de eso.

—¿Qué más da? Nos van a matar, ¡vámonos!

Nos detenemos ante el cadáver del carretillero. La sangre ha formado una alfombra bajo el cuerpo. Procuramos no pisarla. Mariela no parece impresionada. Yo me agarro a la puerta de la cabina del retrete para no desvanecerme.

—Le has dado un corte limpio. Le ha llegado a la carótida. Zas, un solo tajo.

—¿Qué? ¿No te…?

—No es la primera vez que veo algo así. Soy de Medellín.

No podemos perder más tiempo. Recojo mi mochila, manchada de sangre.

—¿Te vas a llevar lo que has robado? —me dice Mariela con indignación.

Tengo que improvisar aún más.

—¿Todavía no lo entiendes? No puedo dejar que encuentren mis cosas. ¡Esta gente ha matado al Grumo, no sé por qué, y matará a todo el que se encuentre dentro del almacén! Vale, yo estaba haciendo algo ilegal, pero lo que están haciendo ellos, que no sé qué es, me gana por goleada. No puedo probar nada, pero creo que tiene algo que ver con Riva o con Valdivieso. Este negocio ruinoso tiene que ser la tapadera de algo muy malo.

—¿Por qué crees eso?

—¿No te das cuenta, Mariela? Cuando nos preguntamos de dónde sale la pasta para sostener todo esto o por qué les merece la pena seguir manteniendo en marcha esta mierda de centro, anticuado y ruinoso, nunca encontramos respuesta. Pues aquí la tenemos. Utilizan las instalaciones, a saber para qué. Y los mandamases están metidos hasta el cuello.

Mariela suspira. Por primera vez, creo que mis argumentos empiezan a convencerla.

—De momento no me han visto la cara —continúo—, pero si encuentran aquí mi mochila, con mi puto nombre marcado de cuando era una boy scout, irán a por mí.

Me cargo la mochila a la espalda y cae con todo su peso hasta casi doblarme las piernas. Entonces veo que Mariela se acuclilla al lado del cadáver. Con toda su sangre fría, retira la braga de cuello que tapa el rostro del carretillero. Quedan al descubierto unos rasgos morenos, la nariz aguileña y el tatuaje de una tela de araña que comienza a pocos centímetros de donde ahora está el corte.

—¿Lo conoces? —me dice Mariela.

—No. ¿Por qué le has quitado eso?

—Si lo que dices es cierto, y Riva o Valdivieso están metidos en algo grande, ni siquiera vas a poder confiar en la policía. Créeme, de donde yo vengo las cosas son así. Más nos vale averiguar quién está detrás de todo esto. Así sabremos lo lejos que tenemos que huir.

Me agacho junto a ella. Tiene razón. Pero lo primero es salir de allí. Cojo el subfusil que ha quedado tirado junto al cadáver. Aún está caliente y huele a una mezcla de aceite y pólvora, como si hubiera estallado una traca dentro del motor de un coche.

—Quizá nos venga bien.

—¿Sabes usarlo? —pregunta Mariela.

Niego con la cabeza.

—Pero si lo tengo yo, no lo tienen ellos.

53

Al salir del vestuario nos topamos con el cadáver del Grumo. Otra visión tan traumática como la del cuerpo que se desangra al otro lado de la puerta. Mariela se queda bloqueada.

—Aureliano —susurra, y deja escapar un sollozo. En la oscuridad solo velada por las pálidas luces de emergencia de la nave apenas vislumbro el resplandor de unas lágrimas en las mejillas de mi compañera.

De modo que así se llamaba el Grumo: Aureliano. Antes hubiera apostado por cualquier otro nombre. Un ruido me hace reaccionar. El zumbido de un motor eléctrico que se desliza por entre los pasillos. Tenemos que largarnos. La urgencia me ayuda a vencer cualquier reparo. Me agacho ante el cuerpo del Grumo. ¿Dónde está la pistola? No la encuentro, quizá el carretillero la pateó por precaución y se fue a parar bajo cualquier *rack*. No hay tiempo para encontrarla. Registro a toda velocidad la chaqueta del Grumo ante la sorprendida mirada de Mariela. No lleva cartera ni ninguna acreditación que lo identifique como policía. Nunca sabré si ha mentido. Encuentro una pequeña agenda de bolsillo. Me la guardo en mi forro polar. Agarro a Mariela del brazo y tiro de ella. Nos perdemos entre los *racks*.

—Sígueme —le digo—. Conozco una ruta por la que las cámaras no nos verán.

Nos alejamos del vestuario de dirección este, siguiendo el

camino que siempre utilizo para llegar al patio del cementerio de palés. Avanzamos en silencio. Nos llegan ruidos debilitados por la lejanía. Explosiones, gritos, cánticos. Sea lo que sea que esté teniendo lugar en la entrada principal, donde las barricadas, es algo grande. Aún no he soltado el brazo de Mariela. Mi ritmo no baja por el peso de la mochila ni del subfusil que cuelga de mi hombro. Por momentos nos llegan corrientes de aire desde todas las direcciones. Mariela no lleva puesto el abrigo, tan solo su ropa de trabajo de invierno. Yo no me he quitado el anorak en ningún momento, y ahora la tengo salpicada de sangre.

A falta de cien metros para llegar a la puerta que da salida al patio, me detengo. Me arrodillo. Señalo delante. Se ve un débil resplandor que se mueve, como si alguien reflejara la luz de la luna con un espejito o como si una luciérnaga volase en la lejanía. Ahí hay alguien que se ilumina con algo. Parece estar desplazándose hacia nosotras. Le indico a Mariela el *rack* más próximo. En su primer piso, a ras de suelo, dos pilas de cajas mantienen la suficiente separación entre sí como para formar una especie de cueva. El hueco está guarecido por una oscuridad casi total. Mariela no pierde el tiempo: se introduce en el refugio sin rechistar. Yo me quito la mochila y la arrastro conmigo adentro. Busco acomodo junto a Mariela. Dejamos pasar unos minutos. Al poco tiempo, me puede la curiosidad.

—¿De verdad conocías al Grumo?

—¿A quién?

—A… ¿cómo lo has llamado? Aureliano.

—Sí, nos llevábamos bien. Pobre hombre.

—¿Os llevabais bien? ¿Alguien se podía llevar bien con el Grumo?

—Está feo hablar así de los compañeros, Fina.

—La gente habla mal de mí todo el santo rato.

—Tú no estás muerta.

—Mi madre dice que estoy muerta por dentro.

247

—Pues no lo estás. Estás muy viva. Igual que yo. Y así debería seguir la cosa.

—¿Y conocías su secreto?

Se queda callada. Si yo poseyera visión nocturna seguro que la veía ruborizarse.

—Bueno... Lo del tatuaje. ¿Y tú cómo lo sabes?

Pobre Mariela. Es absolutamente transparente. Me sorprende más su falta de picardía que averiguar que se estuviera acostando con el Grumo. El caso es que Mariela no sabía que su Aureliano era poli. Y yo no se lo voy a decir.

—Cosas que le cuentan a una. Creo que ya podemos salir.

54

El extraño resplandor ha desaparecido. La planta vuelve a estar sumida en la fantasmal atmósfera de las luces verdosas de emergencia, que señalan el camino hacia las salidas de incendios. Arrastro de nuevo la mochila fuera del escondite, me la pongo y echamos a andar sin abandonar la cobertura de los enormes *racks*. Ya estamos frente a la puerta de salida al patio. Dentro de unos minutos pisaremos tierra bajo el cielo nocturno, cruzaremos el páramo, me subiré a la scooter e invitaré a Mariela a quedarse a dormir en casa. Puede que incluso me ayude a cargar con el peso de la mochila en la caminata, porque ella es así. No sabe decir que no.

Los únicos que nos han visto, el carretillero y el Grumo, están muertos. El otro carretillero no ha llegado a identificarme, y nunca sospechará de la paralítica cerebral. Podrá investigar, pero mucho antes de que averigüe algo, yo ya habré sacado a mi hermano del hoyo y estaré disfrutando de unas merecidas vacaciones. Y Mariela nunca dirá nada. Las personas como ella no quieren líos.

Ese es el plan.

Pero para cumplirlo, primero tengo que salir de este edificio monstruoso. Y algo me lo impide.

La puerta de servicio de salida al patio, la que lleva bloqueada años con un candado cuya llave tengo en mi poder, está soldada al marco con un soplete oxiacetilénico. Su llama azul, casi blanca, es la que ha producido ese resplandor en movimiento que hemos visto antes de ocultarnos.

—Pero ¿quién carajo hizo esto? —se queja Mariela.

—Hay dos opciones. O los piquetes quieren asegurarse de que no entra ningún policía a pillarles por la espalda, o los amigos del carretillero muerto quieren asegurarse de que nadie sale del CLT. Ven, sígueme.

Busco las luces de emergencia y sigo las flechas que indican el camino hacia las salida de incendios. En estas circunstancias, me importa poco hacer sonar las alarmas al abrirla. Quizá podríamos cruzar el páramo corriendo antes de que nos alcanzaran. O quizá la alarma alerte a la policía y nos cubran; vale, no me fío de los polis, pero no van a permitir que me maten delante de sus narices, sería como cuestionar su autoridad, y no hay cosa que les joda más. En cuanto al cargamento que llevo a la espalda, sí, también prefiero la cárcel que el cajón de pino.

Cuando llegamos a la salida de incendios más próxima todas mis ilusiones se vienen abajo. También está soldada. Nos miramos e intercambiamos la misma sospecha: los carretilleros han ido con el soplete de oxiacetileno sellando, una por una, todas las salidas.

—¿Qué piensas? —pregunta Mariela.

—Pienso que solo Valdivieso o Riva conocen así de bien las rutas de fuga de su edificio.

—Vale, vale, puede que tengas razón. Pero ¿qué iba a ganar Valdivieso, o quien sea, con matarnos?

Trago saliva. La mochila que llevo a la espalda contesta a esa pregunta, pero no es algo que me apetezca compartir con Mariela. La quiero viva, pero también la quiero ignorante.

—Yo estoy segura —respondo—. Creo que quieren tener el CLT vacío y controlado, se están aprovechando de la huelga para hacer cosas de las que puedan echar la culpa a los piquetes, como sellar las puertas. Quizá crean que nosotras hemos visto algo. Lo que está claro es que no se van a parar a preguntarnos nada. Mira lo que le ha pasado al Gru... A Aureliano.

—¿Y qué hacemos? ¿Probamos a abrir alguno de los muelles de carga de los camiones?

—Las compuertas de los muelles no se abrirán. Tienen cerraduras de seguridad electromecánicas. Necesitaríamos acceso al WMS con las claves. Y también las llaves de los ganchos de bloqueo.

Medito. Evalúo las amenazas. Concluyo no queda otra opción: tenemos que ir a la salida y unirnos al piquete. El riesgo de que alguien me pregunte qué llevo en la mochila, o de quedarme atrapada en las barricadas, o de que el amigo del carretillero muerto me identifique es alto. Pero siempre es mejor que quedarnos aquí dentro a esperar a que alguien nos encuentre. Me presentaré ante Evaristo diciendo que me pongo a las órdenes del piquete, aguantaré que me eche la bronca, fingiré que me resisto cuando me mande de vuelta a casa y, finalmente, le haré caso y me alejaré cabizbaja. Con suerte, dado que es de noche no verán que tengo la ropa y la cara salpicadas de sangre. Le explico a Mariela el plan (callándome, claro, lo de la mochila) y parece estar de acuerdo.

—Está bien, vámonos de esta ratonera, Fina.

Echamos a caminar hacia la salida principal, de la que nos separan más de quinientos metros de pasillos, estanterías, palés y galerías. Mariela lo ha descrito bien, no podía ser más parecido a una ratonera: tenemos el laberinto, falta el queso y...

Un momento.

Ratonera.

Me paro en seco.

—Espera. No podemos ir allí.

—¿Ahora me dices que no podemos ir allí? Chica, tú estás volviéndome loca.

—Piénsalo. Los tipos embozados, los de la cara tapada y las pistolas, no pueden ser muchos. De lo contrario no nos habrían dejado salir del escondite, estarían peinando el almacén, los veríamos por todas partes.

—Vale, ¿y qué?

—¿Qué haces cuando quieres atrapar a una presa? Taponas todas las salidas para conducirla a un paso estrecho. Es lo que hacían los cazadores de mamuts, los engañaban para bloquearlos en un desfiladero.

—Fina, no somos mamuts, ni hay aquí ningún desfiladero.

—¿Cómo que no? ¿Y qué pasa con el Enlace?

Mariela se queda callada. En el Enlace está el gran pórtico que comunica el edificio antiguo, donde estamos ahora, con la ampliación, en la que se encuentra el sistema de cintas donde trabajamos y, sobre todo, la salida. Ambas naves, la antigua y la nueva, se juntan formando una especie de ele, y solo conectan por allí. El Enlace es paso obligado. No hay otra forma de salir. Y es allí donde nos estarán esperando. Porque no hacen falta más que tres o cuatro tipos para tender una emboscada en ese lugar.

Mariela rompe el silencio. Su tono roza la desesperación.

—¿No podemos llamar por teléfono? ¿Pedir ayuda?

—Recuerda los inhibidores. No hay cobertura.

—Vale, vale. Pero tiene que haber algún teléfono fijo.

—Las únicas líneas fijas están en las oficinas.

—¿Y no podríamos llegar allí de alguna forma?

—También hay que pasar por el Enlace. La escalera de subida a administración está justo allí. Quizá lo mejor sea que nos escondamos y…

Mariela me da la espalda y se acuclilla. En esa postura le llega más aire a los pulmones, me lo ha dicho muchas veces. De pronto, se recompone.

—¡No!

—¿No, qué?

—Que no hay que pasar necesariamente por el Enlace: están las cintas transportadoras. La cinta C es la única que cruza el

Enlace para comunicar ambos edificios, y llega hasta aquí, hasta la zona de almacenamiento prolongado.

Ahora Mariela se ha ganado mi atención. Me doy cuenta de dónde quiere ir a parar.

—Pasa a diez metros de altura, rozando las ventanas de la oficina —digo.

—Va muy alta. No nos verán. Podemos trepar por ella, colarnos en la oficina y buscar un teléfono fijo.

Sonrío. Puede que no sea tan descabellado.

—Espero que tengas razón. Porque me parece que es nuestra única oportunidad de escapar de aquí.

55

La cinta C, la única que conecta las dos naves, está pensada para llevar al almacenamiento prolongado aquellas mercancías cuya expedición no urge, pero que entraron mezcladas con artículos de flujo tenso. La cinta C baja hasta casi ras de suelo para atravesar el pórtico del Enlace. Pero luego, inmediatamente, vuelve a cobrar altura para no interferir con los primeros *racks* y facilitar el tráfico de carretillas. Es en ese punto donde roza las ventanas interiores de las oficinas de Recursos Humanos. Luego, cerca de la playa norte, vuelve a descender. A la altura del cruce B, la cinta termina en una plataforma de *picking* donde los mozos de almacén recogen las mercancías con transpaletas para llevarlas a sus coordenadas. Ahí estamos nosotras, en esa misma plataforma.

Por allí pensamos trepar.

En cuanto veo la rampa que asciende hasta perderse en la oscuridad, empiezan las dudas. La cinta tiene un metro de ancho. Parece suficiente, pero cuando estás a diez metros de altura, sin barandilla ni antepecho, necesitas algo más. Mariela se sube primero. Se nota que la muy hija de puta hace deporte. Está a tope con el *crossfit*, todos los lunes me revienta la cabeza hablando de los *burpees* que se ha hecho. Mantiene el equilibrio y no le tiemblan las piernas. La rampa de ascenso tendrá una inclinación del veinte por ciento, como mínimo. Ella va dando pasitos.

La estructura cruje. Probablemente emita esos ruidos todos los días, pero cuando están los motores en marcha no se oyen. Así, en parado, parece un esqueleto a punto de desmoronarse. Cuando Mariela se encuentra a media subida, se da la vuelta y me mira. Me hace un gesto de apremio.

Está bien, allá voy.

Subo un pie, luego el otro. Cuando doy tres pasos renqueantes me doy cuenta de que no voy a poder. La pierna izquierda me desestabiliza y no puedo estirar los brazos para mantener el centro de gravedad. Ni con una pértiga de las que usan los funambulistas me sentiría segura. No hay un ápice de simetría en mí. No hay control. Menos aun cuando todo el sistema de transporte se balancea, cuando las placas que componen la cinta transportadora se deslizan cada vez que las piso. Ahora estoy a cuatro metros de altura y no puedo más. El suelo de cemento epoxi es de color antracita, en la oscuridad parece una sima sin fondo. Jadeo. El pulso se me acelera. Mariela me está mirando. Sé lo que teme: que justo en este momento empiece a convulsionar y a babear y caiga a plomo al vacío. Me arrodillo y empiezo a avanzar a cuatro patas. Bueno, a tres, porque el brazo izquierdo permanece rígido junto a mi torso.

Mariela pone las manos a ambos lados de la boca, como si quisiera gritar. Yo me llevo el dedo a los labios para pedirle que no lo haga. Ella entiende y me hace gestos: se señala a la espalda y luego al suelo. Me está pidiendo que tire la mochila.

Y una mierda, me digo. No me voy a deshacer de la tabla de salvación de Sergio sin luchar. El consejo de Mariela es suficiente para despertar mi orgullo, el orgullo me obliga a encontrar el coraje que echaba en falta y el coraje se convierte en el equilibrio mínimo que necesito. Me levanto. Mis dos piernas, la buena y la mala, me llevan arriba con cortos pasos laterales. A mí y a mi mochila de quince kilos. Allí me espera Mariela.

Ahora estamos a más de diez metros. A esa altura se notan las corrientes como si la panza del Monstruo tuviera su propia atmósfera. Miro al frente, a la nuca de Mariela, y me limito a seguirla. Ella no dirige la vista al suelo, solo camina con pasos seguros. Avanzamos por el estrecho puente durante muchos metros. Se oyen violentos chasquidos metálicos. Intento tranquilizarme: Fina, esto no va a derrumbarse. Soporta el peso de televisores y neveras. Trato de recordar los ojos de Ari, todas las veces que se posaron en mí para infundirme calma cuando yo estaba a punto de caer en un oscuro vacío. No fueron muchas, puto Ari.

No, no voy a caerme al suelo. Pero temo que nos oigan los tipos de las pistolas. Porque están allí.

Ya nos hemos acercado lo suficiente al Enlace para ver los grandes filos del pórtico que une ambas naves. El vano tiene una altura de unos diez metros y una anchura de al menos quince. Durante el día hasta se ve la línea donde el suelo gastado del edificio viejo da paso al epoxi recién vertido del nuevo. Junto a las jambas varios muebles metálicos forman recovecos donde pueden ocultarse personas armadas. He distinguido al menos a dos. Uno ha cometido el error de emboscarse demasiado cerca de una luz de emergencia, distingo su silueta bajo el resplandor verde. El otro es tan tonto que no se ha quitado el chaleco reflectante de seguridad. ¿Cómo puede una red de narcotraficantes funcionar con semejantes lumbreras? ¿Tú les permitías hacer estas estupideces, Ari?

Le doy un toquecito a Mariela en el hombro. Le señalo el lugar donde están apostados. Los ve. No sé si habrá más. De nuevo le pido silencio absoluto. Ella asiente.

No podemos seguir avanzando. A pocos metros de nosotras, la cinta C desciende de forma muy pronunciada para pasar el Enlace casi a ras de suelo. Si continuamos nos descubrirán. Pero las ventanas de la oficina de Recursos Humanos ya están a nuestro alcance. Desde abajo, la cinta C parece discurrir totalmente pegada a la pared de la oficina. Pero ahora que estamos arriba, el hueco de unos cuarenta centímetros que se abre entre nosotras y la ventana impone mucho más respeto. Mariela sabe que yo no seré capaz de abrir paso, ese es un trabajo para ella. Sin ningún miedo, inclina su cuerpo hacia el vacío hasta encontrar apoyo en el alféizar. Luego introduce bajo la guillotina de la ventana sus uñas, como bisturíes, destrozándose los veinte euros de manicura china que se hace cada sábado, después de los *burpees*. Consigue deslizar dentro la puntita de los dedos. Y con eso, haciendo fuerza hacia arriba, la ventana sube.

—Déjame tu mochila —dice.

Dudo. Pero al momento entiendo lo que quiere. Desde esa posición no tiene forma de alcanzar el resorte que sujeta la ventana abierta. Si la suelta, caerá a plomo. Y eso hará demasiado ruido.

Me quito la mochila. Mariela continúa inclinada hacia la pared, con una hendidura bajo sus pies que conduce a una caída vertical de diez metros. Y, sin embargo, no deja de sostener la ventana. Coge la mochila con la otra mano. Su gesto se desorbita.

—¡Esto pesa un carajo, Fina! No puedo moverla con una sola mano. ¡Ayúdame a colocarla!

Me veo obligada a asomarme también al vacío. Yo empujo la mochila y Mariela la atraviesa en el marco, de forma que la guillotina ahora se apoya en ella. Una vez sujeta la ventana, Mariela se desliza dentro.

—Venga, ahora tú —me dice. Y me tiende la mano.

Odio necesitarla mucho más de lo que odio necesitar mi scooter, mi tarjeta acreditativa del grado de discapacidad o la existencia de la cuota del dos por ciento. Pero allí está, y tengo que valerme de ella. Me agarra de la muñeca y tira de mí. Doblo mi abdomen sobre el alféizar y me dejo caer dentro de la oficina.

Me tomo unos momentos para respirar.

Pero el descanso se me acaba de inmediato. Mariela ha retirado la mochila del alféizar, ha cerrado suavemente la ventana.

Ahora la está sopesando, examinando. Va a abrir las cremalleras. Tiene lágrimas en los ojos.

—¿Quieres decirme qué coño llevas aquí? ¿Piedras? ¡Casi te matas por culpa de esto! ¿Crees que tu vida vale menos que el ordenador o la *airfryer* que llevas aquí? Pues créetelo, pero la mía vale mucho más.

56

Le arrebato la mochila.

—¡No la abras!

La agarro con todas mis fuerzas y utilizo todo el peso de mi cuerpo, dejándome caer al suelo, para quitársela. Es un truco que he perfeccionado con los años, propio de alguien que apenas tiene fuerza en los brazos. También he aprendido que nadie se esfuerza mucho en pelear con una discapacitada. No se sienten bien haciéndolo.

—Me ha costado mucho disimular la carga en su interior. Va envuelta en film y en cajas y...

—Pero ¿qué es?

Me paro a pensar. ¿Qué podría haber robado yo que iguale el peso que llevo en la mochila y al mismo tiempo quepa en ella? Solo me vienen a la mente cosas demasiado baratas como para valer la pena: botes de pintura, sacos de harina o de azúcar, bolsas de cápsulas de café... Y entonces me acuerdo de ese ruido, ese zumbido, que me ha extrañado oír nada más entrar en el almacén esta noche. Ruido de cámaras frigoríficas. La sección de productos gourmet. Hago una rápida operación de cálculo, siempre se me han dado bien las matemáticas.

—Es caviar. Unas setenta latas de ciento veinticinco gramos.

Mariela se queda mirándome. Desvía los ojos hacia un lado, como hace quien recuerda algo que no quiere recordar.

—Probé una vez el caviar. En Medellín.

—¿Quién come caviar en Medellín, Mariela?

—Gente con la que no hay que ir. ¿Te vale la pena esta mierda, Fina?

La verdad es que no sé si vale la pena. Yo nunca he comido caviar. No sé a qué sabe ni cuánto cuesta cada lata.

—Me las han encargado y las pagan bien —me limito a responder—. Necesito la pasta.

Mariela me mira fijamente. Lo veo en su ojos: no me cree. Y es normal, porque no tengo nada verosímil que ofrecerle. No saldré de esta con más excusas. Podría abrir la mochila, contárselo todo. Pero me resulta imposible explicarle lo que llevo ahí dentro, que es la respuesta a las preguntas que ella se está planteando en este momento: por qué nos han encerrado, por qué tienen el CLT sitiado, por qué nos quieren matar. Pensará que soy parte de la trama, me ha visto mancharme las manos de sangre, incluso se le podría pasar por la cabeza que no es la primera vez que mato, olvidar de golpe que me ha tenido a su lado en un puesto de trabajo de mierda durante los últimos años. Pero yo tampoco entiendo nada. Solamente soy como un ratón que se ha encontrado un queso y que no comprende qué es ese resorte metálico que acaba de atraparlo por el cuello.

Solo se me ocurre una cosa para evitar que Mariela se convierta en una testigo difícil de predecir: una maniobra de distracción.

—Tienes que entenderlo, Mariela, mi madre anda mal de salud, tiene que ponerse un marcapasos y he de llevar dinero a casa. Tú consigues ingresos adicionales, ya sabes, déjanos que los demás nos busquemos la vida.

La mirada que Mariela tenía fija en mí entra en combustión. Lo noto en cada músculo de su rostro.

—¿A qué te refieres con que consigo ingresos adicionales?

No sé si esta será la última vez que nos dirigimos la palabra, pero sí sé que en los próximos minutos no vamos a hablar del contenido de mi mochila.

—No es cosa mía, todo el mundo lo dice —respondo haciéndome la inocente.

—No sé de qué me hablas.

—¿Cuánto te paga el padre de Gus?

—¿Cuánto me paga a cambio de qué?

—Entonces ¿no lo niegas? ¿Te está pagando? ¿Por eso siempre tienes ropa de marca y teléfonos buenos?

Mariela se yergue. Mira por encima de su hombro para comprobar que la ventana está cerrada, que los embozados no pueden oírnos en caso de que suba un poco el tono. No tengo que mencionar nada más, ni las sonrisas, las vocecitas, los besos lanzados desde la distancia. La gente chismorrea: el dinero del padre Gus, el trato preferente de Mariela, las posibles necesidades del chaval… Por supuesto, la gente es gilipollas y eso son solo rumores, rumores capacitistas y machistas, a los que yo no doy un ápice de credibilidad. Pero ahora me vienen muy bien.

—Paso algunas tardes con Gus en el chalet de La Moraleja. Sus padres se van a la sierra y lo dejan solo. Le acompaño a los entrenamientos. Repasamos las obras de teatro del taller. Construimos con Lego. Jugamos a los videojuegos. Cosas que su padre detesta. Gus está muy solo, y yo también.

—¿El padre de Gus te paga una pasta solo para que seas canguro de alguien que no necesita canguro?

—Yo no sé qué piensa él que hacemos. No hay ninguna condición. Si da por hecho cosas, es problema suyo. No me importa, igual que tampoco me importa lo que se diga aquí, en el trabajo. Te aseguro que Gus no tiene más intenciones que divertirse un rato y olvidarse de toda la presión y de las jodas que le mete su padre en la cabeza. Que tiene que ser campeón de natación, que tiene que sacarse el bachillerato, que tiene que ir a la universidad… Todas esas cosas que luego cuenta en las entrevistas de la tele. A él le valen verga. Nunca le han preguntado a Gus si quiere ser el modelo de referencia para todos los chavales con síndrome de Down de España. Nunca le han pedido permiso para colocar semejante carga de responsabilidad sobre sus hombros. Esas son ideas del pendejo de su padre. Él solo quiere ser feliz y estar contento… Carajo, como todos, ¿no?

—Pero tú te aprovechas de eso.

—A ese malparido le sobra el dinero y a mí me falta, pero puedo prometerte que si dejaran de pagarme seguiría visitando a Gus. ¿Qué te crees que estaba yo haciendo en el vestuario? Esperar a que se presentase. Me daba miedo que quisiera romper el piquete y le hicieran algo. Yo no soy tan mensa para saltarme las barricadas para no perder un día de sueldo.

—Pero ¿Gus sí? —digo, fingiendo que de pronto me tomo en serio lo de pertenecer al colectivo de la discapacidad y que, insultando a uno, nos insulta a todos.

—No, Gus tampoco. ¡El padre de Gus, sí! Sería capaz de poner a su hijo en primera línea de frente para demostrar cualquier cosa.

—Pero él no ha venido.

—No. No ha venido. Y lo celebro. Y espero poder salir de aquí con vida para volver a verlo. Es mi amigo. No sé si entiendes ese concepto.

Me quedo mirándola.

—Yo te sacaré de aquí con vida, te lo prometo —digo.

Por supuesto, en ningún momento he creído las acusaciones que acabo de tirarle a la cara. Ni siquiera sé si entre los compañeros se cree en lo que he dicho como algo más que una asquerosa broma de mal gusto. Pero ha cumplido su función.

—Perdóname, Mariela. No quería hablarte así. Creo que eres mucho mejor persona que yo, y eso me jode. Vamos a salir de este edificio.

Noto cómo la presión se atenúa. Mariela parece haber olvidado la mochila. Su prioridad vuelve a ser la supervivencia. Pero no está garantizada.

57

A unos metros hay un escritorio con un teléfono fijo. Nos aproximamos gateando para que nuestras siluetas no parezcan sombras chinas moviéndose tras las ventanas de la oficina, como en una pantalla de cine. Rodeamos el teléfono como si fuéramos dos perros ante un cuenco de comida.

Entonces surge otro dilema. Yo no quiero llamar a la policía, pero cualquier persona sensata la haría en primer lugar. Me he quedado sin estrategias. Así que lo planteo sin tapujos:

—¿Te fías de la policía?

Veo que Mariela duda. Muchos latinoamericanos se siente atraídos por la promesa europea de un mundo menos arbitrario, con una policía menos corrupta. No sé cuánto tarda en diluirse ese espejismo para alguien como Mariela, exconvicta, condenada a vivir en un barrio pobre y a ocupar un puesto de trabajo de mierda.

—Me fiaría más si no estuviéramos atrapadas —dice, tras meditarlo unos segundos—. Si nos equivocamos, podría ser como meter un hurón en una madriguera.

—Estoy de acuerdo. ¿Qué te parece esto? Primero salimos de aquí y luego hablamos con la policía.

—Es lo que preferiría.

—¿Se te ocurre a quién pedir ayuda?

Ella me dirige una sonrisa incómoda.

—Te lo he dicho muchas veces: estoy sola. Y mucho más sola a estas horas de la madrugada.

—Bien, creo que yo puedo hablar con alguien.

Descuelgo el teléfono. Da línea. Marco el número de Jos. Me lo imagino en el Monstruito jugando a la Play a estas horas, quizá consumiendo speed. Pero responde.

—Soy Fina.

—¿Qué Fina?

¿Qué Fina voy a ser, gilipollas?

—Soy Mantis, imbécil.

—Ah, Fina. Joder, perdona, estoy atontado. A estas horas pensaba que sería algo grave. Me pillas despierto de milagro. Tengo un perro nuevo y no para de ladrar, puto animal, extraña su casa. Tienes que venir a conocerlo, a ti, que se te dan bien.

Así que no está jugando a la Play. Es curioso cómo a veces la realidad es aún peor que las expectativas. Ahora tengo que medir mis palabras porque lo que le puedo contar a Jos difiere bastante de lo que le puedo contar a Mariela, que está aquí, escuchando. Aprieto el auricular contra mi oreja para que ella no oiga nada de lo que Jos pueda responder.

—Estoy con una amiga atrapada en WuChain. Tienes que venir a buscarnos.

—¿Por qué? —pregunta Jos—. ¿Tienes lo que me contaste?

Estoy de suerte. Es una pregunta que puedo contestar con un sí o un no.

—Sí. —Hago una pausa—. Nos están persiguiendo, nos están disparando —añado.

—¿Qué cojones dices? ¡Se suponía que íbamos a ir juntos, Mantis! ¿Quiénes te persiguen? ¿Te han pillado...?

—No sé quiénes son ni por qué van a por nosotras. Sácanos de aquí.

—Vale, hostias, vale. ¿Y cómo lo hago?

—No puedes venir por la entrada principal, no podemos

llegar hasta allí. Tampoco por el patio del cementerio de palés, han soldado las puertas. ¿Se te ocurre algo?

—¿Qué quieres que se me ocurra, Fina? Yo nunca he estado ahí dentro. Cómo no alquile un helicóptero y vaya a la azotea.

Miro a Mariela. Tapo el micrófono del teléfono.

—No sabemos dónde puede recogernos.

Mariela se pone en pie y se estira. Las oficinas de administración, entre las que se encuentra la de Recursos Humanos, donde estamos, tienen dos frentes de ventanas. Una da al interior del almacén, para que los jefes vigilen las tareas. Pero otro frente da al exterior, al gran aparcamiento de *outbound* o expedición, es decir, al sitio al que llegan los camiones y las furgonetas vacíos para que los llenemos y se vayan de camino a las tiendas. Mariela señala en esa dirección.

—No lo sé, Mariela. En ese aparcamiento no hay escondite posible. Nos verán desde las garitas de seguridad. Creo que nos exponemos mucho.

—No, no. Mira al final del aparcamiento, pegado a la pared del edificio.

Mariela señala el punto de almacenaje y gestión de Residuos Industriales Peligrosos, que atiende a las divertidas siglas de RIP. Alberga unas techumbres bajo las cuales se almacenan todo tipo de químicos tóxicos, contaminantes, inflamables o las tres cosas a la vez. Es increíble la cantidad de veneno que puede escaparse de las glándulas del Monstruo: aceites industriales para engrasar las cintas transportadoras, los brazos robóticos y los *forklift*, cajas de cartón empapadas en tóner de impresora, frascos de insecticida rotos, detergentes industriales, combustibles... Toda esa mierda se vierte en contenedores estancos y en barriles; una vez al mes vienen de una empresa especializada a recogerlos. Para hacerlo, sus furgonetas deben atravesar una gran portón que no hay Dios quien abra, siempre bajo la estricta vigilancia de una cámara.

Asiento.

—Jos, tienes que venir al extremo este del CLT. Al portón de salida de residuos peligrosos. Tráete la pickup del cabrestante. Y una cizalla.

—Llamo al Tori y estoy allí dentro de...

—Prefiero que vengas solo, no sabemos quiénes son los que nos persiguen. Solo me fío de ti.

Cuelgo el teléfono.

—Vale, ya está —le digo a Mariela—. Vendrá a por nosotras.

—Ahora solo tenemos que pensar cómo bajar desde aquí al aparcamiento y llegar al depósito de residuos peligrosos.

Detesto darle la razón.

58

En un rincón de las oficinas hay un rollo de film estirable manual para palés. Una bobina de medio metro de ancho que contiene más de cien metros de envoltura de plástico transparente. No tengo ni idea de qué hace ahí, su lugar natural es el almacén. El caso es que aquí está y me sirve. Se lo señalo a Mariela y ella lo entiende a las mil maravillas.

—¿Sonará la alarma al abrir la ventana?

—No lo creo —respondo, pero no tengo ni idea.

En lo del film tenemos práctica, llevamos años haciéndolo juntas. Voy permitiendo el giro mientras Mariela tira del extremo para desenrollarlo. Cuando cree que tiene suficiente para alcanzar el suelo desde la ventana, lo dobla y volvemos a empezar. En el momento en que hay dos tiras de la misma longitud, Mariela empieza a trenzarlas en una especie de churro. Este film es industrial, no como el que se usa en la cocina de casa para tapar el plato de acelgas. Quiero decir que está hecho para soportar la degradación, resiste el peso y los roces. Cuando tenemos nuestra cuerda de plástico, Mariela me la ata bajo las axilas. A continuación, enlaza el otro extremo a un radiador.

Mientras hace un nudo seguro, yo no pierdo el tiempo y abro la ventana. Aprovecho que Mariela está ocupada para tirar la mochila al patio, antes de que insista en que me deshaga de ella. La mercancía cae a plomo con un golpe seco. Espero que los fardos no se rompan en el interior. No sería divertido ver la cara de Mariela ante la explosión de una nube de polvo blanco.

Ella termina de apretar el nudo y se queda mirándome al ver que ya tengo la ventana abierta y que la mochila acaba de desaparecer tras el alféizar.

—No, no ha sonado la alarma —digo.

Se encoge de hombros. No creo que se esté preguntando si las latas de caviar habrán resistido la caída. Más bien parece cuestionarse si la resistiré yo, en caso de que el film se rompa.

—No te preocupes, aguantará —digo, como si le leyera el pensamiento.

Me cuelgo el subfusil al hombro. Me encaramo al alféizar. Ella sujeta el film a pocos metros de mí. Me dejo caer. De pronto soy consciente de la enorme opresión que el techo del Monstruo me estaba provocando. Ahora vuelvo a hallarme bajo las estrellas, bajo la influencia de Orión. No hay un ápice de diferencia entre la gélida temperatura exterior y la del Monstruo. El plástico que me sujeta se tensa y se estira. Unos ocho metros separan mis pies del asfalto desgastado.

Mariela debe asumir todo el trabajo de bajarme, no hay otra forma, yo no puedo valerme de los brazos. Todo el peso de mi discapacidad cae sobre mí y todo mi peso pende de Mariela. Me he tomado su aparición en el Monstruo como un engorro, pero ahora admito que no lograría salir de aquí sin ella. ¿Recuerdas aquello de que no necesitamos ser dos, Ari? Pues bien, sí, lo necesitamos. Mariela está fuerte. Hasta celebro su puto *crossfit* y sus monsergas sobre mantenerse en forma y bella para los *castings* de la tele y para aumentar cien seguidores de golpe en Instagram el día que se muestra en biquini.

El film sigue estirándome y crujiendo, pero sé que no se romperá. Noto de pronto que el descenso se acelera. Oigo a Mariela:

—Carajo, me sudan las manos, se me resbala.

—¡Písalo! —respondo, intentando aparentar calma.

El descenso se frena repentinamente. Mariela ha plantado la bota sobre el plástico, y la fricción de la suela de goma de seguridad, antiresbalones, ha detenido el desastre. A los pocos instantes toco el suelo. Caigo y noto el pinchazo en la pantorrilla izquierda. Es el aviso de un músculo que no está acostumbrado a estirarse tanto como ese film. Mañana me querré morir de dolor. Tendré que tomarme unos cuantos robaxines antes de irme a la estación de tren, o al aeropuerto, o a donde quiera que tenga que irme. Corto el nudo de film con mi cúter. Me arrodillo y la gravilla suelta del asfalto se me clava en la rótula. Localizo la mochila, la recojo y me la cuelgo a la espalda antes de que Mariela esté aquí para quejarse. Ella arroja su chaqueta al vacío, que la agarro antes de que toque el suelo. Ya se asoma. La veo descolgarse ágilmente por la ventana, agarrarse fuertemente a la cuerda de film. Ella no tiene quien la baje, debe descender a pulso. Lo hace con agilidad. Hasta que, también de pronto, empieza a perder el control de la caída.

—¡Me sigo resbalando!

Consume medio metro de cuerda de plástico entre sus manos y luego se suelta. Cae hacia atrás. Me apresuro a interponerme entre su cuerpo y el suelo. Se me viene encima. Nos desplomamos de espaldas. La mochila amortigua un golpe que me podría haber roto la espina dorsal. Noto que algo se contractura entre mi cuello y mi hombro.

—Pero cómo te pueden sudar así las manos.

—Es plástico, pendeja, le sudarían a cualquiera.

Mariela se me quita de encima.

—¿Estás bien? —le digo.

—Sí. Gracias por parar el golpe.

—Qué quieres. No iba a dejar que te rompieras la crisma.

—Ya sabía yo que en el fondo me quieres, parcerita.

—No te pases, Mariela. Una cosa es que no me guste ver cómo se te sale el cerebro del cráneo y otra que sea tu parcerita.

—Ya, lo que tú digas. Buena vibra.

Un resplandor lejano aparece hacia el este, como si viniera del páramo.

—Podría ser la pickup de Jos. Tenemos que llegar a la valla antes de que la vean.

59

Caminamos hacia el este, pegadas al muro del CLT, dejando atrás todos los muelles de carga cerrados a cal y canto. Es extraño verlos sin los habituales camiones acoplados. Por fin llegamos al primero de los tendejones donde se resguardan los residuos industriales lejos de nuestra piel y de nuestros bronquios. Bajo la primera cubierta hay alojados varios sacos de polvo. No sé muy bien explicar qué pueden contener: escombros, metales contaminados, asbesto… Si alguna vez han encontrado amianto, yo no sé nada, pero estoy segura de que lo habrán dejado aquí, pudriéndose, sin decirnos nada. Un poco más adelante hay una cuba de plástico protegida por una jaula metálica. Lleva una pegatina amarilla que se está desprendiendo. Supongo que custodiará unos mil litros de ácido de batería o detergente industrial o yo qué sé. Nada bueno para el cutis. También hay cajas de tóner negro, barriles de acero que han dejado inquietantes cercos de humedad en la base, contenedores llenos de dispositivos electrónicos rotos. Caminamos hacia el fondo hasta que estamos cerca de la valla. Nos acuclillamos bajo una de las cubiertas. La cerca está compuesta de barrotes verticales delgados, pero sólidos. Al otro lado no hay más que páramo. Y en el páramo, el coche de Jos.

—El muy imbécil podía apagar las luces —digo—. ¿Tienes tu mechero?

—Sí.

—Déjamelo para hacerle señales.

—¿Vas a encender el mechero aquí? Estamos rodeadas de materiales inflamables.

—¿Prefieres quedarte a dormir sobre una cubeta de ácido para baterías?

—Me da igual, no voy a dejarte el mechero. Usa tu móvil.

Me da algo de vergüenza admitir que Mariela tiene razón. El móvil sigue sin tener cobertura, los inhibidores alcanzan el patio del RIP. Pero la linterna funciona. La dirijo hacia el coche de Jos y la muevo en el aire para llamar su atención. El coche se encuentra a unos diez metros de la valla. Sé que hay una cámara vigilando la zona, por eso prefiero no aproximarme, no sé quién puede estar mirando. Además, Jos ya me ha visto. Y al muy imbécil no se le ocurre otra cosa que lanzarme una ráfaga con las largas para indicarlo.

—Solo le falta tocar la bocina, su puta madre.

Acerca la pickup a baja velocidad; el vehículo da tumbos en los baches del páramo. Es una Ford Ranger color naranja de la que se siente muy orgulloso. Siempre lleva todo tipo de chatarra en la caja y utiliza el cabrestante precisamente para lo que vamos a hacer ahora: reventar cierres de recintos que custodian material que le interesa. Ni siquiera cuando alcanza la valla apaga las luces ni el motor. Ahogo un insulto. Jos ha escogido justo esta noche para mostrar su versión más estúpida, la misma que me costó una condena ante un tribunal de menores por el robo del coche de AutoMapi.

Para complicar aún las cosas, tropieza al bajar del coche y se acerca a cara descubierta. Empieza a aferrar los barrotes con los dedos y a dar tirones para decidir a cuál fijar el cable del cabrestante. Sus movimientos me alarman. Parece extraviado, como si sus pies flotaran pero sus ojos y sus manos respondieran violentamente a los estímulos más triviales. A veces titubea, a veces parece demasiado decidido. Creo que está drogado. Ya debía de estarlo cuando lo he llamado por teléfono. Nosotras lo observamos desde unos diez metros. Apenas podemos ver nada, los faros nos deslumbran, tienden un velo que hace imposible distinguir qué hay detrás del coche. Mariela quiere levantarse para acudir hacia la valla, pero la detengo. En su lugar, soy yo la que me asomo con la linterna del móvil encendida. No me expongo demasiado, solo lo suficiente para que él sepa que estoy ahí. El muy estúpido sonríe, apretando mucho los dientes, al verme aparecer.

—¡Jos! —grito antes de volver al escondite—. ¡Tápate la cara, joder, te puede estar grabando la cámara! ¡Te dije que esto era serio!

—Bueno, ¿quieres que te saque de aquí o no? —responde, y no hace ni ademán de ocultarse.

Jos se agacha ante el frontal del coche, donde se oculta el cabrestante eléctrico, y libera el garfio del cable de acero que asoma por una ranura. Luego regresa hasta la valla dispuesto a ajustarlo a algún barrote.

No llega a hacerlo.

Una silueta protegida por el resplandor de los faros surge desde la oscuridad del páramo. Un solo disparo con un arma corta incrusta una bala en la sien de Jos. Entra por la izquierda de su cráneo. Sale por la derecha. Y así acaba todo. Jos se desploma y la silueta vuelve a desaparecer en la noche.

Me quedo sin aire. No he tenido tiempo de pestañear. El subfusil continúa colgado de mi hombro, ningún reflejo innato me ha llevado a alzarlo contra el atacante a la velocidad suficiente. Ahogo un grito. Jos. No lo pronuncio, solo lo pienso. Mariela tampoco ha chillado, pero me ha clavado las uñas en el muslo, acuclillada como está a mi lado. El asesino ha desparecido tras el velo del resplandor. No servirá de nada disparar con el subfusil hacia la noche ahora que saben que estamos aquí.

Se abre una puerta en la pared del almacén. Es la que comunica el interior con el depósito del RIP, no sé quién tiene esa llave. Aparecen tres siluetas. Es raro que no estuvieran ya en el recinto. Eso quiere decir que no esperaban encontrarnos aquí. Quizá tenían a alguien haciendo guardia en el exterior y ha visto llegar la furgoneta. Y ahora han mandado a alguien más a por nosotras. Agarro a Mariela de la chaqueta y la arrastro conmigo. El tipo que ha matado a Jos me ha oído gritar y es posible que me haya visto asomarme haciendo señas con la linterna del móvil; se ha quedado en el exterior, pero seguro que puede dar nuestra ubicación a los otros tres. Tenemos que cambiar de escondite. Agachadas, nos movemos tan rápido como podemos. Nos refugiamos al fondo de otro de los tendejones, tras unos barriles de plástico. Se encienden unas linternas que nos buscan.

—¡Fina! —grita alguien.

Mi nombre. A pesar de que solo me he asomado un instante al exterior, me han identificado. Me conocen.

—¡Fina, sal de ahí ya, joder! Estás atrapada.

Lo estamos.

60

Estoy acuclillada, con la espalda pegada a una mochila, que a su vez está pegada a un contenedor de ácido. Abrazo el subfusil. Mariela está muy cerca de mí. No disponemos de demasiada luz con la que evaluar mutuamente nuestro miedo. No sé dónde mira Mariela ni si sus ojos están aterrorizados. Eso sí, oigo su respiración: parece muy agitada.

Examino el arma con los dedos, busco botones o resortes que la hagan funcionar. No me engaño: no lo voy a conseguir. Ni siquiera había tenido nunca nada parecido entre las manos.

La voz vuelve a oírse:

—¡Sal de una puta vez, Fina! No hagas que sigamos buscándote. No sabes en qué te has metido.

Ahora reconozco la voz. Me sorprende, aunque no debería. Era un candidato esperable.

—Sebas —susurro—. Puto perro faldero de Valdivieso y Riva.

Al oír esos nombres, Mariela se tensa. Le gustaría poder contradecirme, pero lamentablemente tengo razón. Sebas es nuestro jefe directo, el supervisor de flujo tenso. Me conoce bien, incluso ha podido identificar mi voz de inmediato al gritarle a Jos, sin necesidad de verme. Hago unos cálculos rápidos para entenderlo. Si Riva y Valdivieso están metiendo droga a través del sistema de cintas transportadoras, es normal que hayan nombrado supervisor de esa sección a un hombre de confianza. Delegan en él el control del verdadero negocio, un negocio que hace que ni siquiera necesiten a WuChain más que como tapadera. Que sea más o menos rentable como cliente les da igual. El problema es que si WuChain cancela el contrato, Aldea Logistics sale de la planta y es sustituida por otra empresa de logística. A Valdivieso no le viene bien, porque ya tiene todo el tinglado montado con Riva. Por eso la dirección no se deja amedrentar por el comité: necesitan contentar a WuChain para que Aldea Logistics siga como operadora del CLT.

—¡Sebas! —grito. Mariela pega un respingo, no se lo esperaba—. ¡Sebas, tengo un arma!

—Ya lo sé. Pero no tienes ni puta idea de cómo usarla.

Han apagado las linternas y ahora su voz proviene de la oscuridad. No sé dónde se han apostado. No veo nada.

—¡Claro que sé usarla, gilipollas! El primero que asome la nariz se la vuelo. Ten cuidado: tu tabique de platino te ha debido costar una pasta.

Durante un instante, la única respuesta es el silencio. Puede que Sebas esté consultando con sus compañeros si lo que digo es verosímil. Hasta me parece oír un murmullo. Finalmente, parecen llegar a una conclusión.

—Vale, vale. Dinos dónde está el envío y nos vamos.

Noto que Mariela vuelve a tensarse. Retiene el aliento. Si pudiéramos mirarnos a los ojos, yo estaría obligada a retirar la mirada.

—¡Lo tengo conmigo! —grito.

—Qué carajo dices —susurra ella—. Qué es lo que tú tienes contigo.

Sorprendentemente, la réplica que me da Sebas desde el otro lado del patio es la misma que me acaba de dar Mariela.

—¿Qué tienes contigo? —grita Sebas.

—¿Qué va a ser? Lo que buscáis.

Ahora sí que oigo murmullos. Parecen discutir entre sí.

—¿Qué es lo que buscan? —vuelve a susurrar Mariela—. ¿El caviar?

Sebas sigue gritando, ajeno a lo que me pregunta Mariela.

—¿Que tienes el envío contigo? ¿Te estás quedando con nosotros? —grita él.

—Dales la mochila, Fina —susurra Mariela. Y aunque apenas proyecte la voz, jamás la había oído tan furiosa.

—Mariela, no puedo perder el tiempo con explicaciones ahora, pero… —respondo.

—Dales la mochila o te estrangulo —insiste.

Me quito la mochila de la espalda. La dejo a los pies de Mariela.

—Lánzasela, ahí fuera, por favor. Yo no puedo con tanto peso.

Mariela se yergue. Coge la mochila de las asas, gira la cintura y la expulsa del tendejón como si fuera una competición de lanzamiento de martillo. El bulto aterriza con un ruido sordo. Luego ella regresa a la cobertura de los bidones. Digo movimientos al otro lado del patio.

—¡Acabo de lanzaros una mochila!

Al poco rato veo los haces de luz de las linternas. Uno de ellos enfoca la mochila y una silueta hace acto de presencia, agarra una de las asas y desaparece arrastrándola.

—Está bajo esa cubierta —dice una voz que no reconozco.

Se producen unos instantes de silencio. Luego se oyen unos golpes, unas voces que no entiendo.

—¿Dónde está lo demás? —grita Sebas.

Mariela se vuelve repentinamente a mirarme, aunque no pueda ver mis rasgos en la oscuridad. De lo contrario, estaría viendo un gesto de profunda sorpresa en mi cara.

—¿Qué demás? Eso es todo lo que tengo.

Ahora entiendo lo que dice la voz que no sé identificar:

—¿El jefe se pone así de histérico por tres sacos?

—Cállate. No lo menciones —responde Sebas.

—¿Qué más da ya lo que mencione?

—Que te calles.

—Nos van a matar de todas formas —susurra Mariela.

Comparto su opinión.

—¡Sebas, hagamos un trato! —grito.

—Sí, sí. ¿Dónde está lo demás?

Improviso.

—Lo he escondido en un *rack*. Te mandaré un mensaje con las coordenadas cuando me dejes salir.

Sebas ríe. Ríe como cuando cuenta alguna de sus historias chungas de discoteca, donde siempre hay una mujer de la que abusar y mucha droga.

—No hace falta, Fina. Gracia a la huelga, el CLT es nuestro toda la noche, y posiblemente lo sea mañana también. Tengo todo el tiempo del mundo para encontrarlo. Ahora sal de ahí. Eres tan subnormal que has ido a refugiarte entre los productos inflamables.

—No deberías llamar subnormal a una persona con discapacidad. Y todavía menos si tiene una metralleta.

—Vale, vale. Tú lo has querido: vamos a por ti.

A partir de ese momento ya no oigo nada. Doy por hecho que los compañeros de Sebas han abandonado su posición a cubierto y se aproximan con precaución.

—¿Te has dado cuenta de que creen que estás sola? —me comenta Mariela.

Es cierto. Siempre se refieren a mí en segunda persona del singular. No han intentado hablar con quien me acompaña. Solo me han visto a mí cuando me he asomado a hablar con Jos.

—Sí, me he dado cuenta. Quédate aquí agachada. Voy a asustarles con el arma. No te verán. Podrás escapar cuando me...

—No —me interrumpe—, dámela a mí. Y sal a entregarte.

—¿Y qué vas a hacer?

—Voy a reventarles la madre a balazos.

—¿Sabes usar el arma?

—Soy de Medellín.

61

Ya se ven las tres sombras en el pasillo que conduce a nuestra posición. No tengo mucho tiempo para desconfiar de Mariela. Salgo de detrás de los bidones y avanzo unos pasos con las manos a la vista. Ya no llevo la mochila, pero las piernas me pesan más y respiro con dificultad. Uno de los tipos de Sebas levanta su arma, un revólver. Entonces suena la detonación. Suena a mi espalda. Algo muy rápido azota mi chaqueta y se aloja en el cuerpo del tipo que me apuntaba.

—¡A cubierto! —grita otro.

Otra ráfaga. No alcanza a nadie. Rebota en un poste metálico. Las chispas incendian uno de los cercos de líquido que empapa el suelo.

—¡Corre ahora! —grito.

Mariela sale del escondite. Corre. Las llamas empiezan a extenderse por uno de los cobertizos. Me llega la primera bofetada de calor que siento en toda la noche. Pero no la agradezco. No sabemos hacia dónde dirigirnos. No sabemos dónde se han refugiado Sebas y el otro miembro de la banda. No sabemos si el tipo que mató a Jos sigue cubriendo la parte exterior de la valla. Estamos confusas, como yeguas en mitad de un ataque de lobos. En nuestro extravío, tropiezo con la mochila, que se ha quedado tirada en el suelo, abierta, pero con el contenido aún en su interior. Han debido abandonarla allí cuan-

279

do Mariela ha empezado a disparar. No se lo esperaban. La recojo.

—¡Por aquí! —grito.

Pasamos junto al malherido, que se retuerce en el suelo, desangrándose. A la luz del fuego Mariela y yo volvemos a vernos mutuamente nuestras caras de terror. Pero también descubrimos que Sebas ha dejado entreabierta la puerta de entrada al Monstruo. Corremos hacia ella.

—¡Se escapan! —dice una voz que no identifico.

Mariela abre fuego hacia el lugar donde se oye la conversación. Yo me adelanto, cruzo la puerta hacia el almacén, ella me sigue. Cierro tras de mí. Bloqueo la puerta con un tablón que encuentro al otro lado. Vuelvo a sentir la opresión del techo del Monstruo sobre mi cabeza.

62

Corremos. Nos refugiamos entre los pasillos de *racks*, aunque no sabemos si nos observan. Para mi sorpresa, nadie empieza a golpear la puerta que hemos bloqueado. Quizá conozcan otra entrada. Quizá puedan abrir los portones de los muelles, igual que han podido abrir el acceso al RIP. O quizá se hayan parado a extinguir el fuego; empiezo a sospechar que necesitan proteger el edificio tanto como recuperar lo que llevo en la mochila. Sebas sabe hacerlo, forma parte de los Equipos de Prevención de Incendios. Me doy cuenta de que liderar ese equipo es precisamente lo que le da el privilegio de atravesar las puertas: si tienes que impedir un incendio en cualquier punto del Monstruo, necesitas llaves. Supongo que por eso, y no por valentía, se presentó voluntario.

Por otra parte, ahora saben quién soy, por tanto no les urge perseguirme: podrán ajustar cuentas conmigo en cualquier momento. Y por eso voy a desaparecer. Si tengo que estar oculta en un garaje de Villaverde durante un mes, lo estaré. Jos ya no está para ayudarme, pero encontraré cómo vender la mercancía, saldaré la deuda de Sergio y usaré lo que sobre para evaporarme y contraatacar.

Enfilamos el pasillo tres y corremos hacia el oeste, hacia el Enlace. Mariela me toma pronto la delantera. Llevo la carga y llevo la pierna medio muerta. Ella gira por el cruce D y se pierde

281

tras el *rack*. La sigo. Doblo la misma esquina. Algo me hace tropezar. Un traspiés violento. Me voy al suelo. Irme al suelo de cara es una de las cosas que más miedo me dan. Porque solo tengo la mano derecha para parar la caída y mi larga nariz suele tocar tierra antes que el resto del cuerpo.

Es lo que ocurre esta vez. Me doy un buen golpe. Enseguida noto la sangre manar a borbotones por las fosas nasales. ¿Qué cojones me ha hecho caer?

Miro atrás, a la esquina que justo acabo de sobrepasar. Es ella, Mariela. Se ha ocultado tras el *rack* y me ha puesto la zancadilla, como una niña que hace trampas al escondite. Me apunta con la metralleta. Consigo darme la vuelta para ponerme boca arriba. Me quedo mirándola. Debo tener una pinta horrorosa, tendida en el suelo, hundida en la mochila como si un cojín sujetase mi cuerpo en mi lecho de muerte, y con la cara ensangrentada.

—¿Qué quieres que te diga? —murmuro—. ¿Que no es lo que parece?

—¿Por qué no empiezas por explicarme qué crees tú que parece?

Asiento. Está bien. La he metido en esto. Y ahora me ha pillado y tiene un arma. Yo tampoco estaría dispuesta a colaborar si no me contasen antes algo que se aproximase a la verdad.

—Creo que piensas que estoy con ellos. Que aquí hay una red de tráfico que se aprovecha del CLT y que formo parte de ella. Y que les he robado, o algo así, y quieren hacérmelo pagar.

—¿Y es cierto?

—Sólo en parte. Es verdad que les he robado y que me lo quieren hacer pagar. Pero no formo parte de su tinglado. Era Ari. Ari estaba metido en algo.

—¿Qué estás diciendo? ¿Le quieres pasar la responsabilidad a tu amigo muerto? Eres lo peor.

—El día que me acompañaste a Torija y entré en casa del Tranchete encontré un papel con dibujos de Ari. Tenía apuntado el código de un envío y una fecha. Abrí la caja y me encontré lo que llevo en la mochila.

—¿Y quisiste quedártelo?

Respiro hondo. En esa postura me cuesta llenar los pulmones. Me siento como un crucificado, clavada a la rígida mochila que separa mi espalda del suelo.

—Sí, lo reconozco. Me quise quedármelo.

—¿Por qué? ¿Es que no sabes cómo son los narcos? ¿Ir contra ellos por un puñado de dinero…?

—Es más complejo que eso. Ahora no tengo tiempo para explicártelo.

—Al revés, Fina. Empieza por explicármelo y luego ya veremos si tienes tiempo para otra cosa.

Me limpio las narices con la manga del polar. Se queda impregnada de sangre. Miro fijamente el suelo.

—Es por mi hermano. Mi hermano Sergio. Sus negocios.

—¿Qué negocios?

—Nunca me ha dado detalles. Pero sé que son importantes. Y por eso me comí una condena del tribunal de menores, para que esos negocios no se fueran al traste. Mientras duraron, nos fue de puta madre. Pero luego algo se estropeó, y mi hermano terminó igualmente en la cárcel. Y ahora necesita dinero con urgencia.

—¿Y qué tiene que ver con CLT?

—Hace tiempo, cuando todo le iba bien, mi hermano oía cosas en la calle. Noticias vagas sobre el CLT WuChain Alcarria que le llegaban a través de individuos de todo tipo. Decían que un mozo de almacén, que cobra el sueldo mínimo, tenía un Lamborghini oculto en un garaje de Madrid; que otro había llevado a operar de cáncer a su padre a Houston. Sergio se convenció de que algo se estaba moviendo aquí, en el Monstruo. A poco más de un kilómetro de nuestra casa natal. Si averiguaba qué pasaba, podría utilizar la información en beneficio propio.

—¿Qué averiguó?

—Nada. En cuanto empezó su actividad en Madrid, se desvinculó de esta comarca. Solo mantenía lazos conmigo o con Jos. Pero Jos, ya lo has visto, es... Era un idiota. Sin embargo, yo un día me encontré de narices con la casualidad.

—Ya. Me lo has contado varias veces. Conociste a Evaristo y te ofreció un empleo aquí.

—Hasta ese momento no se me había ocurrido. Le dije a Sergio que aceptaría el trabajo e iría pasándole la información que encontrase. Le pareció bien. Sus negocios empezaban a flaquear y ya veía un futuro penal complicado, necesitaba explorar nuevas oportunidades de negocio. Pero yo no encontré nada en el Monstruo. Pasé meses y meses prestando atención a detalles mínimos, y nunca encontré nada.

—¿Y por qué no te fuiste?

—Porque el dinero de Sergio dejó de entrar en casa y empezamos a necesitar el sueldo del CLT. En cualquier caso, nunca he dejado de investigar. Me di cuenta de que con eso no bastaba, y me propuse agitar la madriguera, a ver si conseguía hacer salir a las ratas. Empecé a robar mercancía en los *racks*, esperaba que alguien me llamase la atención, que me dijeran que en este CLT solo podían delinquir ellos. Pero no sucedió. Creí que tenía que aumentar la provocación, así que convencí a Ari para que se sumase a los robos. Y eso sí que funcionó. Funcionó demasiado bien. Le captaron en la red.

—Y le costó la vida, por tu culpa.

—Ari dejó de hablarme, Mariela. En cuanto vio que ganaba dinero con ellos, me dio la espalda. Si me lo hubiera dicho, si me hubiera contado quién estaba implicado y qué hacían, podría haberlo protegido. Pero no me dijo nada, nada... Me traicionó, hostias, ¿no lo entiendes? Me dejó tirada, y eso sí fue lo que le costó la vida.

Lloro. Estoy llorando, joder. No sé si Mariela me ha visto llorar alguna vez. No sé si algún día me voy a perdonar esta prueba de vulnerabilidad. Mariela baja el subfusil. No se muestra clemente ante mi llanto.

—Ahora que ya sabes qué está pasando aquí dentro, ¿qué carajo querías hacer? ¿Por qué te llevas la mochila? ¿Qué coño buscabas?

—Lo primero era saldar una deuda que amenaza la vida de mi hermano. Pero…

—Pero hay algo más.

—Sí, no es solo eso. También busco un golpe de efecto. Derrumbar el castillo de naipes y que la cartas queden boca arriba. Descubrir quiénes están metidos en esto, obligarles a asomar las narices, desde el primero hasta el último.

—¿Para robarles su negocio?

—Sí.

—¿Es todo por dinero?

—Por dinero. Y para castigarles por lo que le han hecho a Ari.

63

Mariela me mira fijamente a los ojos un buen rato. Hasta ese momento ella nunca había contemplado la posibilidad de que la muerte de Ari fuera un asesinato. Pero ahora comprende. El resplandor espectral de las luces de emergencia le da un aire de holograma. El vaho que sale de su boca se tiñe de verde. Si se viera a sí misma, se gustaría: sujeta el arma en una atmósfera de neón, como si protagonizase una peli ciberpunk.

—Yo me largo de aquí —dice por fin.

Y no es buena noticia que lo diga. Para ninguna de las dos.

—Mariela, no puedes irte. Ahora saben quiénes somos.

—No. Saben quién eres tú.

Mariela echa andar hacia el Enlace. Consigo ponerme de pie para seguirla.

—Pero saben que hay otra persona, y no tardarán en dar contigo.

—Solo tú me has visto, así que sigue hablando, y llegaré a la conclusión de que lo mejor es matarte.

—Ni siquiera sabes si el Enlace ya está despejado. Quizá no puedas pasar.

—Tú misma dijiste que tenían que ser pocos. Y ahora esos pocos están en el patio de residuos peligrosos, intentando abrir la puerta o apagando el fuego. Además, todavía tengo el arma.

—Pero es muy arriesgado.

Mariela se vuelve. Levanta el subfusil. Me planta el cañón en el pecho.

—¿Tú me hablas de riesgo? Tú arriesgaste la vida de Ari y perdiste. Y llevas toda la noche cargando con una mochila que te supera en peso. Todo para hacerte matar por ella.

—Ahora mismo la mochila es nuestra única baza para salir bien paradas.

—¿Esa es nuestra única baza? No parece que les haya impresionado mucho —replica ella.

Me quedo en silencio. Tiene razón. Sebas no estaba satisfecho con lo que había encontrado en ella. Y lo malo es que no sé por qué.

—En cualquier caso, es lo que tenemos para negociar.

—¿Negociar? No entiendes a los narcos, Fina. Por mucho que te pese, esa cantidad para ellos es una miseria, les hace más daño dejarte viva que perder el dinero que pudieran sacar en la calle.

Miro a lo lejos. Por entre los *racks* se ve un fragmento de las oficinas de administración, con su panóptico de ventanas.

—Tenemos que volver allí. A las oficinas. Esta vez iremos a dirección. Hemos de encontrar algo que vincule a Valdivieso y Riva con los narcos. Y luego largarnos y desaparecer el tiempo que sea necesario hasta que todo se calme. Después restableceremos el contacto y utilizaremos esa información para que nos dejen en paz. Confía en mí, tengo contactos.

—¿Contactos? ¿Tu hermano, que está en la cárcel, o el tío al que han matado al otro lado de la valla? ¡Estás sola! ¡Y a mí me has utilizado, me has traicionado y casi consigues que me asesinen! Tú haz lo que quieras con tu mochila. Yo me voy a casa.

—No te dejarán. Son asesinos.

—¿Y tú? —dice, retrocediendo un paso—. ¿Y tu hermano? ¿Acaso sois otra cosa?

Se vuelve y echa a andar. Continúa su camino hacia el oeste, en dirección al Enlace. Yo también debo penerme en marcha, si tengo que llegar hasta la oficina de dirección. Pero no quiero que piense que la sigo. Nunca había suplicado a nadie tanto como lo acabo de hacer. Mi orgullo nunca había mostrado tantas brechas.

Subo por el cruce y enfilo el pasillo dos, en paralelo a Mariela. Ya no me preocupan las cámaras. Está claro que alguien las ha desconectado, si no ya estarían tras nosotras. No les interesa que se vea qué ocurre aquí esta noche. Y será fácil culpar al piquete de haberlas cegado. Me aprieto la nariz haciendo pinza con los dedos para cortar la hemorragia y, de vez en cuando, me paso la manga por la boca para limpiarme la sangre. Al rato parece que el flujo se detiene. He debido dejar bastantes salpicaduras en el epoxi. Me encantaría decir que, con tanta tensión, ya no tengo frío. Pero mentiría.

Llego al final del pasillo dos. Ya diviso el pórtico del Enlace. Mariela parece tener razón, no veo a nadie. Bueno, sí, la veo a ella. Puede que sea de Medellín, pero sigue pecando de ingenua. Camina hacia el pórtico con más despreocupación de lo que debería. Me oculto para asegurarme de que llega a su destino con seguridad.

No lo hace.

De detrás de un palé surge una sombra que la aborda por la espalda. Un grito se me viene a la garganta. Quiero avisarla. Pero es demasiado tarde. Reprimo el grito. Solo serviría para descubrirme. La sombra ha golpeado a Mariela en la nuca, la ha arrojado al suelo. Enseguida aparece otra silueta, no tengo ni idea de dónde sale. Se agacha junto a ella pisando el subfusil y encañonándola con una pistola.

Ella vocea y se queja. No llega a articular ninguna palabra compresible.

—Joder, es la colombiana esa que trabaja en flujo tenso —comenta uno.

—Tranquila —dice el otro, dirigiéndose a ella—. Ponlo fácil y no te pasará nada.

Sí le pasará algo, claro que le pasará algo. A menos que yo lo impida. Ahora todo depende de mí. Mi seguridad y la suya.

64

Aprovecho que los embozados han abandonado sus posiciones para atravesar el pórtico del Enlace tan deprisa como puedo. Una vez que estoy en el edificio nuevo, veo al alcance la puerta de acceso a las oficinas. Subo la escalera hacia los despachos de los que mandan.

Accedo a un vestíbulo donde está la mesa de Carmen, la secretaria de dirección. Esta oficina no resulta mucho más lujosa que la peluquería de caballeros de un pueblo castellano. Todo tiene el mismo aspecto que la caseta prefabricada donde se cambian los albañiles de una obra. Hay cuatro puertas, que se pueden abrir de una patada. Una da al despacho de Valdivieso, otra, al de Riva, otra, a una sala de reuniones donde reciben a los chinos de WuChain, y otra más, al despacho del director financiero, cuyo nombre nadie recuerda, un tipo bajo con bigote que lleva media década de baja por un tumor en la próstata. Hay también un dispensador de agua, del que Carmen siempre te ofrece un vaso, y un par de macetas con plantas de interior fáciles de cuidar. En la oscuridad, sin embargo, sin la luz homogénea de los tubos fluorescentes, todo cobra la atmósfera de un nido de dragones.

No sé qué busco aquí, pero debo encontrarlo. Algo de valor, algo que enseñar a la policía para que me saquen de la órbita terrestre, o algo que ofrecer a esos tipos para que se comprometan a dejarme en paz, para no tener que vivir el resto de mi vida vigilando si hay alguien a mi espalda. Cuanto antes lo halle, más posibilidades tendré de sacar a Mariela de esta. Porque de aquí no salgo sola: o me voy con ella, o me voy con una tonelada de culpa.

Empiezo.

Abro los cajones de Carmen. No encuentro más que albaranes, pedidos de material de oficina, facturas. Hay una agenda, Carmen es de las antiguas, no sabe organizar la existencia de sus jefes a través del ordenador. Reviso bien las citas. Encuentros con Wu Chain. Encuentros con el alcalde de mi pueblo y con el de Torija. Encuentros con el consejero de Economía, Empresas y Empleo de Castilla-La Mancha. No lo sé, esas entradas no me dicen mucho; pueden ser algo sucio o pueden no ser nada más que lo que indican.

No acierto a formular las preguntas y tengo muy poco tiempo para encontrar las respuestas. Cojo mi móvil y me pongo a hacer fotos de la agenda. No es más que la medida desesperada de alguien que sabe que no está en condiciones de discurrir.

Termino con los papeles de Carmen y me paso al despacho de Valdivieso. La puerta no está cerrada con llave. No había estado nunca aquí. Valdivieso no llama a empleados habitualmente y, cuando lo hace, nos cita en la sala de reuniones contigua. La estancia es como el vestíbulo, o como el despacho de Miguel Riva, que sí conozco. La única diferencia radica en una foto con el rey Juan Carlos enmarcada en la pared y un crucifijo. Sobre un archivador hay una cafetera de cápsulas buena, para no tener que tomar la basura que ofrecen las expendedoras del almacén, como hace Riva. El único signo de debilidad del dueño de Valdivieso SA se concentra en una botella de coñac con la que, probablemente, aderece los cafés. El resto es aburrido, aburridísimo. Me pongo a abrir los cajones de la mesa, del archivador, del armario. Nada está cerrado con llave; me sorprende.

Tomo fotos con el móvil de todo lo que veo. Pero no me engaño: aquí no hay nada.

Repito la operación en el despacho de Miguel Riva, con la ventaja de que ya lo he visitado antes. Tampoco encuentro apenas documentos. ¿Dónde guarda esta gente sus papeles importantes? No hay nada, nada de nada. Vuelvo a tomar el móvil para hacer las fotos. Pero me detengo. ¿Para qué?

Esto no va a ningún lado.

65

Entonces me fijo en la impresora. En la bandeja de salida hay un folio que Riva ha olvidado coger. Una lista de nombres. Los leo de pasada, en diagonal, no pueden tener más importancia que nada de lo que ya he desechado.

O quizá sí.

Identifico nombres que me son familiares: Conde Galán, Antonio; Fernández González, Sergio Pablo; Garrido Flores, Azucena; Pérez Cabezón, Óscar. Es una lista de compañeros de Aldea Logistics. Hasta ahora, todo normal. Necesito concentrarme. ¿Me dicen algo más estos nombres? Lo primero, que casi todos los que reconozco corresponden a empleados que rondan los cincuenta años; muchos de ellos trabajan en el almacén de larga estancia; bastantes, en tareas de mantenimiento. Sin embargo, ninguno trabaja en las cintas transportadoras; yo no figuro en ella, tampoco Mariela ni Gus. Trato de hacer una estimación rápida del número de personas que figuran en el papel. Unas doscientas cincuenta. Calculo mentalmente. Doscientos cincuenta empleados corresponden, más o menos, al veinte por ciento de una plantilla de mil doscientos. Recuerdo las palabras del Guillermo en el bar del pueblo: «El primer ERE ya se está tramitando mientras tú y yo hablamos: un treinta por ciento de nosotros se irá a la calle. Y solo es el principio.»

La lista que tengo en mis manos es la del expediente de regulación de empleo, contiene las personas que Aldea Logistics pretende despedir para contentar a WuChain. Me habría gustado encontrarla hace unos meses, cuando me interesaban cosas un poco menos urgentes que salvar mi vida, la de Mariela y la de mi hermano. Ahora, ¿qué me importa?

Pues sí, me importa.

Porque entre los nombres descubro algo que de verdad pesa.

Te descubro a ti, Ari. Aron Costache. Estás incluido en ella. Iban a despedirte. Pero no solo a ti. Los nombres están ordenados alfabéticamente, por lo que no me cuesta mucho comprobarlo: Mustafá, Hakim; Sancho González, Abelardo; Ortega Mújica, José Javier… a quien solíamos conocer por el Tranchete.

Están aquí. Estáis aquí, Ari. Los cuatro empleados muertos a lo largo de este último mes. Tres de los cuales, al menos, he podido comprobar que estabais metidos en esta mierda del contrabando de cocaína.

La lista de los nombres lleva la fecha del momento en que fue elaborada. Solo un par de días antes del accidente del Tranchete, el primero de los muertos.

Y ahora es cuando empiezo a preguntarme más cosas. Porque, por más que le doy vueltas, puto Ari, no consigo comprender qué sentido tiene que Valdivieso o Riva os incluyeran en un ERE cuando ya estaban planeando mataros.

Y al cambiar el punto de vista de la pregunta, todavía la entiendo menos: si los jefes de este centro mantenían un negocio de narcotráfico en marcha, ¿qué ganaban despidiendo a las personas implicadas en la trama? Lo más lógico es retener consigo a sus miembros, por toda la información que poseen, por la confianza, por no enfadarlos, por no tener que buscar a otros. Echarlos no les generaría más que problemas: tener descontentas a personas con información demasiado peligrosa es un riesgo inasumible. Es más…

Echarlas les generaría la necesidad de matarlas.

Y me doy cuenta de que la cosa tiene mucho más sentido si lo explico así: los mataron porque iban a despedirlos. Así se aseguraban de que, una vez fuera del CLT, y por tanto, fuera de la trama, no provocarían problemas.

Pero eso aleja las sospechas de Valdivieso y de Riva. Porque ellos podrían haber evitado que los despidiesen, haciendo entonces innecesario matarlos. Y si querían matarlos, ¿para qué despedirlos?

He estado equivocada todo el tiempo. Quien mato a Ari y a los otros tres fue alguien que sabía que los iban a despedir. Pero que no podía hacer nada por evitar el despido.

¿Y quién más podría saber que te iban a echar a la calle, Ari?

Veo la respuesta ante mí. Como si la llevara en mi apretada mano izquierda desde siempre.

El comité. El comité conoce con antelación qué empleados serán incluidos en el ERE.

El comité de Evaristo.

MANTIS

66

Todo está tan claro ahora que parece trazado con escuadra y cartabón. Pero con una escuadra y un cartabón sucios, tan sucios que dejan rastro cuando los desplazas por el papel. Rastros de incredulidad, de ira y de desconcierto. Me viene a la memoria el rostro de Sito, la viva imagen de Evaristo, sus ojos risueños, su boca abierta en una sonrisa inabarcable. Cómo se parecían, joder. Cómo reaccionaba el niño cuando lo veía, quería levantarse de la silla, quería aprender a hablar solo para decirle hola a su padre. Se fundían en ese abrazo torpe, Evaristo rodeando el cuerpo huesudo de su hijo, que mantenía los brazos abiertos, como una enredadera que se enrosca en torno al tronco de un árbol tembloroso. Sito le clavaba los dientes en el hombro, su forma de besar, que dolía, porque todo el amor que transmitía dolía.

Retengo esa imagen en la mente. La retengo como diciéndome: Fina, antes de acusar a Evaristo, lávate la boca…

Pero todo cuadra, todo cuadra.

Y si cuadra eso, cuadra tu muerte, Ari, tonto rumano. Te mataron, te mataron por esto.

Todo el tiempo he creído que Riva y Valdivieso estaban aprovechando el día de huelga para infiltrar a sus hombres y disponer del CLT a su antojo. No me daba cuenta de que tiene mucho más sentido que sea Evaristo el que juegue ese papel. Quien de verdad dispone del edificio a su antojo, quien bloquea las puertas, quien ordena los disturbios, quien conoce los rostros bajo las capuchas de los piquetes es él. En las últimas cuarenta y ocho horas, lo que iba a ser una huelga tal y como la conocemos ha ido escalando hasta convertirse en lo más conveniente para Evaristo: un asedio, un bloqueo que asegure que nadie entra en el CLT.

De alguna manera, al interceptar el envío de Ari he retirado algún pilar que ha hecho que todo caiga, he desatado algo muy serio. Pero ¿de verdad tanto valor tiene lo que cargo en la mochila? Son quince kilos. Desconozco la pureza. Pongamos que fuera canela fina y que, tras adulterarla, salieran tres kilos por cada uno de ellos. ¿Cuánto costaría en una discoteca de Malasaña? ¿Un millón ochocientos mil euros? ¿Dos millones? Mucho, es verdad. Yo me retiro con esa cantidad.

Pero no es todo para mí. Los distribuidores, los camellos, los sobornos. Los hombres de Sebas eran tres. El que murió en el baño suma otro más. Los que pillaron a Mariela, otros dos. Y un jefe (¿Evaristo?, no me jodas, Fina, no lo nombres, no lo mezcles con esa chusma), otro más. El pastel se va dividiendo. Tampoco me olvido de que Sebas comparte mis dudas sobre el valor del cargamento. También él se ha sorprendido ante la escasez de la mercancía.

Estoy en el área de dirección. Puede que haya una forma de asegurarse. Una manera de confirmar o desmentir todo. Y así el universo podrá volver a girar o acabará por implosionar definitivamente.

Cojo el teléfono de la mesa de Valdivieso. Esta vez llamaré a la policía. Quizá ir a la cárcel sea la única forma de protegerme, colaborar, negociar una rebaja de pena y protección para mi hermano; él no tiene por qué enterarse. A fin de cuentas, el Grumo lo había dicho: llevaban años investigando el centro sin éxito; yo puedo contarles lo que pasa. Me acerco el auricular a la oreja.

Pero no. Ahora no solo no hay cobertura móvil, sino que tampoco hay línea fija.

Los hombres de Sebas (¿los hombres de Evaristo?) han hecho su trabajo. Han cortado la comunicación. Habrán ido al cuadro de conexión de fibra óptica y cable telefónico y lo habrán desmontado entero. Porque quizá sean pocos, pero estoy segura de que entre ellos dominan todos los secretos del Monstruo. Contarán con alguien de mantenimiento, con alguien de seguridad, Sebas abre y cierra puertas y oficinas, tienen acceso al WMS. Y Evaristo posee el poder de lograr que la gente haga lo que él quiere.

Por otro lado, estoy yo. Una discapacitada con un cúter.

Y pinzas de mantis.

67

Mi mano izquierda siempre está más cerca del pecho, doblada sobre mi corazón. Con el dorso noto el bultito cuadrado en el bolsillo interior del forro polar. La libreta del Grumo. La que le quité al cadáver instantes antes de salir corriendo. La saco de allí y empiezo a pasar páginas. No entiendo la mayoría de las anotaciones. Son matrículas, números de identificación de empleados, direcciones. No tengo ni idea de qué hacer con todo eso ni tiempo para estudiarlo detenidamente. Sin embargo, hay algo en la segunda página que sí sé cómo usar. Dice así: «Servidor de cámaras: Pan0pt&co2000». Son las contraseñas para entrar en el circuito cerrado de televisión.

Está bien. Solo tengo que averiguar dónde está ese servidor. Y creo saberlo. Desde mi puesto de trabajo en la nave de ampliación se llega a ver la planta de oficinas en la que me encuentro. Separado unos metros de las ventanas principales, hay un ventanuco que siempre me ha llamado la atención. No sé qué oculta, pero he visto a miembros del equipo de seguridad observarnos desde allí, como si quisieran corroborar con sus propios ojos lo que están viendo en una cámara. El servidor debe de estar tras ese ventanuco, en una sala. Y la entrada no puede andar lejos. Pero antes necesitaré algunas herramientas.

Me quito la mochila y la dejo en el suelo. Salgo del despacho de Valdivieso y bajo la escalera. Abro la puerta con cuidado y me agacho para salir al almacén. No tardo en encontrar lo que busco. En el Monstruo usamos palanquetas a diario para todo: para abrir palés dañados, forzar tapas metálicas, levantar cargas... Hay una en la primera encimera de mantenimiento. Me la llevo. Regreso a las oficinas por donde he llegado. Tomo un angosto pasillo que conduce desde los despachos hacia la sala de IT, donde un servidor guarda teras de datos de todo lo que traga y defeca el Monstruo. Nunca he ido más allá de la puerta de esa sala, pero el pasillo continúa unos metros. Al final, encuentro otra puerta. Está cerrada pero, por suerte, no es de seguridad.

Introduzco la uña de hierro de la palanqueta entre la puerta y el marco, a la altura del pomo. Empujo con todo mi cuerpo. Intento reprimir un grito de agonía. Hago tanta fuerza que la puerta se desencaja. Me llevo la mano a la cara. Vuelvo a sangrar por la nariz. Si alguien analiza la sangre que está goteando en el suelo sabrá que es mía.

Para entonces ya no estarás aquí, me digo. Y caigo en la cuenta del significado fúnebre de la frase.

68

Entro en el cuartucho. Hay una consola de control con cuatro monitores de pantalla plana, ratón y teclado. A un costado encuentro un ordenador de torre con una pegatina que pone CCTV. Creo que es el servidor del circuito cerrado de televisión del Monstruo. Luego veo varios equipos atornillados entre sí en columna. Uno de ellos vomita cables blancos y rojos. El único led que parpadea es el que dice «Stand by». El equipo está desconectado, es decir, las cámaras no han estado funcionando. Aunque la empresa de seguridad Enter Security debería estar aquí, controlando la vigilancia, no hay nadie. Eso puede ser porque los piquetes han conseguido que no entren o porque Evaristo también dispone de algún infiltrado entre ellos. Palpo entre los módulos hasta que encuentro lo que podría ser un botón de encendido.

Presiono. Un ventilador arranca con un zumbido. El monitor se pone azul. Carga el sistema operativo, algo como una versión corporativa de Windows. Luego aparece una cartela: «Video Management System – Milestone XProtect». Debajo, una barra de progreso se llena lentamente. Cuando termina de cargar, aparece una ventana de inicio de sesión. Introduzco la contraseña del Grumo. El escritorio se abre.

Las cámaras empiezan a dar señal.

Aparecen como un mosaico en el escritorio. Algunas en negro. Otras con imágenes congeladas de horas atrás: un muelle

302

de carga, un pasillo sumido en la oscuridad, una salida de emergencia. Pero las más interesantes son las que muestran movimiento.

Hay tres que vigilan la avenida de la entrada principal al Monstruo. Soy difícil de impresionar, pero lo que veo en el monitor me produce escalofríos. Se está librando una batalla campal a las puertas de la Alcarria. La columna de tráilers sigue ahí, bloqueada en la calle. Veo parabrisas rotos. Un camión tiene renegrida la zona frontal que rodea el radiador, ha recibido el impacto de alguna bomba incendiaria. Las cabinas están vacías. Supongo que han escoltado a los conductores hacia la A2. Les han recomendado dejar allí sus vehículos. Estarán esperando en la gasolinera el momento de poder recuperarlos.

La policía ha cargado y parece haber fracasado. Veo a dos antidisturbios intentando socorrer a un tercero tendido en mitad del asfalto. Los piquetes no son compasivos con ellos, desde la barricada lanzan cohetes con trozos de cañería, vuelan piedras hacia ellos. Los policías se cubren con los escudos. Quien intenta subirse a un camión recibe una lluvia de proyectiles. El resplandor de las fogatas genera extrañas áreas de píxeles blancos en los monitores. Las imágenes, sin sonido, parecen propias de un sueño. No oigo a los compañeros, no veo sus bocas abiertas, porque llevan embozos, pero en mi cabeza los gritos resuenan como los de un ejército furibundo.

Veo llegar más luces de coches de policía. También hay cámaras de informativos que están grabando. Todos los ojos miran ahí afuera. Ninguno hacía aquí dentro.

Selecciono una cámara más próxima al punto de entrada. Muy cerca de la caseta de recepción, donde solía estar el Grumo. Desde ahí los mariscales de campo controlan el piquete. Identifico a Naia y al Guillermo. Pero Evaristo es el único que no va embozado, continúa tocado por su casco de antidisturbios. Parece sentirse inmune. Antes creía que su temeridad se debía a que ya no tenía nada que perder. Ahora veo que es justo lo contrario: se está jugando el todo por el todo, y quiere llevarse ese todo.

Selecciono más cámaras. Recorro el interior del Monstruo. Voy haciendo clic en las ventanitas, cada una me muestra una visión diferente de una misma realidad. Un almacén vacío, oscuro, donde apenas resplandecen las luces verdes de las salidas de emergencia. Me detengo en una vista de la playa norte 2, donde se encuentra la zona de e-commerce. Es un área que, al igual que la del flujo tenso, va ganándole día a día espacio al almacén de larga estancia. No es muy distinta de un supermercado. Allí, los empleados de WuChain (los únicos que no pertenecen a la plantilla de Aldea Logistics, sino que son directamente contratados por la empresa de *retail* china) atienden pedidos directos entre una gran variedad de artículos de marca blanca Wu: juguetes, ferretería, decoración... Toman nota de la compra que llega por el portal de internet, seleccionan el producto y lo colocan en un muelle de expedición para que llegue cuanto antes al consumidor.

Lejos de la cámara, pero aun así a la vista, veo un muelle con el portón abierto. En él hay un camión aparcado. Está iluminado. Gracias a eso, distingo la silueta de uno de los embozados de Sebas. Lleva el subfusil que he tenido en mis manos hace un rato, y que le han arrebatado a Mariela. Ella está allí, a sus pies, con un trozo de precinto tapándole la boca y las manos atadas a una estantería con bridas de plástico.

Casi grito al verla con vida. Al momento me doy cuenta de que no sé a qué viene tanta alegría. No sé cómo rescatarla. Por un momento me dejo llevar por el desánimo. Me sorprendo pensando que, si la hubieran matado, al menos ahora podría concentrarme en escapar. Aunque arrastrase esa culpa toda la vida, no me vería en la obligación de tener que sacarla de aquí.

Qué hago ahora contigo, me digo.

No, Mariela no es un problema. No puedo verla como un problema. ¿Qué dice siempre ella, con esa mierda de filosofía de todo a cien sacada de LinkedIn y de todas esas cuentas de TikTok que sigue? Ah, sí. Lo que es fácil al principio siempre será difícil al final, y lo que es difícil al principio siempre será fácil al final.

Lo fácil ahora es fugarme. Lo difícil es enfrentarme a ellos. Lo muy difícil es averiguar cómo.

69

Abro la mochila. Extraigo los tres paquetes y los sopeso. Me quedo un rato mirándolos, mirando alrededor. No puedo permanecer mucho más aquí, en las oficinas. Tienen que estar buscándome por toda la nave. Pero tampoco puedo salir sin un plan. Esta mochila es lo único con lo que puedo negociar. Y es poca cosa, tienes razón, Mariela, jodida colombiana. Basta ya, Fina, deja de hablar de Mariela como si estuviera muerta, la has visto en las pantallas, está viva, viva, y tienes que hacer todo lo imposible para que siga así. Pero también yo soy poca cosa. Una chica, una discapacitada. Un insecto.

Algo que he aprendido viendo vídeos de mantis: cuando su adversario es pequeño, se queda muy quieta para pasar desapercibida. Solo se mueve cuando la presa está a su alcance. Entonces se abalanza sobre ella, la atrapa y la devora. Pero si su adversario la supera en tamaño, la estrategia cambia. Se muestra desinhibida, se estira, extiende sus alas y sus pinzas. Quiere parecer mayor, más voraz y peligrosa aún.

Nunca he tenido la necesidad de jugar a ese segundo juego. Miro de nuevo el paquete de droga sobre mi regazo. Tendrá que servir. Servirá.

En mi mente se agolpan los recuerdos de lo que ha sucedido desde que llegué al Monstruo esta misma medianoche. Los embozados que me persiguen, los móviles que no funcionan, las emboscadas que me sorprenden, las líneas que se cortan, los amigos que se mueren, las traiciones que me desorientan. Vale, creo que todavía puede hacerse algo.

Pero primero, conseguir que me teman; mostrarme con las pinzas bien levantadas.

70

Junto al ordenador del sistema de vigilancia hay un micrófono. Uno grueso, negro, como los que ponen en los bares para que toquen los grupos de rock aficionados. Sigo el cable y veo que conduce a una etapa amplificadora atornillada a la misma columna de aparatos. Ya sé lo que es: el equipo de megafonía. A través de él nos alegran la vida con las canciones de Kiss FM. El micro es por si hay que avisar de alguna situación de emergencia. Nunca he visto que tuvieran que usarlo.

Siempre hay una primera vez.

Desde aquí, podría avisar a la policía de lo que está sucediendo en el almacén de e-commerce, pero implicaría una sentencia de muerte para Mariela. No, ahora hay que hace gala de mano izquierda. Tiene cojones que lo diga precisamente yo. Enciendo la etapa amplificadora con un interruptor rojo. Cambio la fuente de entrada de sonido: de radio a micrófono. Ahora diré unas palabras. Tengo que ser escueta, no puedo andarme con introducciones.

—Evaristo. Tengo una cosa tuya y tú tienes una cosa mía. Te veo en e-commerce.

Me han oído lo indican las reacciones de las personas que veo en las pantallas. Hay un altavoz muy cerca de la caseta del Grumo, lo sé por la cantidad de canciones ñoñas que me han obligado a soportar mientras hacía cola para fichar. Por la cámara orientada a ese punto he visto primero a Naia y al Guillermo mirar al cielo, como si les hablase la voz de Dios, o de Karl Marx o de Gramsci, yo qué sé. Luego todos los presentes han dirigido sus ojos hacia Evaristo, al menos doce pares de ojos, más los que estarían fuera de cámara pendientes de él. Veo al jefe del comité encogerse de hombros.

Nos jugamos el todo por el todo. Si Evaristo no tiene nada que ver con este asunto, ignorará la invitación, o emprenderá el camino hacia el lugar donde lo he citado acompañado por unos cuantos piquetes, por si la empresa le quiere tender una trampa. En la imagen del almacén de e-commerce, esa donde puedo ver a Mariela atada y amordazada, los de las pistolas, que también me han oído, levantarán el campamento y huirán. Probablemente la maten antes de irse. No se me ocurre la forma de eludir ese riesgo.

Pero eso no va a suceder. Porque tengo razón.

Lo veo en el lenguaje corporal que Evaristo muestra a cámara. Rechaza los ofrecimientos de quienes le acompañan en la barricada: No, voy yo solo, parece estar diciendo. Y también lo veo en la actitud de los tipos del almacén de e-commerce: no mueven un dedo, no parecen sentir urgencia. Solo hablan entre sí, con visible inquietud. Pero no se van.

Evaristo cruza la puerta de la entrada principal del Monstruo.

Hay algo más. En la imagen que capta la cámara que vigila la playa oeste, dos tipos armados corren en dirección a la oficina donde me encuentro. Uno no lleva la cara cubierta: es Sebas. Solo dispongo de un par de minutos para salir de aquí.

Pero no sin antes cubrirme las espaldas. Tomo la palanqueta y clavo la uña metálica en el aparato al que van a parar casi todos los cables. Lo golpeo hasta que las ventanas que muestran las imágenes del circuito de televisión se funden a negro. También reviento las cuatro pantallas. Quiero dejarles ciegos. Solo entonces agarro la mochila y salgo corriendo. Bajo la escalera, atravieso la puerta y vuelvo al almacén. Me escabullo hacia el bosque de *racks* en torno al pasillo seis. Me escondo en el estante bajo. Desde allí veo entrar por la puerta de las oficinas a Sebas y a su acompañante, ambos pistola en mano. Se sentirán decepcionados al no encontrar a nadie gritándole cosas feas por el micrófono.

71

Ahora que estoy segura de que no ya no pueden verme, salgo de mi escondite. Arrastro conmigo la mochila, que empieza a pesarme más de lo que soy capaz de tolerar. Me desplazo tan rápido como puedo. Ignoro los calambres en la pantorrilla, que ya son más que evidentes. También ignoro la humedad que se sigue deslizando desde mi nariz, ya no sé si es sangre o si son mocos, porque el frío sigue dominando cada rincón del almacén y cada molécula de mi cuerpo. Ahora que sé que no hay cámaras, puedo moverme con mayor libertad por los pasillos. Avanzo en plena oscuridad; a fin de cuentas conozco las entrañas del Monstruo mejor que mi casa. Lo primero que hago es escoger una estantería del almacén al azar, una ubicación como otra cualquiera. Memorizo las coordenadas y dejó la mochila. Ahí se queda, en compañía de otros productos de gran atractivo para el consumidor medio español, como velas aromáticas o sartenes antiadherentes o mancuernas de cuatro kilos. Me llevo la palanqueta, el precinto y, por supuesto, el cúter.

Afortunadamente, sé lo que busco. Voy directa a una ubicación muy precisa que quedó grabada en mi mente. Aquella donde encontré los auriculares Sennheiser que me llevé en la última ocasión. Jos me había pedido más y yo le había prometido más. Pero no son los auriculares lo que me interesa. Recuerdo que antes de probar suerte con la caja que los contenía, abrí otra.

Justo la que está al lado. Cuando llego al lugar exacto, es a esa a la que me dirijo. Con el cúter retiro el precinto que yo misma manipulé hace pocos días, aunque parezca que fue hace años. Y accedo a lo que necesito.

No son más que sencillos amplificadores de señal router. Un aparato que no cuesta más de treinta euros, y que compran los que pueden permitirse una casa lo suficientemente grande para que su WiFi no cubra todos los espacios. No podría venderlos en el mercado de Jos ni por cinco céntimos. Pero tienen una forma que los hace muy valiosos ahora mismo para mí. Del tamaño de un paquete de café, negros, con lucecitas y varias antenas que parecen bolígrafos atornillados a una caja.

Cojo el primero. Lo extraigo del envase. Lo arrojo al suelo. Allí mismo, sobre el cemento epoxi, lo reviento con la palanqueta. Lo convierto en un montoncito de plástico roto, cables que se asoman como tripas y placas de circuitos igual un espejo apedreado. Introduzco tantos restos como puedo en el bolsillo lateral de mis pantalones. Es lo suficientemente grande para que quepan al menos las antenas, y trozos grandes de la carcasa de plástico, con algún circuito aún fijo a ella.

Tiene que servir. Servirá.

72

Ahora emprendo el camino hacia la zona de e-commerce. En este último recorrido voy con un poco más de cuidado. Me gustaría poder hacerme un plano de situación antes de llegar. Ver dónde tienen a Mariela, dónde se han apostado los de las pistolas, por dónde llega Evaristo. No sé si eso me dotará de ventaja, pero les privará a ellos de conocer el terreno mejor que yo. Así que doy un rodeo por los pasillos más cercanos a la playa sur. Avanzo más despacio. No pasa nada por llegar algo tarde, hay que hacerse esperar.

Cuando paso cerca del cruce D, lo veo. Así que lo que contó el Grumo era verdad, no se trataba de un farol de Evaristo. Supongo que sería su último recurso, en el caso de que necesitase escapar o de que quisiera concentrar aún más la atención en algún punto del almacén, mientras su gente opera en la otra. Se trata de una botella de cristal llena de un líquido amarillento, con un trapo húmedo, que aún gotea. Pegado a la botella con cinta americana hay un receptor con una pequeña antena, como de una puerta de garaje. También hay una batería y una resistencia que toca el trapo húmedo. Es una bomba casera incendiaria; cuando alguien pulse el botón de un mando a distancia, el relé del receptor cerrará el circuito, la batería alimentará la resistencia y el trapo empezará a arder. La han colocado estratégicamente en una ubicación llena de muebles de madera conglomerada. Combustible.

Quizá sea lo único bueno que me ha sucedido esta noche. O quizá sea lo peor. No me lo pienso, porque si lo pensase no lo haría. Así funcionan los órdagos. Rebusco entre los restos del router que llevo en el bolsillo lateral. Corto con el cúter un trozo de cable de unos diez centímetros. Con cierta dificultad, lo pelo con los dientes hasta que aparece el cobre. Luego lo sostengo junto a la bomba. Hago contacto entre los bornes de la batería y la resistencia. He puenteado el relé. La resistencia se calienta. El trapo arde. Podría estallarme en las narices. ¿Acaso no me han estallado en las narices bastantes cosas ya esta noche? No, el fuego del trapo aún tardará unos segundos en alcanzar la botella.

Salgo de allí perdiendo el culo hacia la zona de e-commerce.

73

Antes de mi aparición estelar, me agazapo tras un lineal lleno de botes de espray abrillantador marca Wu. A ver si salgo refulgiendo. Desde ahí lo veo antes de que él me vea a mí. Ya no parece importarle nada. No se oculta. Sostiene el casco de antidisturbios bajo el brazo, como un niño que lleva un balón al parque. Tiene el mismo gesto despreocupado que antes, cuando le he estado observando a través de las cámaras, el mismo que le vi en el hospital, cuando no se separaba del lecho de Sito, cuando la neumonía se lo llevaba sin remedio. Siempre había pensado que era una coraza. A veces las cosas son lo que parecen, nada más, y no hay que buscarles una explicación que las humanice ni que concuerde con nuestras expectativas.

No solo lo veo a él. También veo a Sebas, que parece bastante más nervioso. No se cubre el rostro, pero lleva el revólver en la mano como si fuera a usarlo. Da vueltas de un lado para otro, como un personaje de videojuego que rebotase contra los obstáculos del escenario. A pocos metros está Mariela, jodida Mariela, que parece más tranquila de lo que yo nunca habría creído. La tienen sentada, con las manos atadas con bridas a un lineal de productos Wu de ferretería. El precinto le cierra la boca. Por concederle algún mérito a Sebas, he de decir que nunca pensé que existiera mordaza que hiciera callar a Mariela; de lo contrario, yo misma la habría usado.

315

No muy lejos de Mariela está la playa norte. Como he visto por las pantallas, uno de los muelles está abierto, y hay un enorme remolque acoplado a él. En ningún momento les he visto traer el camión, ni he oído la maniobra de *docking,* el motor marcha atrás, el pitido de alerta... Esto es muy grande, el ruido se habrá perdido en el vacío. Sebas tiene acceso al WMS y privilegios para abrir y cerrar los muelles de carga, así la banda se asegura la huida, a pesar de que las salidas de emergencia estén selladas. Solo tienen que escoger un muelle y abrirlo desde el sistema informático WMS. Probablemente así han salido al encuentro de Jos.

¿Dónde están los demás pistoleros? Aquí solo hay uno. Un tipo alto, con la cara aún tapada, pero sin capucha. Deja ver parte de una tez clara y cabello rubio. Lleva colgado al hombro el subfusil que han recuperado al detener a Mariela, el arma que casi nos mata en el vestuario. Deben de tener a los otros tres o cuatro amigos buscándome por todo el CLT, después de que no me encontrasen en las oficinas.

Desde mi escondite, grito:

—¡Evaristo, soy Fina! ¡Voy a entrar!

74

Aparezco de entre las sombras. Sebas alza el arma y me apunta entre ceja y ceja. Evaristo interpone la mano ante el cañón. Mariela no me pierde de vista. El del subfusil se acerca a ella, como custodiando su preciado objeto de cambio. Me quedo mirando los ojos cándidos de Evaristo, su rostro en perpetuo desprendimiento, con esa piel como tan sometida a la ley de la gravedad, una fruta que ha perdido el frescor, los brazos cruzados apretándose el vientre. Tengo que mantenerle la mirada, ahora cualquier signo de debilidad es una sentencia de muerte.

—Fina —dice con voz plácida—, ¿estás bien?

¿Estás bien? ¿Cómo que si estoy bien? Esperaba cualquier cosa menos «estás bien». No, no, Fina, debes recordar la estrategia. Pinzas arriba, alas extendidas, mandíbulas abiertas.

—Estoy de puta madre. No había estado tan bien en mi vida. Mira qué sonrisa traigo.

Evaristo responde con una carcajada.

—No hay tiempo para esto —dice Sebas.

—Eso lo decido yo —responde Evaristo. Luego se dirige a mí—: Te lo has ganado. No puedes decir que no te hayas metido en esto tú solita.

—Si hubiera sabido que tú manejabas este tema…

—Si hubieras sabido eso —me interrumpe—, habría tenido que matarte. Solo Sebas lo sabía, los demás no me han visto la

317

cara hasta ayer, para ellos yo no era más que una fuente anónima de información. Un nombre en clave en un chat cifrado donde iba dando las instrucciones. Además, habrías hecho exactamente lo mismo, habrías esperado tu oportunidad para meter el hocico, como siempre haces, Fina.

—¿Qué es lo que siempre hago?

—¿Acaso piensas que no lo sé? Yo lo sé todo.

Por un momento siento que los latidos de mi corazón se ralentizan. Si Evaristo sabe lo de mi hermano, también él está en peligro. No debe notar que claudico, no debe percibir el farol.

—Sé que llevas años robando en el CLT y vendiendo la mercancía a ese tío, el que llamabas Jos —prosigue—. Nadie hace nada en kilómetros a la redonda sin que yo lo sepa.

El oxígeno vuelve a mi torrente sanguíneo. Su conocimiento no va más allá del Monstruito.

—Tiene cojones —respondo rápido, para volver a centrar la atención sobre él—. ¿Te vas a poner estupendo tú, que has montado aquí…? No sé, ¿una red de narcotráfico? Ayúdame a ponerle nombre.

—Esto te supera, Fina.

—Vale, tú has montado «una red que me supera» y me ¿vienes con sermones por robar unas tablets de mierda¿

—¿No entiendes que me siento responsable de lo que hagas? Yo te traje de la mano.

Su rostro sigue siendo cándido. Los mismos ojos con que miraba a Sito a medida que le iba subiendo la fiebre, sin poder hacer nada más que esperar. Pero no, no debo engañarme. Reconozco sus ojos, pero no a él. Nunca antes me había sucedido. No sé quién es. No ha tenido tiempo para cambiar tanto. Es la misma persona que descubrí por primera vez en Los Olivares, un maestro del disfraz o un individuo con personalidad múltiple. No puedo dejar que me ablande.

—Me trajiste de la mano. Pero me dejaste en la entrada, ¿no?

No quisiste hacerme parte de todo esto. Metiste a Ari. A mí me dejaste fuera, a pesar de que yo estaba antes.

—¿Qué parte de la frase «Me siento responsable de lo que hagas» no has entendido? Quería mantenerte a salvo de todo.

Quizá Evaristo no se haya dado cuenta, pero le acabo de comer el primer peón. El objetivo era convencer a Mariela de que no formo parte de esto, y él lo ha confirmado. Cuando escapemos, ella no volverá a poner los mismos reparos de hace un rato. Pero ya que hemos llegado hasta aquí, pienso seguir tocándole los cojones a Evaristo.

—Querías mantenerme a salvo. Dios, no esperaba eso de ti. Al final eres como todos. No ves en mí a alguien que puede hacer cosas, solo ves una coja con la mano atrofiada. Crees que no soy capaz de salirme de la senda. Soy un angelito de Dios, como nos llamaban antes los curas, ¿no? No tengo malicia, no tengo posibilidad de hacer el mal. ¿Es lo que pensabas también de Sito? ¿Que era una planta de interior?

Sebas se lleva las manos a las orejas, pistola incluida.

—¿Podéis dejaros de cháchara? Tenemos que terminar con esto. Fina, ¿dónde coño tienes la mercancía?

—¡Cállate, Sebas! —quita Evaristo.

Pero luego se queda mirándome, como instándome a que responda. Cuando pasan unos segundos y aún no he dicho nada, se cansa de esperar.

—Fina, tenemos un problema muy grande. Ayúdame a solucionarlo. Supongo que no te creerás que yo soy la cúspide de esta pirámide. Hay gente muy poderosa por encima de mí. No puedo dejar que se enfaden. Dime dónde has puesto la carga.

—Te diré dónde la he escondido una vez que nos liberes a Mariela y a mí.

Evaristo mira a la colombiana con resignación. Suspira y luego vuelve a plantarme cara.

—Me temo que va a tener que ser al revés.

Si yo estuviera negociando con Evaristo, confiaría en él. La palabra de Evaristo va a misa. El problema es que acabo de descubrir que Evaristo no existe. Y no sé hasta qué punto puedo creerme a este tipo que lo sustituye. No olvido el historial de muertos que ha dejado tras de sí el último mes. Aunque se llame igual y tenga su misma cara, no es Evaristo con quien estoy hablando.

—Sabía que no íbamos a coincidir en las prioridades —indico—. Por eso me he visto obligada a tomar una serie de medidas. La mercancía sigue dentro de mi mochila. Y la mochila está oculta en una ubicación de los *racks* del almacén. Os enviaré las coordenadas cuando Mariela y yo hayamos salido de aquí. Pero más os vale que sea cuanto antes. Disponéis de menos tiempo del que creéis.

—Y supongo que ahora vas a decirme por qué.

—Claro. Porque la planta está en llamas. Encontré una de vuestras bombas. No era muy potente, supongo que no queríais más que acojonar a Valdivieso y Riva. Lamentablemente, habéis desactivado todos los sistemas de emergencia y habéis sellado las salidas de incendios, así que ahora tenéis un peligro a pocos metros de donde estáis vosotros... y vuestra droga.

Evaristo suspira. La mirada de Sebas parece próxima a la alucinación.

—Dejadnos ir y os pasaré las coordenadas tan pronto como hayamos cruzado el páramo.

—¡Y una mierda! —grita Sebas, apuntándome con el arma—. ¡Te las vamos a sacar a hostias! Parece que estás pidiendo a gritos que os violemos a las dos para que habléis, tiene sentido, supongo que no habrás follado mucho en tu vida de...

Evaristo se vuelve violentamente hacia Sebas. Deja caer el casco antidisturbios al suelo. Del interior de sus pantalones saca un cuchillo bowie, con una hoja de casi treinta centímetros llena de arañazos y la empuñadura desgastada. Avanza hacia el perplejo Sebas y le apoya la punta del cuchillo en la mejilla, justo bajo el ojo derecho.

—Te he dicho que te calles, Sebas. No lo voy a repetir.

Sebas reacciona apuntando con su pistola a la cabeza de Evaristo. El otro, el rubio de la cara tapada, no sabe muy bien qué
hacer. Desvía el cañón del subfusil de Sebas a Evaristo, luego a
mí, luego a Mariela y luego otra vez a Sebas.

—Aprieta ese gatillo —sigue Evaristo—, y vivirás sin ojo los
pocos días que te queden.

Todas las venas del cuello de Sebas parecen estar a punto de
estallar. La mano de la pistola le tiembla como un ratón muerto
de frío.

—Te aseguro que no envidiaré que me sobrevivas. Ya sabes
qué pasará cuando se enteren.

Estas palabras parecen convencer al supervisor de flujo tenso.
En estos pocos minutos he aprendido dos cosas. La primera, que,
aunque formen parte de la misma trama, la rivalidad entre ambos
nunca ha sido fingida. La segunda, que Evaristo tiene mucho
más poder que el que yo nunca habría imaginado.

—Y ahora, Fina, dinos dónde está esa mochila.

—Déjanos ir y te llamaré para decírtelo.

—No —se limita a contestar Evaristo.

Y así aprendo otra cosa. Que no se molesta en reiterar la
promesa de que me dejará ir una vez recupere lo suyo.

Es hora de levantar un poco más las pinzas. Extender un
poco más las alas. Abrir un poco más las mandíbulas. Saco los
restos del amplificador de señal router que reventé. Extraigo el
amasijo de mi bolsillo lateral como si fuera un racimo de uvas,
con sus antenas rotas y sus placas de circuito hechas astillas. Luego lo arrojo a los pies de Evaristo.

75

—¿Qué es esto? —pregunta.

—Uno de los inhibidores de 5G que Riva hizo instalar en el almacén. Como ves, y diciéndolo de manera sutil, lo he desactivado... He disfrutado de unos instantes de plena cobertura, como en un resort de Gran Canaria.

Evaristo pestañea.

—¿Has llamado a la policía?

—Podría haberlo hecho y te habría hundido. Pero también habría firmado mi sentencia de muerte. Prefiero negociar. He escrito un email.

—Has escrito un email.

—Así es.

—¿A quién?

—A la policía.

Evaristo me mira fijamente.

—No has llamado a la policía, pero les has enviado un email.

—No se lo he mandado. Todavía. Lo he programado para dentro de dos horas. Solo si salgo viva de aquí podré cancelarlo. Daos prisa, el tiempo corre y el fuego se expande.

Sebas recupera el valor suficiente para volver a hablar.

—¿Vas a seguir permitiendo que se tire esos faroles?

Evaristo se encoge de hombros. Extiende una mano como pidiendo paciencia a Sebas. Luego vuelve a dirigirse a mí.

—Todo eso está muy bonito, Fina. Estoy seguro de que en otras circunstancias habrías conseguido lo que te propones. Pero resulta que estás mintiendo.

Noto unas palpitaciones desbocadas en las venas de mi cuello y mi pecho. Noto la boca seca, que el aire apenas circula por mi garganta, se atasca como el tráfico de camiones a la entrada del Monstruo.

—No puedes haber enviado ese email desde aquí. Ni siquiera en el dudoso caso de que hayas roto un inhibidor. El piquete ha saboteado las torres de telefonía. ¿No recuerdas mis historias de las huelgas mineras? Lo primero es la desconexión total, dejar a todo el mundo ciego y sordo.

No estoy acostumbrada a me pillen mintiendo. No, claro, no hay ningún email a la policía. El ritmo cardiaco estalla en mi pecho. La lengua se me pega al paladar. La pierna izquierda parece fosilizada. Duele cada tendón.

Evaristo se acerca a Mariela. Blande el bowie y se lo pone en la garganta.

—Y ahora voy a hablarte de un Evaristo que aún no conoces. También nació durante aquellos años de la minería, pero no protagonizó unas historias de las que pueda sentirse tan orgulloso como de la lucha obrera. Hay que saber mantener un buen relato sobre uno mismo; ahora lo llaman marca personal, lo aprendí en un curso de liderazgo del sindicato.

Me lloran los ojos. Es posible que no haya pestañeado desde hace diez años.

Se oye un ruido, como un locutor deportivo pidiendo paso en un partido de fútbol. Me percato de que hay un walkie talkie apoyado en una de las estanterías. Alguien está gritando desde otro lugar del Monstruo.

—¡El almacén está ardiendo! —chillan—. ¡Y no encontramos nada! ¡Se va a quemar todo!

Evaristo mantiene esa calma glacial de siempre. Le pide a Sebas que coja el walkie-talkie y les diga que sigan buscando. Así lo hace. Luego se dirige a mí de nuevo.

—Vaya, parece que no mentías en todo, a fin de cuentas. Te diré una cosa: no es buena idea meter prisa a quien tiene el cuchillo por el mango. Voy a contar hasta cinco. Si no me dices las coordenadas, voy a matar a esta chica. Y no me va a importar matarla porque aún tengo un recurso. El recurso eres tú, Fina. Uno…

La lengua se expande en el interior de mi boca. El corazón se expande en el interior de mi pecho. Los pulmones se contraen, se vuelven de piedra.

—Dos…

—Yo… Sito —soy capaz de susurrar.

Como única respuesta a ese nombre obtengo un:

—Tres.

El nudo en la boca del estómago. El nudo dentro de mi garganta. El nudo dentro de mi cerebro. Un nudo eléctrico. Chispas, relámpagos.

—Cuatro.

Y entonces llega el negro.

76

Me desplomo. Vuelvo a notar la dureza del epoxi en la nariz. Vuelvo a notar la sangre que desaguan mis fosas nasales. Me quedo inmóvil. Inerme. Los músculos tan tensos que podrían haber roto el suelo. Y entonces empiezo a convulsionar. La comisura izquierda de mi boca se alarga al tiempo que la mejilla se contrae. Dibuja una sonrisa siniestra que parece querer batir un récord de extensión. Las pupilas se me van arriba, buscando el espacio oculto que hay tras mi frente. Me pregunto qué verán los otros en mis ojos, si solo verán blanco, si me tomarán por un zombi. La mano izquierda se me ha quedado bajo el cuerpo. La derecha, ahora igual de apretada, se agita pegada a un costado como el cascabel de una serpiente. El cuerpo entero, tendido a la larga, quiere estirarse como un niño que pretende parecer más alto.

—Mierda, la puta epilepsia. ¿Y ahora qué? —dice Sebas.

Se acerca a mí. Me aproxima la bota de seguridad, me sacude con ella. La punta reforzada de acero se me clava en las costillas.

—No hagas eso —dice Evaristo—. Si no sale de la crisis no va a poder darnos las coordenadas de la mochila antes de que el fuego la haga cenizas.

—Joder —se queja el otro.

Evaristo se arrodilla a mi lado. Se quita el forro polar y lo dobla como una almohada para acomodar mi cabeza. No intenta reprimir mis espasmos, sabe que son convulsiones tónico clónicas y que no pueden detenerse. Sito también las sufría. Empieza a acariciarme el pelo mientras mantiene la otra mano, cariñosa, en mi espalda.

—Busca en sus bolsillos —le dice a Sebas—. Debería tener algún medicamento de rescate. Algún tipo de diazepam: Bucolam, Stesolid…

—¿No se dormirá?

—Es más fácil despertarla de un sueño de diazepam que de una crisis epiléptica con ausencia.

Sebas se agacha junto a Evaristo. Deja la pistola en el suelo y me mete las manos en los bolsillos laterales del pantalón. Extrae mi cúter, mi paquete de clínex… Evaristo empieza a decirme cosas bonitas. Las mismas desesperadas cosas bonitas que le susurraba a Sito en las crisis que presencié, allá, en Los Olivares.

—¿Dónde está Fina? Queremos que vuelva Fina. La queremos mucho, mucho. Para hacerle cosquillas, para contarle chistes…

Pero yo sigo tensándome y destensándome como la amarra de un barco cuando las olas llegan a puerto. Y sonriendo. Sonriendo como una bruja malvada.

—Aquí no encuentro ningún medicamento —dice Sebas, que ha puesto del revés todos los bolsillos de mi ropa en un segundo—. Los tendrá en la mochila.

Evaristo no deja de acariciarme. Cuando no se le ocurre qué más decir se pone a cantar una canción infantil. «Ya la luna baja en camisón, a bañarse en un charquito con jabón…» Esto nunca se lo había oído, ni siquiera en sus momentos más íntimos con Sito. Debe de quererme mucho. O debe de querer lo que llevo en la mochila. Pero yo sigo en crisis. Y así podrías verme si vivieras, Ari. Tendida en el suelo como un insecto palo acosado por dos cuervos. Mi jefe directo registrando todos y cada uno de mis bolsillos. El presidente del comité acariciándome el flequillo y entonándome canciones de cuna. Y estarías preguntándote algo Ari, porque tú siempre estabas preguntándote cosas. ¿Cómo es posible que yo me esté enterando de todo lo que está pasando? ¿Cómo es posible que me esté acordando de ti, puto rumano? ¿Cómo es posible que ahora tenga en la mano la pistola de Sebas, que le haya golpeado con el cañón en la sien, que haya girado sobre mí misma para desembarazarme de Evaristo, que me haya levantado antes que él, que le haya empujado para hacerle caer de espaldas? Ya te estarás imaginando una respuesta.

77

Recuerdo el día en el parque en que llevé a mi mantis en un frasco de cristal. Aquel día en que Jos y Viña y Fon quisieron vengarse de la pedrada. Tuvieron que contentarse con una burla: mi mantis estaba muerta. Al sacarla del frasco, se había quedado inmóvil, exangüe, sobre el poyo de granito. Me di la vuelta para asegurarme de que los tres matones se iban. Al volverme hacia ella, la mantis había desparecido.

No, no creí que hubiera resucitado. Me había engañado: se estaba haciendo la muerta. Cuando mi electroencefalograma empezó a arrojar resultados anómalos, la neuróloga no se extrañó. Dijo: Tiene un patrón de onda punta; es muy común en personas con parálisis cerebral, hay que cuidar las crisis epilépticas, sobre todo en los momentos de picos de crecimiento neurológico, la niñez, la adolescencia; hay que protegerla con antiepilépticos.

Mi madre me hizo estudiar vídeos donde se veía qué me pasaría cuando entrase en estatus; cuando una presencia las cosas horribles que le van a suceder, te aseguro que lo graba bien en la memoria. Nunca jamás he sufrido convulsiones. Pero siempre he sabido cómo fingirlas. Lo hice por primera vez a los doce años, en un vestuario lleno de niñas que me acosaban porque había tenido mi primera menstruación. Me dejaron en paz de inmediato. Desde ese momento descubrí su gran utilidad. En cuanto al Depakine, ese medicamento que deforma a los fetos, llevo toda la vida arrojándolo por el váter.

78

Apunto con la pistola hacia el tipo que custodia a Mariela. Él quiere hacer lo propio con su subfusil. Pero no es lo suficientemente rápido. Yo ya le he descerrajado dos balas (Sebas no tenía puesto el seguro, típico de él). El otro abre fuego solo una vez antes de caer al suelo. Su disparo roza el brazo de Sebas. Mariela se aprieta contra la estantería a la que sigue atada. El del subfusil está tendido en el suelo, inmóvil. Parece que ese cacharro trae mala suerte a quien lo porta. Sebas, con el brazo sangrante, se ha puesto a cubierto tras el lineal del pasillo más próximo. Corro hacia Mariela. A medio camino le guiño un ojo. Todo irá bien, le dice mi gesto.

Ese es mi primer error. No es lo mismo salir de un frasco de cristal que sobrevivir al ataque de las hienas.

Una embestida por el flanco se me lleva por delante. Me lanza al carajo. Vuelvo a caer sobre mi lado izquierdo, mi puto lado izquierdo, ese que siempre llevo desprotegido. El brazo malo golpea como un diapasón. No sé si me quiebro o me desencajo el hombro. No me da tiempo a mirar ni a volverme pero sé que es Evaristo, cómo no. Noto el peso de su cuerpo sobre mí. Aún sostengo la pistola, pero algo rodea mi muñeca, activa los músculos de mi antebrazo, tensiona mi índice. Suena un disparo, suenan dos disparos. Luego la pistola cae de mi mano. Y finalmente siento una especie de alfiler punzando mi cuello.

Entonces me hago cargo de la situación. Estoy bocarriba y Evaristo se ha sentado a horcajadas sobre mi abdomen. Aprieta el cuchillo contra mi garganta.

—Ya está bien —dice—. Mira lo que has conseguido.

Miro lo que, efectivamente, he conseguido.

En el pecho de Mariela se está extendiendo una mancha roja y oscura. Brota como del interior de su alma. Los brazos continúan alzados, atados a la brida, pero el cuerpo cuelga ahora de ellos con todo su peso, como si el torso hubiera dejado de valerse por sí mismo, como un Cristo crucificado.

Me quedo sin respiración. Una bocanada de sangre y miedo casi me obliga a vomitar. Quiero salir de allí, ir con Mariela, pero Evaristo no me deja.

—Dime las coordenadas. Incluso mi paciencia tiene un límite.

Ya está. Ya se acabó. Ya no doy más de mí.

He matado a tres personas esta noche. Una de ellas es Mariela.

Le entrego las coordenadas. Las pronuncio despacio, para que me entiendan bien.

Sebas corre a transmitirlas rápidamente por un walkie-talkie. Permanecemos así varios minutos. Evaristo tampoco parece ni respirar. Su rostro siempre cándido ha adquirido unos rasgos bestiales. Sebas intenta socorrer al tipo del subfusil. Al ver que no puede ayudarle ya, se limita a quitarle el arma y dejar el cuerpo como está.

Por fin aparece el resto de la banda. Solo son dos tíos más. Traen la mochila consigo. La dejan en el suelo. Evaristo se aparta de mí y acude a buscarla. Yo me levanto, ante la indiferencia de todos, y corro a ver a Mariela.

Aún respira de forma irregular, entrecortada. Su cabeza apenas aguanta el peso. No posee más aliento que el mínimo para susurrar unas últimas palabras.

—Fina, tenías razón. Tenías razón sobre mí. Dile a tu hermana… que tenías razón.

La miro fijamente. No, no, no lo estoy entendiendo bien. Cuando consigo reaccionar, apoyo la mano sobre la mancha de sangre, desesperada, intentando tapar la hemorragia. En cuanto la palpo, me percato de que no hay nada que hacer. Ella cierra los ojos.

79

Los chicos de Evaristo han traído la mochila. Pero también noticias.

—La policía y los bomberos han entrado en el centro.

Evaristo no responde. Está muy ocupado volcando mi mochila. Los tres paquetes de droga caen uno a uno, con un ruido sordo. Es Sebas quien reacciona a la novedad.

—¿Qué dices?

—Alguien ha visto el incendio. Ha corrido la voz.

Efectivamente, desde donde yo estoy, ya puede vislumbrarse un resplandor anaranjado que se desliza por el techo. También se percibe un incipiente olor picante y tóxico.

—¿Pero qué está haciendo el piquete? ¿Por qué han levantado las barricadas?

—El piquete les ha dejado entrar. Evaristo no estaba allí para decir qué había que hacer. Supongo que Naia o Guillermo habrán abierto paso y han unido fuerzas contra el fuego. El objetivo de la huelga era mantener los empleos, no reducirlos a cenizas.

—¿Oyes eso, Evaristo? —dice Sebas—. ¿Qué coño hacemos?

Evaristo no responde. Está muy ocupado palpando los sacos de cocaína como si fueran melones maduros. Ahora se levanta y desaparece tras un lineal que contiene artículos de limpieza marca Wu. Inmediatamente regresa con un cubo de fregar, con la etiqueta Wu aún pegada. Utiliza su cuchillo bowie para hacer dos largas rajas en el primer paquete de cocaína. Entonces empieza a verter el polvo blanco en el cubo. Mientras lo hace, intenta volver la cara hacia el hombro, taparse la nariz con el brazo para no respirar las partículas de droga.

—Pero ¿qué estás haciendo, chalado? —grita Sebas.

También los otros dos embozados lo observan con pasmo. Evaristo ni los mira. Cuando termina de volcar el paquete completo, hace lo mismo con los otros dos. Ahora tiene toda la droga en el cubo y la remueve con la mano. Entonces extrae algo. Es una pequeña bolsita de plástico transparente con cierre hermético tipo zipper. En su interior hay un objeto. Evaristo lo saca de la bolsita y lo sostiene a la luz, entre los dedos.

—¿Me puedes decir qué cojones es eso? —exige Sebas.

No hace falta preguntar demasiado: es un pendrive. Lo que no sé es qué puede contener. Evaristo se lo guarda en el bolsillo. Toma el cubo lleno de droga por el asa y lo deposita a los pies de Sebas. Se queda mirándolo a la cara, a menos de diez centímetros de sus narices. Si Sebas no le está encañonando con su arma para quitarle ese pendrive, es porque Evaristo le da mucho miedo. Y no precisamente por el bowie que lleva en el costado.

—A ti qué más te da lo que haya en ese pendrive —contesta por fin—. Querías un último cargamento para poder retirarte. Aquí lo tienes. Todo un cubo.

—¿Estás de coña? Con esto no me retiro.

—Pruébala. Nunca has visto algo tan puro. En la calle puede valer millones. Y ahora sois solo tres para repartirlos. Yo renuncio a mi parte.

80

Una explosión y un fogonazo que ilumina las entrañas del Monstruo interrumpe la conversación. El incendio ha alcanzado el material inflamable. Si la cubierta del CLT empieza a arder, no podrán apagarlo. Todo quedará consumido. El olor a quemado cobra intensidad. Sebas vuelve a cubrirse el rostro, para evitar que el humo entre en su negra garganta.

—Hay que espabilar —dice Evaristo—. Vamos a limpiar esto.

Cuando Evaristo le da la espalda, Sebas introduce la punta del índice en el cubo y se lo lleva a la encía. Un escalofrío sacude su cuerpo y hace un rictus de asco. Luego escarba en el cubo con la punta del cúter que me han quitado. Se lleva una cantidad minúscula de polvo a la nariz y aspira. El rostro le cambia inmediatamente. Mientras tanto, los dos embozados se han puesto en movimiento. Se agachan junto a su compañero muerto. Los veo mirarse a los ojos. No sé si tienen más miedo de continuar adelante o de quedarse donde están. Ignoro lo que les motiva a escoger la primera opción, pero vuelvo a sospechar que Evaristo, el padre cariñoso, el compañero comprometido que siempre he conocido, ha acumulado más poder del que nadie nunca debería abarcar. Y ahora no sabe qué hacer con él.

Los chicos cogen el cuerpo por brazos y pies y lo suben a una transpaleta manual sin atreverse a decir nada. Luego cortan las bridas que sujetan a Mariela a la estantería. Su cuerpo se desploma.

—¡Dejadla, hijos de puta! —chillo.

Intento interponerme entre ellos y el cuerpo de Mariela. Responden encañonándome con sus armas.

—Para de provocar problemas de una vez —dice Evaristo, que no parece hacer otra cosa que observar y calcular lo que está sucediendo.

Sus esbirros se llevan a ambos cuerpos empujando la transpaleta hacia el remolque del camión. Justo en el momento en que la suben se oye otra sacudida, esta vez más fuerte. También las sirenas de los bomberos. Una corriente de aire cálido, que parece provenir del pasillo seis, nos golpea de frente, como si en plena noche de invierno hubiera llegado agosto. Sebas no se separa del cubo. Lo toma por el asa y camina medio encorvado por el peso hacia el camión. Cuando pasa tras Evaristo, se queda mirando su nunca. Se rasca la nariz, lo poco que se ha metido le pica intensamente. Incluso parece haberse olvidado del desgarro que la bala de subfusil le ha provocado en el bíceps. No le duele nada.

Ahora que estamos solos, Evaristo se acerca a mí.

—Hay que irse —me dice—. Tengo que estar en el aeropuerto de Ciudad Real dentro de una hora.

—Estás loco si piensas que voy a ir.

—¿No crees que ya has hecho bastante daño? Has matado a tu amiga. Y los chicos que trabajaban para mí también tenían una familia y una vida.

—Trabajaban para ti. Tú los metiste en esto. Eres responsable.

Evaristo suspira.

—Está bien, estás dolida. Tienes razón, debería haberte metido a ti también en el negocio. ¿Estás contenta? Todavía hay una solución, tan solo tienes que venir conmigo.

—No voy a ir por mi propio pie a mi patíbulo.

—Si vienes voluntariamente, puedo interceder por ti. Si eres tan observadora como creo, supongo que te habrás dado cuenta de que aquí se toman muy en serio mi palabra. Pero si insistes en no venir, tendré que decirle a Sebas que tome él la decisión.

—No soy tonta, sé que es más fácil sacarme de aquí viva que muerta. Cuando nos alejemos me meterás un tiro y me enterrarás en el páramo.

—Estás muy equivocada si piensas que soy ese tipo de persona.

—Mataste a Ari y a los otros. Ibas a matar a Mariela.

Evaristo traga saliva. Se oye una nueva explosión, más débil. Coge el cuchillo bowie y me señala con la punta.

—Está bien. Los he matado. A todos. Eso debería darte una pista de a quién tienes que obedecer ahora mismo.

Sebas vuelve del camión, todavía con el cubo colgando del asa y la pistola en la otra mano.

—¡Vamos de una puta vez!

Me convenzo de que no hay más remedio. Me levanto. Llevo el hombro hecho trizas. Quizá me haya roto la clavícula. Me duele al respirar. Afortunadamente, es el hombro izquierdo, el que antecede a un miembro que no iba a utilizar de todas maneras. Si tengo esperanzas de salvarme, no están depositadas en ese hombro.

81

Entro en la caja del camión. Sebas me obliga a tumbarme junto al cuerpo de Mariela. Allí hay otros cinco cuerpos. Seis en total. Repito mentalmente la cifra: seis. Cuatro están envueltos en plástico. Supongo que serán el Grumo, el tipo de los vestuarios, Jos y el que ametralló Mariela en el depósito de residuos industriales. Luego está el rubio que acaba de caer en la zona de e-commerce. Mariela es la sexta. No sé dónde pretenden deshacerse de todo esto.

Además de los muertos, en la caja del camión están también Sebas, Evaristo y uno de los dos tipos de la cara cubierta. El tercero cierra las compuertas del remolque desde fuera. Entiendo que ahora se pasará a la cabina y que sabe conducir un camión de este tamaño. La suposición queda confirmada cuando oigo el rugir de los mil caballos de la cabeza tractora, que arrancan provocando una tremenda vibración. Nos iluminamos con unas linternas Wu que han cogido en la zona de e-commerce. El camión comienza a avanzar despacio. No tengo ni idea de qué camino querrán seguir, pero lo primero será salir del aparcamiento de expediciones.

En ese momento nos alcanza una nueva explosión que sacude todo el vehículo. Sebas, que se mantenía de pie junto a su cubo, cae sentado. Se incorpora rápido, preocupado por los posibles derrames de su cubo.

—¡Joder! —exclama.

—Tranquilo —responde Evaristo—. Esto nos favorece.

—¿Ah, sí? ¿Dime cómo?

—Si el fuego consume el CLT a la velocidad que lo está consumiendo, en pocas horas no quedará nada. En estas circunstancias, cualquier desparecido, incluidos nosotros, será tomado como víctima del incendio. Nadie tiene registro de quiénes estaban en el piquete. Las últimas personas que me han visto con vida dirán que entré en el CLT. Encontrarán mi casco antidisturbios. Verán las salidas de incendios selladas. Nos darán por muertos. Mañana podremos comenzar una vida nueva con una nueva identidad. Una vida mejor.

—Para algunos mejor que para otros —oigo susurrar a Sebas.

Y también veo, a la luz de la linterna, que vuelve a hincar la punta de mi cúter en el cubo para llevársela a la nariz.

Algo va a pasar.

82

Todo lo que puedo decir es que rodamos sobre una superficie lisa. Al menos de momento. El aparcamiento de expediciones se extiende varias hectáreas y vamos muy despacio, supongo que no quieren llamar la atención de nadie. Evaristo permanece en silencio, muy relajado, lo que no significa que esté tranquilo. Evita el contacto visual con cualquiera de los otros ocupantes de la caja, vivos o muertos. Eso quiere decir que los vigila. El de Evaristo es un lenguaje corporal parecido al de los perros de presa: que no haya nerviosismo no implica que no vaya a darse una reacción brutal.

—Así que lo de la lucha obrera no era más que una farsa —le digo.

Y no puedo evitar reprochárselo, porque en algún momento le creí. A mi edad, acabo de descubrir que hay una persona que ha sido capaz de engañarme. Evaristo, la única. El mayor error de mi vida. Él no elude la pregunta.

—No lo era. Luché contra el capitalismo durante tanto tiempo como creí que el capitalismo dominaba el mundo.

—Ah, ¿y no es así?

Esta vez sí clava su ojos cansados en los míos.

—Hace muchos años lo estaba pasando mal. Sito necesitaba muchas cosas, y yo no podía pagárselas. Un día, por pura casualidad, llamaron a mi puerta. Me ofrecieron un acuerdo fácil.

Llegaba un paquete, yo lo recogía de aquí y lo ponía acá. Tan sencillo como eso. Ese día, sin que yo lo supiera, se abrió una puerta. Descubrí lo que había detrás de todo. El verdadero poder no necesita las manos invisibles de las que presume el capitalismo. Puede actuar a plena luz. Es imposible luchar contra él. Estas personas tienen ejércitos. Tienen bancos. Tienen países a su servicio. Hasta hacen competir a sus asesinos en las calles de las ciudades por pura diversión. No te lo creerías.

—Pobrecito —digo con desprecio—. Así que te viste obligado a unirte a ellos.

Provoco en Evaristo una ligera carcajada. Lleva las manos guarecidas dentro de las mangas de la chaqueta de forro polar, esa manía tan infantil que tiene desde que lo conozco. Mira alrededor, al chico de la cara cubierta, a Sebas, quien no le quita ojo de encima.

—Siempre he abogado por el uso de la fuerza. Hacia un lado, hacia el otro, qué más da.

—Hay causas legítimas.

—Sito siempre ha sido la causa más legítima de todas, y me necesitaba.

—Pero Sito ya no está.

—Ahora ya es demasiado tarde para abandonar.

El sonido del walkie-talkie interrumpe nuestra conversación cuando más interesante se estaba poniendo.

—Hemos llegado a la garita —dice la voz del chico que conduce—. La valla está cerrada. Por la avenida se ven luces de bomberos y de policía. No creo que tengamos paso.

—¿Nos han visto?

—No he encendido los faros en ningún momento.

—¿Ves las luces del pueblo? Cruza campo a través hacia ellas.

—¿Con el tráiler?

—Acabaremos llegando a un camino asfaltado.

—Pero ¿qué hago con la valla?

—Embístela.

Es curioso cómo Sebas ya no dice una palabra. O la droga es más pura de lo que imagino o las voces de su interior le están gritando demasiado fuerte. El otro chico aguanta el tipo como puede, arrodillado ante los cadáveres, sin alejarse tampoco demasiado del cubo de coca y sin saber a qué apuntar con su arma. El camión da marcha atrás unos metros. A los pocos segundos, se detiene y un chasquido señala el cambio de marcha. Entonces empieza a acelerar. Tampoco es necesario poner a cien una bestia como esta para echar abajo una valla. Aun así, el conductor pisa a fondo. El rugido del camión nos ensordece. En el suelo me agarro a mis propias rodillas con mi único brazo útil para ganar estabilidad.

Y entonces llega el golpe.

Pero no solo el golpe del camión al atravesar la valla. También el golpe de una criatura rabiosa contra Evaristo. Es Sebas. Ha aprovechado el momento del choque para atacar. Una decisión estúpida que lleva un buen rato anticipando. Ambos acaban en el suelo. Se agarran y forcejean. Gritan. Sebas se mueve con energía. Evaristo solo parece dejarse llevar. Pero no me engaño. Sé que eso no es lo natural. Algo pasa. Al poco rato se desvela qué está pasando, cuando Sebas deja repentinamente de moverse y se queda tumbado sobre Evaristo, como un cachorro que se duerme sobre el cuerpo de su madre. Entonces Evaristo se lo quita de encima y el cuerpo de Sebas cae boca arriba, con los brazos en cruz, sobre el suelo del camión. Lleva el bowie clavado en el pecho. Por la boca expulsa un vómito de sangre. Así se acaba lo suyo. Ahora entiendo por qué Evaristo escondía las manos en las mangas de la chaqueta. No era su manía infantil. Quizá nunca lo haya sido. Quizá siempre haya escondido en ellas alguna respuesta mortífera contra cualquier cosa que él creyera una amenaza.

83

Ahora Evaristo coge la pistola de la mano de Sebas. ¿Por qué este no le ha disparado sin más? ¿De verdad tan importante es Evaristo que matarlo por la espalda intimidaba a Sebas? ¿O es que quería mantenerlo con vida para preguntarle qué contiene el pendrive? El caso es que ya no puede hacer ninguna de esas cosas. Evaristo tiene el arma. El camión circula ya fuera de la carretera, campo a través, zarandeándose a cada bache y haciendo que cruja y se retuerza el interior del contenedor y que la carga, casi compuesta exclusivamente de cadáveres, rebote. Tras sobrepasar un socavón profundo con un bamboleo, el vehículo casi se detiene un instante. Evaristo aprovecha el momento para abrir fuego contra el chaval de la cara tapada. Sus ojos reflejan incredulidad. Pero por poco tiempo, pronto se funden a negro y se van para siempre.

Sé que ya no hay remedio. Ahora sí se ha firmado mi sentencia de mi muerte. Se vuelve hacia a mí. Es como un ángel vengador sobre una pila de condenados. El chico agonizante a su izquierda. Mariela a su derecha. El Grumo a su espalda. Solo el ruido del walki-talkie posterga mi ejecución.

—¿Qué ha sido ese disparo? —quiere saber el conductor.

—¿Por qué te detienes? —pregunta Evaristo en lugar de responder.

—¿Está pasando algo? —insiste el conductor.

—Son los prisioneros —concluye Evaristo—. No te preocupes, tú sigue; esto no tiene por qué salpicarte.

Vuelve a meter primera. Todo el remolque vuelve a crujir. El camión vuelve a avanzar ruidosamente. Evaristo me mira fijamente. Yo lo miro a él.

—No lo hagas, Evaristo. No sé dónde estás metido, pero puedes salir. Vámonos los dos. Por Sito. Algo se nos ocurrirá.

Veo que le tiembla la mano del arma. Un temblor. Algo que lo conmueve. Algo distinto a ese aire cansado, indolente, que siempre arrastra consigo.

—No es posible —dice al fin—. De verdad que no lo es. Lo siento en el alma.

—Pero ¿qué es tan importante? ¿Qué contiene ese pendrive?

Evaristo sonríe. Unas lágrimas se deslizan sus mejillas.

—¿Por qué tuviste que venir esta noche? —pregunta.

Alza el arma y me apunta a la cara. Retira la mirada. No quiere presenciar mis últimos instantes de vida. Pero no son mis últimos instantes de vida. Todavía hay tiempo para algo más.

—¿Sabes cuál es una de mis coordenadas favoritas en el almacén? La C03-R02-03-19.

Evaristo vuelve a mirarme. Me conoce lo suficiente para saber que, cuando digo algo, no lo digo por decir.

—Llevo robando allí desde el momento en que entré a trabajar en WuChain —continúo—. Esa zona está llena de cajas de dispositivos informáticos. Algunos muy caros, como cámaras de fotos o móviles o auriculares de gama alta. Otros más baratos, como los potenciadores de señal WiFi que intenté hacer pasar por inhibidores. Y luego están los baratísimos. Cargadores. Cables… O pendrives.

Se queda petrificado. El temblor de su mano se detiene. Lo malo es que le acabo de hacer olvidar el cariño que siempre ha sentido hacia mí. Lo bueno es que ahora mismo no puede matarme sin asegurarse de algo. Se lleva la mano al bolsillo y extrae el pendrive. Se lo acerca a los ojos. Hay muy poca luz, las linternas que llevaban los que ahora están muertos han rodado por el suelo y proyectan sus haces a capricho. Él esperaba un pendrive, pero no sabía ni de qué marca ni de qué color ni de qué tamaño.

—No habrás hecho eso —murmura—. No, no lo has cambiado.

Deja de manipular el dispositivo. Alza la mirada al techo del camión. Tiene que estar cansado, su mente no puede funcionar tan bien como de costumbre. Intenta hacer memoria. Cómo ha vaciado la mochila. Cómo ha palpado los paquetes. Cómo ha rajado y vaciado cada uno de ellos. Cómo ha abierto el cierre hermético de la bolsita que contenía el pendrive. Recordará que alguno de esos sacos tenía cinta americana para reparar agujeros. Después de evaluarlo, llega a una conclusión.

—No. No has llegado tan lejos como para darme ese cambiazo.

—Tú verás. —Es lo único que se me ocurre decir, pero no me ha salido con el tono chulesco que precisa esa expresión—. Es posible que ahora el verdadero pendrive esté ardiendo.

—Fina —dice él, y vuelve a apuntarme a la cara—, ya te has tirado un montón de faroles esta noche. Y no te ha salido bien ninguno. Déjalo ya por favor.

Evaristo avanza unos centímetros hacia mí. Ahora los cadáveres quedan a su espalda, y allí es donde los quiere dejar para siempre: tras de sí. Pero para ello tiene que terminar conmigo de una vez por todas. Cierro los ojos, extiendo la mano y la antepongo ante mi rostro, como si así fuera a parar la bala.

—¡Espera! —Sueno muy desesperada— ¿Y si ese farol no estuviera pensado para ganar la partida? —Muy desesperada—. ¿Y si solo quisiera ganar tiempo?

Evaristo va a dispararme. Y esta vez lo va a hacer mirándome a los ojos. Pero he conseguido despertar su curiosidad.

—¿Tiempo para qué?

—Para que descubras el verdadero farol que sí te has tragado.

El camión trepida. Los amortiguadores rebotan. Suena la detonación. Estalla el fogonazo. El cañón escupe la bala. Un segundo después, sigo viva. La carne de Evaristo queda expuesta a los ojos de los vivos. El proyectil ha atravesado su pierna derecha y ha quedado encajado en la pared del contenedor. Cae de rodillas.

84

Lo que encuentra Evaristo al darse la vuelta es a Mariela, aun tendida en el suelo. Ha empezado a moverse cuando él le ha dado la espalda. Le ha costado unos segundos hacerse con el subfusil que estaba tirado junto a los cuerpos. Unos segundos que a mí, personalmente, me han parecido siglos. Cuando ha ido a disparar, el bache le ha impedido acertarle al torso. Pero al menos me ha salvado la vida.

No todo está solucionado. Evaristo apunta ahora al pecho de ella. Esta vez no le voy a dar ninguna oportunidad. Me lanzo contra él. Le agarro la mano de la pistola con mi única mano posible. Se oyen tres detonaciones. Luego cuatro, cinco. Las balas salen en todas direcciones. Algunas de ellas atraviesan el parapeto que separa el remolque de la cabina. Y una impacta en el conductor. Lo sé porque el camión empieza a acelerar, empieza a zigzaguear, empieza a dar bandazos, vuelca y empieza a dar vueltas de campana. Todo en el interior salta, rebota, gira, da volteretas.

Hasta que, de pronto, todo se detiene. Se detiene el camión, sobre su lado derecho. Y se detiene Evaristo sobre un enorme río de sangre que brota de su arteria femoral. Me recompongo. He recibido un gran golpe en la rodilla. Supongo que se hinchará. Me arrastro hasta él. Se ha quedado en una posición muy extraña, como un espantapájaros sin articulaciones.

—De verdad que no podía —susurra—. No podía.

Y luego ya no dice nada más.

Lo miro durante un buen rato. De pronto ya no parece tan cansado. Su rostro se ha liberado de la indolencia que adquirió cuando murió Sito. De nuevo parece que las cosas le importan algo.

Me vuelvo a Mariela. Se está zafando del cuerpo de Sebas, que le ha caído encima al volcar el camión.

—Ya está. Ya se acabó.

85

El cubo de cocaína se ha volcado. El polvo espeso en flotación inunda el interior del camión. Hay una nebulosa atravesada por los haces de luz de las linternas que se han quedado quietas por fin. Apenas se puede respirar. Pican la nariz y los ojos. Me pongo a toser. Estiro el brazo derecho hasta que consigo rescatar una linterna atascada bajo mis piernas.

—Salgamos de aquí o vamos a morir de un paro cardiaco.

Me tapo la boca y la nariz con la manga y me acerco a la puerta del remolque. Está cerrada desde fuera. Miro a Mariela. Ella se ha hecho con otra linterna y da un par de vueltas sobre sí misma, barriendo con la luz el interior. Parece una película de zombis. Por fin se detiene ante una barra de las que se utilizan para estabilizar la carga. Le arranca uno de los topes de plástico y deja desnudo el metal. Introduce la punta por la ranura de la puerta. Ambas hacemos palanca con todas nuestras fuerzas. Con un estallido la puerta se abre y se desploma al suelo. Saltamos al exterior.

Respiro hondo. El aire de la Alcarria, frío, seco, limpio, purificador. Escupo y la saliva me sabe a medicina. Mariela tose a mi lado, expectora una flema tras otra. Dirijo la linterna al interior del camión por última vez. La niebla blanquecina lo inunda todo. Quince kilos de cocaína en suspensión, varios millones de euros atomizados en la atmósfera del remolque, que irán depositándose poco a poco sobre la pila de cadáveres, como el polvo volcánico sobre los cuerpos de Pompeya. No queda un solo testigo. Los siete cuerpos que ocupan el interior del remolque pertenecían a las únicas personas que me han visto entrar en el almacén, a excepción de Mariela.

Me vuelvo hacia ella. Me está dando la espalda. Solo mira al Monstruo.

Hemos ascendido por el falso llano del páramo. Estamos casi en el mismo punto desde el que contemplaba las barricadas por vez primera, hace unas cinco o seis horas. Pero ya no hay rastro de barricadas. Si acaso, quedan cenizas. La columna de fuego se eleva decenas de metros, e ilumina el páramo como una estrella que hubiera caído sobre la superficie de la Tierra. Alzo la vista al cielo y, al no ver más que humo, caigo en la cuenta: no es el fuego del Monstruo. Es Betelgeuse, que por fin ha estallado en el hombro del Cazador, y ha enviado una ráfaga letal de rayos gamma para terminar con todo.

Cuando Mariela percibe que estoy a su lado, hombro con hombro, sin dejar de mirar el espectáculo, me habla:

—¿Cómo supiste que me estaba haciendo la muerta?

—Tus últimas palabras. También son las últimas palabras que pronuncia Darth Vader para despedirse de Luke en *El retorno del jedi*.

—Ajá. De modo que no era verdad que no te guste la trilogía.

—La odio —miento—. Pero te he oído tantas veces ensayarla con Gus que ya me la sé.

—Sí, claro.

—Que la sangre que te empapaba la camisa estuviera fría también ayudó a percatarme de que no era tuya. Tú eres de sangre caliente. ¿De dónde la sacaste?

—Pude liberar la mano de la brida y volverla a meter: recuerda que me sudan mucho las manos al contacto con el plástico. ¿No te diste cuenta de que me tenían atada al lineal de pintura para madera?

—Nadie se dio cuenta.

Me quedo mirándola. Pero ella no es capaz de retirar la vista del incendio.

—Gracias —digo.

Ella no responde. Sigue mirando al Monstruo agonizante. Hasta que dice:

—¿Qué vamos a hacer?

—No lo sé. No creo que mañana tengamos trabajo.

Ella capta mi tono de pesadumbre. Lo que no sabe es que no pienso en nosotras, el trabajo me la suda. Pienso en mi hermano. Ya no puedo pagar la deuda.

—La coca ya no se puede vender —añado.

—No importa —responde, como tratando de consolarme—. Ya pasé por eso. No querría repetirlo.

—Te prometo que encontraré una solución —digo, pero estoy diciéndoselo a Sergio.

—Lo sé. Lo que te preguntaba es qué vamos a hacer ahora. Con todo esto.

Señala el camión. Lo miro. El interior polvoriento y salvaje se ve a través de la puerta reventada, lleno de sangre, lleno de odio.

—Podemos esperar a que venga la policía y explicarlo —propongo. Luego aguardo unos instantes de silencio y añado—: O podemos prenderle fuego al camión para asegurarnos de que no queda ni un solo resto de nuestro ADN en la escena, y desaparecer de aquí. Nadie nos asociará con este desastre. En el CLT no había cámaras. No queda viva una persona que nos haya visto.

Otros silencio. Finalmente me atrevo a preguntar.

—¿Que prefieres hacer tú? Tú eliges. Te lo debo.

—¿Qué crees que voy a elegir, Fina? Soy de Medellín.

86

Cinco minutos después, un trapo arde introducido en el depósito del camión. Hemos encontrado un tubo y una garrafa en la cabina y lo hemos empleado para succionar combustible y regar con él cuanto hemos podido. Mariela ha usado su mechero para prender el fuego. Nos alejamos de allí tan rápido como podemos. Hemos oído los primeros helicópteros que acuden a sofocar las llamas del Monstruo. No sé cómo se explicarán lo que van a encontrar aquí, pero estoy segura de que ni siquiera pensarán en un par de partículas cósmicas insignificantes como nosotras. Nos dirigimos hacia las luces del pueblo. A los pocos metros, me detengo.

Percibo una presencia, un contorneo de algo muy familiar, aguardando en la inmensidad del páramo, como si me estuviera destinado a mí. Por un momento pienso en el jabalí mutilado. Enciendo la linterna.

Sonrío.

—Por fin algo de buena suerte —digo.

Es mi scooter. Lista para llevarnos de vuelta a casa. A nosotras y lo único que llevo conmigo tras una noche de locura. Pesa mucho menos que quince kilos de coca. Cabe en un pequeño bolsillo. Se lo he quitado a Evaristo cuando he entrado de nuevo en el remolque, tapándome la nariz con la braga de cuello, con la excusa de irrigar con gasolina. Es un dispositivo diminuto y blanco. No tiene nada que llame la atención. Bueno, sí, una única cosa que no me explico. Un nombre escrito con rotulador negro: Antidio Calero.

CUARENTA DÍAS DESPUÉS

87

Estoy visitando otro Monstruo. Este, a diferencia del CLT de WuChain, traga más de lo que escupe. Me refiero al Hospital Universitario de Guadalajara. Recorro los pasillos del centro en mi scooter, los visitantes se apartan educadamente a mi paso. En su mente, una persona con una mano enroscada bajo la barbilla y subida en un vehículo así dentro de un hospital no es otra cosa que una enferma. Siempre se equivocan, y en este caso aún más. Yo estoy bien. Mi nariz nunca llego a romperse. La inflamación bajó a los pocos días, tras una buena ingesta de ibuprofeno, y ahora solo se percibe un leve amoratamiento bajo los ojos. El hombro me dolió más. Tuve que ir al ambulatorio.

—Metí la rueda del scooter en un agujero y aterricé con el hombro y la cara —le dije al médico de cabecera, pero la mentira sonó muchísimo más verosímil que la verdad.

Me hicieron una radiografía y no vieron nada que mereciera un tratamiento específico.

—Es una contusión en la zona del deltoides. Hielo, antiinflamatorios y reposo.

Reposo he tenido mucho, Ari. Con el Monstruo reducido a cenizas y la desaparición de Evaristo y su gente, no ha habido más que reposo. Por eso el hombro apenas duele. Por eso no recorro los pasillos de este hospital por ningún motivo relacionado con mi propia salud. He ido a desayunar a la cafetería.

He pedido un café americano y un pincho de tortilla que te habría encantado, Ari, porque la tortilla estaba petrificada, fría y seca como una pared de mampostería, como tus sesos. Qué sabrá de tortillas un tipo como tú, que aceptabas cualquier cosa que la máquina de *vending* te escupiera encima. Te echo de menos, Ari, todos los días.

Entro en el área de cardiología y la enfermera que atiende la planta vuelve a saludarme. Cuando avanzo por el pasillo, sale de detrás del mostrador y me adelanta con agilidad. Llega a la habitación 2012 antes que yo y me abre la puerta. Sonrío en señal de agradecimiento. La scooter y yo entramos y me acerco a la cama donde duerme mi madre tendida boca arriba, la cánulas del respirador colocadas en la nariz y la mano con la vía fuera de las sábanas, apoyada de forma inofensiva al lado de su cuerpo. En cuanto oye el zumbido del motor de la scooter, abre un ojo.

—¿Se sabe algo? —murmura.

—Estás como una rosa. El marcapasos está funcionando bien.

—No, no, digo de tu hermano.

—Ya han salido de Madrid, están en la A2. No tardarán nada en llegar.

La idea de que mi madre tenga un marcapasos me aterroriza. No es que me haga pensar en el paso del tiempo o en la vulnerabilidad del ser humano o en la posibilidad de convertirme en huérfana. Me aterroriza por eso que dicen de que un marcapasos es como un seguro de vida para el corazón. Un dispositivo casi propio de cíborgs, que mantiene las constantes vitales en marcha hasta en las peores circunstancias. Con el marcapasos, mi madre se parece aún más al Terminator, una criatura indestructible, sin alma, y programada para conducirnos al holocausto.

Quince minutos después alguien llama a la puerta. Abro y me encuentro un tipo de unos sesenta años, con gafas de montura al aire, una parka Barbour, jersey de pico Ralph Laurent color salmón y vaqueros Levi's 501. Calza zapatos Sebago.

—Nunca te había visto tan mal vestido, Juan Ramón —digo.

—Ya. Tu hermano no quiere que le vean con un abogado millonario.

—Pues lo disimulas de puta madre —respondo con sarcasmo.

—No me pongo un chándal desde que le hacía papeles a Jesús Gil. Tenía uno del Atleti, de táctel. Me lo regaló el mismísimo Milinko Pantić.

Me lo creo todo. Juan Ramón suele vestir trajes a medida confeccionados por un sastre del barrio de Salamanca, que lleva siglos midiéndole la sisa, con corbatas de Hermès o Loewe y gemelos de Suárez. Podría preguntarle quién es Milinko no sé qué, pero no me interesa nada.

—Pero ¿dónde está? —digo—. Lo único que va a matar a mi madre son las ganas de verlo.

Juan Ramón me señala al pasillo. Al fondo, junto al mostrador de la enfermera, Sergio habla por teléfono. Luce la misma sonrisa de siempre, arrebatadora, que compensa esos ojos fieros, en los que cualquiera puede leer el riesgo de enfrentarse a él. Nuestras miradas se cruzan. Le oigo despedirse. Otra cosa de Sergio es el dominio de la voz, cómo la modula con cualquier propósito persuasivo. Guarda el teléfono en el bolsillo y se acerca.

A Sergio le han concedido el tercer grado hace una semana. Juan Ramón llevaba solicitándolo un tiempo, pero el historial de mi hermano suscitaba dudas. Ahora que el dinero ha vuelto a entrar, Juan Ramón tiene más tiempo para presionar a la Junta de Tratamiento. Es un buen abogado cuando huele el dinero. Al enterarse de que por fin se lo iban a otorgar, apretó para que fuera lo antes posible. Estaba programado para dentro de un mes, pero la operación de mamá ha permitido adelantarlo por motivos humanitarios. El lunes pasado sacaron a Sergio de Meco y lo llevaron al CIS Victoria Kent, en Carabanchel. Allí le han marcado un programa de reinserción con unas pautas muy claras, que cumplirá a rajatabla, como ha hecho siempre desde que entró en prisión. Disfrutará de algo más de libertad para manejar sus cosas. Como solo lleva unos días en tercer grado necesita ir acompañado para salir de la demarcación de Madrid, y solo puede hacerlo por motivos muy justificados. No está en sus planes quebrantar el reglamento.

Lo de mamá, lo del marcapasos, era algo que había que hacer, pero la operación no estaba prevista hasta dentro de tres meses. Diez días después de que el Monstruo ardiera, y tras unas visitas mías a la cárcel, nos llamó el personal de admisiones del hospital de Guadalajara para que nos preparásemos: había quedado un hueco libre y la intervención se adelantaba. Eso, a su vez, ha permitido adelantar el tercer grado de Sergio y hacer que salga justo cuando hace falta. Es más fácil presionar a un funcionario de la sanidad pública que a uno de prisiones.

Sergio me abraza. Es la única persona cuyo contacto físico no hace que me tense y que se me erice el pelo como a un gato callejero.

—¿Cómo está?

—No nos libraremos de ella fácilmente.

Se acerca a la cama. A mi madre la sacaron de observación para llevarla a planta hace ocho horas. Por la vía que tiene en el antebrazo le administran una buena dosis de analgésicos que la mantienen aletargada. Cuando percibe la voz de su hijo abre el ojo derecho y luego el izquierdo. Él la coge de la mano. Ella se pone a llorar. Y empieza el drama.

—Gracias a Dios que puedo volver a verte, este es un regalo que me envía tu padre desde el cielo.

Sergio traga saliva. Él no responderá a mamá, solía dejar que fuera yo la del sarcasmo. Pero tampoco voy a interrumpir el momento para decir que papá no mandaría una mierda para nadie, ni desde el cielo, ni desde ningún lado, especialmente a Sergio, a quien molió a palos durante todo el tiempo en que convivieron, que fue una bendición que se largara, que no se sabe si está muerto, que si estuviera muerto habría caído en lo más profundo del infierno, y que siempre he sospechado que Sergio no dudaría en mandarlo ahí si tuviera la oportunidad. Sin embargo, lo único que mi hermano dice es:

—Me alegra verte. Te quiero.

Y lo peor es que lo dice de verdad. ¿De dónde saca la energía para querer a mi madre? Eso a ella le basta. Se le duplica el caudal de lágrimas. Intenta pronunciar algo más. Pero se queda dormida. Sergio mira a Juan Ramón.

—Os dejo solos un rato —dice el abogado.

88

Me siento en el sofá que hay junto a la ventana. Sergio se acomoda en mi scooter, que está aparcada justo al lado. La examina con curiosidad. Nunca la había visto. Parece que se ha acostumbrado a los tiempos lentos de la cárcel. Pero a mí me come la impaciencia.

—¿Qué has averiguado? —pregunto.

—¿Has revisado bien el cuarto? —dice él.

—Mejor aún: tuvieron que cambiarnos de habitación hace solo una hora. La cama y los monitores de la otra se quedaron sin corriente.

—¿Qué has hecho?

—Cosas mías.

Sergio sigue examinando el manillar de mi scooter, como si estuviera valorando comprársela para él mismo.

—¿Me lo vas a contar de una vez?

Se encoge de hombros.

—¿Para qué quieres saberlo, Fina?

Noto una descarga eléctrica que me nace del estómago y se me extiende hasta las extremidades.

—¿En serio? Si no fuera por mí, nada de esto estaría sucediendo. He perdido amigos. Casi me cuesta la vida. Me debes toda la información que yo quiera.

Sergio se rasca la cabeza. Se baja del scooter y se sienta a mi lado en el sofá.

—¿Te suena el nombre de Saul White?

—No.

—A mí tampoco. Pero el hecho de que ahora lo sepamos es la prueba de que no va a hacernos daño. Abastece con sus cosas la Costa Oeste de Estados Unidos. Y también tenía un sistema para introducirlas en Europa. ¿Sabes cómo lo hacía?

Lo sé. Lo hacía a través del Monstruo.

—Así que tenías razón —digo, y él se limita a responder con una sonrisa.

—Tú también tenías razón. ¿Recuerdas lo que me dijiste, Fina? Para saber qué ocurre en un estanque, a veces hay que arrojar una piedra.

Exacto, pienso: cuando los peces se ponen nerviosos y empiezan a nadar en círculos y los renacuajos huyen en pánico de entre las algas y las larvas de mosquito se retuercen nerviosas en la superficie es cuando cometen errores. Y los errores arrojan luz sobre todo el sistema, dan pistas sobre qué marcha bien y qué marcha mal. Eso le dije el día fui a verlo a la cárcel para contarle que iba a entrar a trabajar en Aldea Logistics, tras la invitación de Evaristo.

—También te avisé de que la iba a armar parda.

Sergio ríe.

—Sí, teníamos razón —conviene—. Pero solo lo sabemos gracias a ti.

—¿Qué había en el pendrive?

—Miles de millones.

Sergio me mira fijamente. Mi cara de pasmada debe de suponerle una novedad. Tiene que explicarse, claro.

—Hace poco más de dos meses, mientras yo desayunaba en Meco y tú entrabas en el turno de mañana, pasó algo importante en Sinaloa. Saul White manejaba a distancia un cartel. El cartel se cansó de él. Sus lugartenientes decidieron que los mexicanos son los que tienen que mandar en las cosas de México. Se levantaron y tomaron a sangre y fuego todas las sedes de White.

Entraron en su casa de Culiacán, en los almacenes, en las oficinas del puerto de Mazatlán. Lo expoliaron todo. Millones en efectivo, toneladas de cocaína, armas. Balearon a los pocos leales que White mantenía allí. Pero cometieron dos fallos de cálculo. El primero, dejaron que el mismo White se les escabullese. El segundo, pensaron que todos los que le eran fieles eran estúpidos.

No creo que se equivocaran, Ari. Hace falta ser tonto para mantenerse fiel a algo. Yo lo considero el peor de mis defectos.

—Uno de ellos, sin embargo, además de leal era listo. Pocos minutos antes de que fuesen a por él, accedió a las cuentas de bitcoin del cartel y descargó las claves en ese pendrive. Contenían dinero suficiente como para refundar el imperio donde fuera que White se encontrase. Luego lo enterró en un paquete de cocaína que salía en el último barco, siguiendo la misma ruta de siempre, que él desconocía, rumbo a Europa, donde White podría recuperarlo.

—No entiendo nada de criptos, Sergio. ¿Qué se gana descargando todo eso en un pendrive?

—Un pendrive con claves de bitcoin es lo que se llama un *cold wallet*. Si no lo tienes, no puedes acceder a las cuentas asociadas. El tipo que hizo la descarga sabía que podían sacarle las contraseñas a hostias. Pero si lograba desembarazarse del pendrive y hacérselo llegar a White, daba igual lo que les dijese. Sin el dispositivo no tenían nada.

—Escogió una muerte heroica.

—No necesariamente. Le haría falta vivo por dos motivos: primero, para localizar el pendrive; segundo, para cerciorarse de que las claves para entrar en ese pendrive eran correctas, porque podría inventar cualquier número antes de morir.

—Mátame y nunca sabrás si la contraseña es correcta, antes de encontrar el pendrive. Entiendo.

—Exacto. Como no han conseguido el dispositivo, apuesto a que el tipo sigue con vida.

—¿Y cuál era el papel de Evaristo?

—No era tonto y estaba bien informado. Sabía que en ese momento los aspirantes tenían todas las de ganar y White era un cadáver andante. Quería interceptar el pendrive y devolverlo a Sinaloa. Se lo habrían pagado muy, pero que muy bien.

—¿Y tú? ¿Qué has hecho tú?

—No, Fina. Qué hemos hecho nosotros.

—Vale, ¿qué hemos hecho?

—Tú le quitaste el pendrive a Evaristo, que se lo quitó a White. Eso nos coloca, nos guste o no, de un lado.

—El de Saul White.

Sergio asiente despacio.

—El lado de los que ganan —concluyo.

—Ya está todo hecho —explica—. He conseguido hacerle llegar el dispositivo.

No me da detalles, pero estoy segura de que al respecto ha entrado en juego el abogado, Juan Ramón, y su olfato, mejor que el de los jabalíes alcarreños. Supongo que Sergio le llamaría, que le costaría incluso conseguir que le atendiera, para Juan Ramón lo de mi hermano no era más que el enésimo caso perdido de un ídolo de barro callejero. Pero en cuanto le dijo lo que tenía en su poder y llamó a tres o cuatro puertas para verificar que era cierto, de pronto su disposición a arreglar los asuntos de Sergio se multiplicó. Saldó la deuda que amenazaba su vida adelantando dinero de su propio bolsillo (calderilla, comparado con lo que ahora hay sobre la mesa); también se aseguró que todas las posibles conexiones entre Josefina González Parra y los extraños sucesos ocurridos en la jornada de huelga del CLT Aldea Logistics Wu-Chain Alcarria quedaban desactivadas. Por lo que nos cuenta, la policía no sabe cómo relacionar el incendio del almacén, los huesos inidentificables calcinados en el camión, el coche de Jos y su desaparición… Es un galimatías que no saben cómo resolver, pero no están dudando en volver locos a Riva y Valdivieso en el intento. Se habla de incluso prisión provisional para ellos.

—¿Y qué ha hecho con ese dispositivo? —pregunto.

—No ha tardado ni cuarenta y ocho horas en reconstruir una legión. La sublevación ha sido sofocada.

—¿Qué le has pedido a cambio?

Él sonríe. Pero qué sonrisa tan arrebatadora... La sonrisa de Sergio tiene algo parecido a lo que tenían tus ojos, Ari. No hay defensa posible. A menos que la conozcas tan bien como yo.

—Has madurado mucho mientras yo estaba en la cárcel, Fina.

—¿Qué le has pedido?

—Todo.

—¿Qué es todo?

—Todo lo que tenía Evaristo. Ahora lo tengo yo. Lo tenemos nosotros.

—Pero el CLT ya no existe.

—Pero existirá otra cosa. Muy pronto. Y tú vas a desempeñar un importante papel.

Ahogo cualquier gesto de sorpresa. ¿Cuándo se ha visto a una mantis sorprendida?

—No pedí nada para mí.

—Lo sé. Pero no darte una responsabilidad sería desaprovecharte.

—No me refiero a eso.

—Ah, claro. Tu amiga. Eso ha sido lo más fácil. Han visto el book. Mañana mismo la llamará una directora de *casting* de Telemundo, Miami. En solo cuarenta y ocho horas se les ha ocurrido una telenovela sobre una joven de Medellín que tiene que abandonar su país y trabajar en la industria, hasta que se enamora del jefe de una fábrica que anda en tratos con los narcos. Una historia de redención a través del amor, dicen. Pocos sabrán que es un *true crime*. En Miami tendrá protección.

Asiento satisfecha, como si me hubieran asignado un sueldo, en lugar de un favor para otra persona.

—Entonces esa deuda queda saldada —digo.

—¿Y la tuya?

Frunzo la nariz.

—Me acabas de decir que vas a darme un cargo. Espero que tenga su buena paguita.

—Me refiero a si has conseguido lo que querías. Tus cuentas pendientes.

Entiendo lo que Sergio quiere saber. Es una pregunta que he estado evitando. Me encojo de hombros.

89

Te echo de menos, me dijiste.

Y esas cosas no se dicen, Ari. Soltarme eso, a bocajarro, era querer que formara parte de un problema que era solo tuyo. Igual que lo que yo sintiera por ti era problema mío. Mío y solo mío.

Mis cuentas, ha preguntado Sergio. Mi venganza. Esto también es problema mío. Los que mataron a Ari están bajo tierra. Pero ya no sé si yo quería eso. Lo que yo habría querido es que todo fuera diferente. Y ya.

He dejado a Sergio en la habitación con mi madre. Me he despedido de Juan Ramón y de la enfermera. Regreso a los pasillos del hospital. El edificio está atestado. No sé si hay epidemia de gripe o qué pasa. Veo miles de caras, caras feas y cansadas y enfermas, tan distintas a la tuya. Y sin embargo solo me acuerdo de ti.

Tuve mil oportunidades de tomar otro camino. No aproveché ninguna.

La primera, cuando te conocí. Si hubiera dejado que Mariela se encargase de ti, si hubiera arrugado tu puto dibujo y lo hubiera tirado a la basura delante de tu cara, si me hubiera alejado de ti a la hora de comer... Otra más, cuando decidí sumarte a mi negocio, enseñarte mi método, mi entrada secreta, la nevera abandonada, el Monstruito de Jos.

Y la última, quizá el punto de no retorno, cuando te convencí para que te involucraras en la trama.

Fue después de lo del skaterpak, después de que huyera de tu casa, después de que dejara tu mensaje sin contestar y de que te obligara a actuar como si lo nuestro no hubiera sucedido. Fuiste a buscarme a Los Olivares. Se me cortó la respiración al verte, pero enseguida aclaraste que querías hablar del Monstruo. Fingí alivio. Pero aquello me hirió. No sé qué esperaba después de la forma en que te había ignorado, quizá que aparecieras de rodillas con un ramo de rosas y un poema. Qué absurda soy. Compramos unas latas de cerveza fría y una bolsa de patatas fritas en un chino. Sacaste tu cuadernillo y un lápiz, pero no te pusiste a dibujar. Empezaste a trazar líneas diagonales, paralelas, apenas separadas un milímetro una de otra, cubriendo toda la superficie del papel. Lo llamabas hacer juego de muñeca, para ganar motricidad fina y dibujar mejor. Pero para entonces ya te conocía lo suficiente y sabía que así combatías la ansiedad.

—Alguien me ha pillado.

—¿Que te han pillado en qué?

—Joder, Fina, ya sabes a qué me refiero.

Ari también me conocía ya lo suficiente para saber que mi primera reacción ante cualquier noticia era hacerme la tonta.

—Vale.

—Se me acercó un tipo por la calle.

—¿Qué tipo?

—No lo sé. No lo conozco.

Seguí mirándolo con una media sonrisa. Claro que lo conocías, Ari, pero no me lo querías decir.

—Me dijo que había estado trabajando en el pasillo de los dispositivos electrónicos. Que me había visto sacar un par de móviles de la caja. Que había estado pendiente y, días después, me había visto sacar mucho más.

—¿Y qué piensa hacer?

—Dar parte. Me pondrán en la calle.

Tanto Ari como yo sabíamos que si alguien quería chivarse ya lo habría hecho. Pero no ganaba nada con ello.

—A menos que… —le animé a proseguir.

—A menos que me asegure de que ciertas mercancías pasan por mis manos sin problemas.

—¿Qué mercancías?

—No me lo ha dicho. Me iría dando los códigos del envío. Tan solo tendría que asegurarme de que la ubicación en la que se colocan coincide con la que él tiene. Y avisarle cuando llegue.

—¿Solo eso? ¿Avisar de que un pedido llega y ponerlo donde él cree que tiene que ir?

—Lo ha llamado control de calidad. Para él debe ser bastante importante que todo funcione según lo previsto.

Le di un trago a la cerveza para ocultar mis ojos tras la lata. Mis ojos de furia. La pedrada en el estanque por fin daba sus frutos. Pero había tenido que involucrar a Ari para conseguirlo. No me engañaba: nadie iba a confiar en la discapacitada. Como su propio nombre indica, no me creerían capaz. Ahora me resulta más decepcionante aún saber que Evaristo tampoco me tuvo en cuenta. Con mi cojera, mi aspecto masculino, mi cuerpo delgado perdido en la ropa, mi mano inmóvil, nadie me prestó atención durante meses, durante años. Una sombra invisible por los pasillos del enorme Monstruo. Las mantis pasan inadvertidas. Excepto para ti, Ari.

—¿Qué piensas hacer? —pregunté.

—No lo sé. No quiero perder el curro. Pero no tengo ni idea de a qué estoy jugando si me presto a hacer eso que me piden.

Claro que lo sabías Ari, pero no me lo querías decir.

—Estoy pensando en dejar los robos y, sencillamente, pasar de todo.

Me quedé mirando al suelo de la plaza donde una paloma le arrebataba a un gorrión la patata frita que yo le acababa de tirar. Una paloma fea, con rodales sin plumas en el cuello.

—Dile que sí, Ari. Quiero saber qué pasa.

La mano con que Ari hacía los trazos se detuvo. Clavó la vista en mí.

—¿Eres policía? —preguntó Ari sin dudarlo.

A mí me salió una carcajada. Pero hay que reconocer que tu cerebro era tan rápido como tus manos al dibujar, jodido vampiro de los Cárpatos.

—Conozco a alguien muy interesado en saber qué pasa en el CLT. Si conseguimos averiguarlo, nos pagará bien.

Y así quedó todo. No tuve que explicarle más. No tuve que decirle que ese alguien era mi hermano. Ari iba a aceptar la oferta de aquel extraño. Te fiabas de mí, rumano de ojos azules. Y así te lo pagué. Sin embargo, a los pocos días fuiste en mi busca durante el descanso mientras yo me bebía una Coca-Cola.

—Fina, lo he pensado mejor. No quiero seguir jugándome el empleo. Le he dicho al tipo que no cuente conmigo.

—Vale —me limité a contestar.

—No puedo seguir acompañándote a sacar material.

—Vale —repetí. Y di un trago a mi refresco.

Eras malísimo mintiendo, Ari. Nadie sabe mentirme, pero tú lo hacías aún peor. Y supiste que yo sabía que me estabas mintiendo. Te sentías avergonzado. Y, poco a poco, fuiste hablándome de cada vez menos cosas. Abriste distancias conmigo. Dejaste de acompañarme a Los Olivares. Huiste de mí cuando nos encontramos en la estación de servicio, aquel día en que fui al baño y te vi en compañía de Hakim Mustafá.

El tiempo pasó. El Tranchete murió. Abelardo Sancho murió. Hakim murió. Y entonces, no hace demasiado, me encontré por última vez contigo y me dijiste: Te echo de menos.

Zas. Así, a bocajarro.

Qué idiota, Ari, tuviste que esperarme ahí, con esa puesta en escena tan dramática, casi propia de mi madre. Era ya de noche, esas noches tempranas de fines de noviembre. Te encontré sentado ahí, con el culo en contacto con el suelo de páramo y la espalda apoyada en la nevera abandonada. Matabas el tiempo dibujando con un lápiz que no era más largo ya que un dedo pulgar. Y ni saludaste ni nada. Te echo de menos. Así, a la cara.

Pues vale, yo te echo de menos ahora y ya no puedo hacer nada para solucionarlo. Pero si estuvieras vivo, me lo guardaría para mí, no tengo derecho a acosarte con mis sentimientos, como tú hiciste.

Al terminar el turno caminamos hasta el pueblo y nos sentamos en la barra del Piris con unas cervezas. Entonces hablamos. Hablamos de todo lo que ya habíamos hablado, que era lo único de lo que merecía la pena hablar. De la constelación de Orión y Betelgeuse. De los bosques de Rumanía. De *El ataque de los titanes*, que a ti te encantaba y a mí me parecía un coñazo. De lo que haríamos cuando tuviéramos dinero. Si hubiera sido tan lista como creo ser, habría olido el miedo en ti.

Al día siguiente busqué de nuevo al rumano. Ya nos habíamos relajado bastante, ahora tocaba que me pusiera al día de todo lo que había averiguado durante esos meses de separación. Pero ya no lo encontré tan dispuesto a abrirse. Me eludió en el vestuario, se perdió de vista durante el turno y no me esperó al salir. No sé si le habían engañado para que volviera a confiar en ellos, o si, sencillamente, quería mantenerme a salvo alejándome de todo lo que él sabía.

A los tres días, apareció muerto. No dejó ni un cuerpo reconocible, pasto de los jabalíes.

Lo único que conservo de él es el recuerdo, los dibujos de la carpeta y la nota que encontré en la cochera del Tranchete. Ah, y aquel retrato que me hizo en la garita de seguridad, cuando nos vimos por primera vez, a esa chica, supuestamente yo, con unos enormes, desproporcionados ojos hechos para no perderse nada.

Los ojos que solo tus ojos veían en mis ojos. Los ojos que nadie más volverá a ver, puto Ari.

AGRADECIMIENTOS

José A. me ayudó con conceptos técnicos del funcionamiento de un CLT, así como con las políticas de Recursos Humanos que se dan en empresas de esta naturaleza.

A esto pude añadir mi experiencia personal, cuando, de la mano de Rudy S., colaboré en un proyecto de innovación que se puso en marcha en las mismas tripas de un monstruo como el descrito.

Marto P. me resolvió dudas sobre prisiones y alguna consulta sobre la comarca donde tiene lugar la acción.

Si hay errores en el relato, culpadme solo a mí. Sencillamente, a veces pregunto y luego se me olvidan las respuestas. O creo haber preguntado pero resulta que no.